검은머리 미군 대원수 외전

명원(命元) 대체역사 소설

EugeneKim

일러두기

- 이 책은 문피아, 네이버시리즈에서 연재된 《검은머리 미군 대원수》를 바탕으로 편집, 제작되었습니다.
- 독자님들의 편의를 위해 이야기 순서를 일부 수정했습니다.
- 단행본, 일간지 이름은 '《 》'로, 노래 제목, 영화, 방송국, 글의 소제목 등은 '〈 〉'로 표기했습니다.
- 전화, 라디오 등 전파 매체를 통한 대사는 '─'로, 편지 등 문자 매체를 통한 대사는 '[ ]'로 표기했습니다.
- 인명 및 지명은 일부 표준어로 등재됐거나 용례가 존재할 경우를 제외하고 모두 연재본의 표기를 따랐습니다.

검은머리 미군 대원수

1장
네가 선택한 역사다

쇼는 계속되어야 한다 1

1956년.

우주에 개를 올려 보내는 대업적을 이루었음에도 불구하고 동물 학대 범 같은 비아냥이나 듣고, 역사적인 첫 소련 수장의 미국 방문길에서 대머리라는 후천적 질환으로 인해 온갖 굴욕을 당한 흐루쇼프는 마침내 제3차 세계대전을 일으키기로 결심했다.

수소폭탄 개발 성공, 유럽 전역을 사거리 반경 안에 집어넣은 중거리 핵미사일 개발 성공, 그리고 무엇보다도 저 전설적인 전쟁영웅 예브게니 킴이 치질 수술 실패로 인해 제대로 앉지도 못하고 병동에서 굴욕적인 자세로 24시간 누워 있다는 첩보까지. 이 모든 것들은 흐루쇼프에게 '이대로 말라 비틀어지느니 차라리 한판 붙는 게 낫지 않을까?'라는 잘못된 자신감을 불어넣어줬다.

한편 미국은 아이젠하워 대통령의 임기 종료를 앞두고 혼란에 빠져 있었고, 어느 정권이든 피할 수 없는 필연적인 레임덕은 대통령의 국정 장악력 또한 손상시켰다. 그리고 마침내 소련은 독일 시각 새벽 5시를 기해 어떠한 통보도 없이 핵미사일을 전면 발사했고, 그와 함께 바르샤바 조약기구의 전 병력이 일제히 서진을 개시했다.

"대체 갑자기 이게 무슨……?"

"런던과 파리가 잿더미가 되었습니다!"

"예하 부대와의 모든 통신이 두절되었습니다."

"세상에… 신이시여."

NATO는 이 갑작스러운 기습에 일방적으로 분쇄되었다. 다급해진 미국은 곧장 모스크바를 비롯한 소련의 주요 대도시에 핵무장 폭격기를 보내 크렘린을 잿더미로 만들었지만 이미 흐루쇼프 일당은 모스크바를 떠나 벙커로 피신한 뒤였고, 핵전쟁의 혼란 속에서 대서양을 향해 진격 중인 소련군에게 유의미한 타격을 주는 데도 실패했다.

순식간에 서독을 멸망시키고 프랑스를 격파한 소련은 북극에서 은밀히 기르고 있던 초거대 대왕오징어를 타고 영국에 상륙했고, 처칠은 오징어 먹이가 되는 비참한 최후를 맞이했다. 미국이 유럽을 잃자 중남미는 너나 할 것 없이 소련의 편에 가담했고, 중남미 연합군이 멕시코 국경을 넘어 텍사스와 캘리포니아를 침공하자 미국은 절체절명의 위기에 놓이고 마는데…….

* * *

"…라는 미래를 하나님께서 내게 꿈으로 보여주셨거든?"

"재밌네. 계속해봐."

아이크는 내가 성심성의껏 진실을 말했음에도 불구하고 당장 내 모가지를 비틀어버리고 싶다는 살기 어린 눈빛을 거두지 않고 있었다. 대체 왜?

"그러니까 그때 내가 그 책에다 서명을 받지 않으면 자신이 대머리라 그런 핍박을 받았다고 앙심을 품은 흐루쇼프가 핵전쟁을 일으킨다는 거지. 하지만 수천 년 지나 마침내 선택받은 빛과 어둠의 영혼을 가진 바로 이 유진 킴이 미래를 내다보고 그 비극을 막았기 때문에 다행스럽게도 이 세상의 평화를 지켜냈지."

"그래서 하나님께서 네놈이 치질에 걸린다고 알려주셨다고? 혹시 요즘 화장실에서 불편하냐? 물줄기가 잘 안 나오고 그래?"

"아니. 가장 무서운 적인 나를 제거하기 위해 소련 간첩이 우리 집 주방에 몰래 잠입해 치질을 유발하는 스탈리늄 성분의 독극물을 가득 풀어버린… 악! 이건, 이건 놓고 이야기하자! 잠깐! 타임!"

아이크는 대통령의 위신은 대관절 어디다 팔아먹었는지 다짜고짜 말 대신 내 멱살을 붙들고 마구 흔들어댔다.

"네가 그딴 소리 굳이 늘어놓지 않아도 허무맹랑한 소설가라는 사실은 전 세계가 다 알고 있어."

"너무하구만. 나도 피해자라고."

나는 엉망이 된 목 카라를 정리하며 입을 삐죽였다.

흐루쇼프 이 밴댕이 소갈딱지는 기자들 앞에서 천마신공의 시크릿 오브 비밀을 아주 미주알고주알 신나게 떠들어댔고, 아이크가 애써 마련한 훈훈한 해빙 분위기는 미쳐 날뛰는 황색언론의 《자본론》 타령 앞에 쓸려나가버렸다.

나는 결국 눈물을 줄줄 흘리며 '그 책은 평화와 대승적 협력을 염원하는 전 세계의 염원이 담겨 있으며, 제가 죽은 후엔 이를 박물관에 기증해 우리 모두가 길이 보존할 역사적 유물로서 남을 것.'이라는 개인적 성명을 발표해야 했다.

자본주의 국가인데도 개인의 사유 재산을 침탈하다니. 이게 바로 빨갱이 논리가 아니면 대체 뭐가 빨갱이 논리인가. 매카시가 정신병원에서 비참하게 죽은 것도 내가 아니라 빨갱이의 수작이 틀림없다. 아직도 미국엔 간첩들이 숨어 있고 그들이 나를 음해하고 있다. 국민 여러분, 신문에 도청장치가 있습니다. 도청장치가 없는 유일한 정론 신문 《더 선》을 사서 보십시오…….

"그래서, 진짜 기부하려고?"

"물론이지."

내가 '박물관에 기증'한다고 했지, 어느 박물관이라고 말한 적은 없다. 당연히 내가 하나 차리면 되는 일 아닌가? 캘리포니아를 찾아온 젊은이들의 필수 관광 코스가 된다면 그게 돈이 다 얼마냐.

독일제 콧수염 씨를 원래 있던 지옥으로 돌려보낸 딱총나무 상아 권총, 전설의 명마 블랙 로터스와 천마신공을 관람한 후, 오직 박물관에서만 파는 《스타 스트러글》 스페셜 에디션과 내 얼굴이 프린팅된 티셔츠를 사고, 간식으로는 박물관 내 입점한 '킴스 펭귄'에서 아이스크림과 한정판 시클그루-바를 사먹는다. 일부러 교통이 더러운 곳에 지어놓고 전용 버스까지 운행하면 완벽하다. 틀림없이 땅값도 혹혹 오르겠지. 쇼핑몰도 하나 옆에 지으면 되겠어. 그리고 해안가에는…….

하지만 아이크는 이런 아름다운 내 미래상에 가슴이 떨려하긴커녕 어이가 없다는 기색이 역력했다.

"네 사업 계획을 들으니 갑자기 떠오른 건데, 혹시 해군 측 의견서 하나 너한테 송부되지 않았나?"

"무슨 의견서."

"네가 사들인 거. 그 망할 박물관인지 테마파크인지 뭔지."

"아. 해군이 빨갱이가 돼버렸는데 대통령으로서 빨리 빨갱이 사냥 안 하십니까."

"넌 그냥 밤길이나 조심해야겠다."

미국 서해안의 한 항구에는 내가 저렴한 가격에 업어온 CV-6, USS 엔터프라이즈가 있다. 제2차 세계대전이 종전되고 나서, 돈에 관해서라면 실로 무자비하기 그지없는 미합중국 의회는 '제발 엔터프라이즈만큼은 보존

해주세요.'라는 간절한 해군의 요구를 '조—까'라고 일축해버렸다.

이에 치를 떤 해군은 홀시 제독의 주도로 엔터프라이즈 구하기 모금 운동을 벌였지만 결국 장렬하게 실패. 당시 니미츠 제독이 직접 몇 번이고 내게 돈 좀 보태 달라고 했지만, 그때 나는 딱지 사업의 쇠퇴로 거지가 되었기 때문에 눈물을 머금고 그 청을 들어주지 못했다. 절대 합참의장 되더니 노망이 나서 물개들 편들어준다고 뒷말 들을까봐 거절한 건 아니다.

그렇게 엔터프라이즈는 어지간한 것들은 죄다 탈거당해 그냥 껍데기만 남아 있는 고철덩어리 신세가 되었다. 아직 자력 운항은 가능하다는데… 글쎄.

아무튼 고철 가격으로 매물이 나오자 나는 얼른 헐값에 사들였다.

[엔터프라이즈, 샌—프랑코에 매각되다!]

[샌—프랑코 엔터테인먼트 측, "테마파크 조성에 활용할 계획" 밝혀.]

해군은 함박웃음을 지으며 유진 킴은 참으로 훌륭한 군인 중의 군인이라고 칭송했지만, 내가 기획한 '테마파크'의 초안이 공개되자 그 칭송은 얼마 가지 않아 저주로 바뀌었다.

"아아. 이번에 엔터프라이즈 개장 위원회 위원장으로 선발된 캘리포니아 주 상원의원 조지 스미스 패튼 주니어입니다. 애향심 넘치는 우리 캘리포니아의 자랑, 유진 킴에게 감사의 인사를 먼저……."

"지금 장난해? 인선부터가 악의가 철철 넘치잖아!"

"유진 킴 이 개자식아!!"

"물개들의 애처로운 비명을 들으니 본 위원장의 마음이 참으로 따스해지고 있습니다. 그 누구보다 강인하고 용맹한 미합중국 육군의 위업, 그리고 우리가 히틀러를 잡아 조질 때 손가락이나 빨고 있던 물개들의 모습을 전시하기에 더없이 적절한 고철을 제공해준 샌—프랑코에 감사드리며……."

"때려치워. 그냥 스크랩 처리나 하라고!"

"차라리 고철로 써라, 이 사람도 아닌 새끼야!"

[엔터프라이즈, 육군의 프로파간다 재료로 전락하는가?]

[저열한 땅개들의 비열한 음모!]

['지켜주지 못해 미안해!']

사업 발표회장은 난동을 부리는 물개들에 의해 난장판이 되었고, 패튼은 신나게 주먹을 휘두르다 유치장에 구류되었으며, 샌-프랑코와 나는 소송에 휘말렸다. 더러운 놈들.

"안 그래도 그거 처치 곤란인데."

"그냥 스크랩하고 치워버려."

"그럼 기껏 사들인 의미가 없잖아. 안 그래도 외교에 써먹을까 고민하고 있어."

이 개판은 당연히 온 사방에 소문이 다 났다.

그리고 나는 이 기회를 활용해 은밀하게 세계 각국에 타진하기 시작했다.

'혹시 엔터프라이즈 가져가실래요?'

캘리포니아에 둘 수 없다면 해외에 두면 될 일 아닌가. 어차피 저건 이제 미 해군 소속 CV—6가 아니라 샌-프랑코가 소유한 고철에 불과하니 타국에 매각해버려도 별문제 없다는 법무 검토는 끝났다.

이 놀라운 해상 테마파크 계획을 루어 삼아 낚싯대를 던지자 한국, 일본, 그리고 류큐 자치령이 입맛을 다시고 있었다.

"장군님! 군산 앞바다에 엔터프라이즈를 둔다면 이는 한미 우호에 결정적인 영향을 주고, 한국 국민들은 두고두고 미국의 도움을 기억하게 될 겁니다."

"지역 균형 발전을 위해 거제도가 어떻겠습니까? 엔터프라이즈는 실제로 거제 앞바다에 온 적이 있으니 역사적 가치 또한 풍부하며……."

"원산! 원산시와 함경도민은 모두 한마음 한뜻으로 엔터프라이즈를 기다리고 있습니다!"

"류큐의 구원자 엔터프라이즈가 온다면……."

"가장 인구가 많은 일본 본토야말로 가장 큰 수익을 보장할 수 있습니다!"

샌-프랑코 사무실 문지방이 닳아 없어질 정도로 요즘 아시아인들이 들락거리고 있다. 참으로 흥겨운 일이지만, 이런 일은 모름지기 돈보다는 국익을 따져야 하지 않겠는가.

"헛소리하지 말고 일이나 해. 네 헛짓거리에 어울리다 보니 나까지 두통이 오잖아."

"나는 할 만큼 했으니 이제 실무진이 굴러야지. 그… 노려보기 전에, 내가 미국 역사상 가장 비행거리가 긴 장관이라는 사실은 알고 있지?"

"비행기 타고 다닌 장관이 얼마 없다는 점은 쏙 빼놓고 말하는 걸 보니 아직 기운이 펄펄 넘치네."

'이만큼 하면 됐지 더 이상 뭘 어떻게 하란 말이냐'

나는 그렇게 말하는 대신 아이크의 널찍한 축구장만을 응시하다가, 뒤에서 날아오는 신발을 피하며 재빨리 국무부 청사로 도망쳤다.

* * *

이 유진 킴이 무엇으로 구성되어 있느냐고 묻는다면, 그야 당연히 설탕, 향신료, 그리고 정의감과 양심으로 이루어져 있다고 답해야 하리.

그런 나인 만큼 민주주의를 사랑하고 독재자를 미워하는 것 또한 실로 당연한 일. 유럽에는 철의 장막 뒤편에 쪼그려 앉아 케케묵은 스탈린주의를 추종하는 독재자 무리들이 즐비하지만, 참으로 가슴 아프게도 철의 장막 저편도 아니고 무려 서유럽에 독재자가 알박기를 하고 있다는 건 나의 정의감을 자극하고도 남았다.

그리고 마찬가지로 자기들 나라가 세계에서 가장 위대하고 정의로우며 올바르다고 굳게 믿는 이상한 나라, 바게트랜드 또한 그 독재자가 이웃집에 산다는 점을 무척이나 배알 꼴려 하고 있었다.

그래서 1955년의 마드리드는 뜨겁게 타올랐다.

"나는 스페인을 사랑하는 애국자로서 혼란에 빠진 이 나라를 더 이상 좌시하기 어렵습니다. 국민들이 원한다면 나는 현재의 자리에서 물러나……!"

"프랑코는 뒈져라!"

"공화국 만세! 독재자에겐 단두대를!"

인간백정 프랑코의 스페인, 그리고 매드 사이언티스트 살라자르의 포르투갈. 이들은 끊임없이 미합중국을 향해 구애의 댄스를 췄지만, 이런 놈들이랑 친구 먹었다간 우리의 평판마저 별 모양으로 카와이하게 박살 날 게 뻔할 뻔 자. 유엔이 본격적으로 이들 두 나라에 대한 무역 제재를 결의하면서 독재자들의 나라는 경제에 어마어마한 타격을 입었다.

살라자르의 경우 온 나라를 농사나 짓고 사는 1차 산업 국가로 마개조해버렸으니 그래도 조선식 쇄국 메타를 채용하면 견딜 수 있지 않겠느냐 싶겠지만, 유감스럽게도 농사를 짓기 위한 비료는 2차 산업이다. 게다가 애지중지하는 아프리카 식민지들 또한 불곰이 후원하는 빨갱이들의 난동으로 개판이 되었고, 포르투갈은 급속도로 몰락의 길을 걷기 시작했다.

스페인은 나라 체급이 체급이다 보니 순순히 굴복하지 않았는데, 프랑스 놈들은 망명한 옛 공화국 출신 인사들에게 무기와 군사 고문단을 제공하더니 나중에는 아예 의용군 간판 달고 군대까지 파병했다. 잠시 동유럽발 전쟁 위기가 고조되면서 스페인은 한숨 돌리나 싶었지만, 핵전쟁 위기가 해소되기 무섭게 프랑스는 국내 민심 수습용으로 더욱 열심히 스페인을 두들겨 팼다.

그 결과 서방의 후원을 받아 바스크, 카탈루냐 등을 해방구로 만들고 서서히 남진하던 혁명군은 마침내 마드리드를 탈환하는 데 성공했다. 프랑코 정권이 몰락하는 순간이었다.

"이로써 위대한 나라 프랑스는 다시 한번 승리를 거두었습니다!"

"우리와 함께 히틀러에 맞선 친구들, 스페인은 이제 자유의 품으로 돌아왔습니다!"

당연히 영국과 함께 혐성 투톱을 달리던 프랑스가 고작 레볼루숑 전파 좀 하겠다고 군대까지 투입했을 린 없다. 프랑스는 스페인의 막대한 광물 자원에 빨대를 꽂았고, 아울러 스페인령 모로코, 적도기니, 서사하라 등지의 식민지에 프랑스제 빨판을 발랐다. 아프리카의 맹주가 되겠다는 야무진 꿈을 접기는커녕 더욱 열심히 불태운 셈이다.

그리고 당연한 말이지만, 한물간 제국주의에 심취한 대가는 참으로 컸다.

[프랑스군, 알제리에서 참패.]

[사상 최악의 전투… 알제, 반란군 손에 떨어져.]

[프랑스군 당국, '공공질서 유지 작전'을 진행 중일 뿐이라고 주장.]

스페인에 기둥뿌리를 박은 대가로 알제리가 터졌다.

"프랑스 주재 대사의 말에 의하면 프랑스 정가가 극도로 혼란스럽다고 합니다."

"군부가 공공연히 쿠데타를 언급하고 있지만 처벌이 없습니다. 프랑스 정부가 통제력을 잃은 것이 아닌가……."

그리고 나는 남이 아플 때 소금 뿌리는 게 제일 즐거운 놈이었다.

"꺽다리랑 접촉해 봅시다."

미래인의 장점, 떡상할 코인이 뭔지 다 알고 있다는 것.

드골 코인을 회수할 시간이다.

쇼는 계속되어야 한다 2

우선 이것부터 확실히 하고 가자. 나는 결코 프랑스를 싫어하는 사람이 아니다.

프랑스엔 좋은 추억이 많다. 지옥에서 가져온 것 같은 끔찍한 늪과 참호, 이상하게 밥을 제대로 못 차려주던 요리사들이나, 항상 부루퉁하게 화가 나 있던 진기한 꺽다리… 정정하겠다. 아니, 처음부터 다시 하자.

프랑스엔 정말 정말 좋은 추억이 많다. 내 두 차례의 세계대전은 결국 침략당한 프랑스를 지키고 탈환하는 과정이었고, 프랑스 시민들은 언제나 나와 동료들을 위해 진심 가득한 호의를 베풀어줬었다. 캉브레, 아미앵, 뫼즈-아르곤… 지금 다시 생각해봐도 인생 첫 개선 행진은 참으로 짜릿했다. 아무리 전쟁터의 비참한 광경이 내 멘탈을 좀먹을지라도, 그날 받은 환호성의 기억만으로도 나는 내가 옳은 일을 하기 위해 싸운다는 확고한 지지대를 마련할 수 있었다.

다만, 흔히 세상이 그렇듯 왕년에 잘나가던 놈들은 특유의 완고한 고집이 있다. 자기가 성공했던 방식이 옳다고 굳게 믿고, 점점 변해 가는 세상과 괴리가 벌어져 가는 그러한 것 말이다. 혹시 반례로 들 만한 아는 사람이 있는가? 그럼 왕년에 잘나가는 게 아니라 지금도 잘나가는 사람이겠지. 아니면 조만간 망할 예정이든가.

아무튼, 영국과 프랑스가 세상을 호령하던 시대는 이제 끝났다. 영국인들은 참으로 신속하게 현실을 이해했다. 겸허히 마음속으로 자신들의 시대가 끝났다는 걸 인정했다는 뜻과는 다르다. 그냥 말 그대로 소련이라는 위협이 있는 한 영국의 안보는 미국에게 달려 있다는 사실을 머리로 파악했고, 어차피 인도를 유지하지 못한다는 게 명확해진 이상 차라리 영향력이라도 남겨 두기로 한 셈이다.

반면 프랑스는 현실을 거부했다. 숙적이던 독일의 탱크에 깔리고 나라가 정복당하면서 이들은 그 어느 때보다 국가적 자긍심에 치명상을 입었다. 이해득실도 이해득실이지만, 그 어느 때보다 위신에 대한 갈망이 컸다.

사람도 어마어마한 충격을 받으면 트라우마에 지배당하게 된다. 원 역사의 대한민국도 일제강점기와 6.25 전쟁이라는 두 사건의 영향에서 쉽게 벗어날 수 없었는데, 세계를 다스리는 입장이던 프랑스가 그리 쉽게 나치 강점기의 충격을 털겠나.

극소수 빨갱이들을 제외하면 프랑스의 여야는 식민지 문제에 대해서는 하나로 단결해 '강한 프랑스'를 외쳐댔다. 괜히 저 친구들이 프랑코를 두들겨 패고 나세르 코뼈를 부러뜨린 게 아니다.

그러나 국뽕을 통한 단결은 결국 마취제에 불과하다. 고통을 잊기 위한 진통제가 마약성으로 분류되듯, 해외에서 칼춤 좀 춘다고 경제가 발전하고 사회가 건전해질 리가 없잖은가. 이제 프랑스는 한계에 도달했다. 국력의 한계가 아닌, 억지로 덮어 넘기고 싶었던 사회적 갈등이 마침내 한계에 이른 것이다.

"언제까지 전쟁이냐!!"

"왜 우리 아들들이 이역만리에서 죽어야 하나!"

"치안 유지 작전이라며? 도대체 무슨 치안을 유지했길래 알제 같은 대도

시가 반란군 손에 들어가냐!!"

"그래서 일자리는? 경제는!"

"정치인 새끼들은 도대체 밥 처먹고 하는 일이 뭐냐!"

한쪽에서는 불만이 폭발했고.

"신성한 국토를 깜둥이들에게 팔아넘기려는 빨갱이들!"

"조국을 수호하려는 싸움에 징징대? 독일 놈들이 왔을 때는 아예 부역했겠네?"

"너희 같은 배신자들이 있어서 나라 꼴이 이 모양 이 꼴 아냐!"

"천날만날 데모만 하니까 정부가 힘을 못 쓰잖아!"

다른 한쪽에서도 불만이 폭발했다.

프랑스의 좌우 갈등은 19세기까지 거슬러 올라가야 하는 만큼, 이 폭발은 그 누구도 감히 쉽사리 감당할 만한 사이즈가 아니었다. 알제리 저항군은 프랑스군의 반격에 수도 알제를 내주고 퇴각해야 했지만, 일시적으로라도 알제가 함락되었다는 사실이 가져다준 충격은 프랑스를 뒤흔들었다.

놀랍게도, 종전 이후부터 프랑스 내각은 1년 넘게 유지된 적이 단 한 번도 없었다. 바이마르 공화국이 울고 갈 개판이었다. 그런 정부가 알제리 포기를 진지하게 검토하기 시작하자, 놀랍게도 프랑스군은 공공연히 쿠데타를 일으키겠노라고 엄포를 놨다. 막장도 보통 막장이 아니었다.

"프랑스 공수부대가 정부의 통제를 벗어나 코르시카섬에 착륙, 그곳을 점거했습니다."

"충돌은?"

"없었다고 합니다."

"그런데… 쿠데타가 아니라고?"

이건 또 무슨 자다가 봉창 두드리는 소리란 말인가.

"저들 군인들의 주장으로는 어디까지나 '단체 행동'일 뿐이지 쿠데타가 아니라고 합니다."

"기가 막히네, 참. NATO 조약 위반이라고 항의한다면 어떻게 될까?"

"저들이 격렬히 반발하겠지요. 만약 저자들이 승리한다면 프랑스와의 관계가 최악이 될 겁니다."

"돌겠군."

'오늘은 코르시카를 점령했다! 내일은 파리를 점령하겠다!'라고 고래고래 외치는 저 친구들이 쿠데타군이 아니라고? 미국이었으면 당장 전차를 끌고 가서 저놈들의 머리통을 다 날려버렸겠지만, 누가 레볼루숑의 나라 아니랄까봐 개개인의 의사 표현에 참으로 관대하… 긴 개뿔. 저걸 쿠데타라고 도장 꽝 찍어봐야 진압군을 못 믿는데 어쩌겠나.

NATO는 바르샤바 조약기구가 아니다. 프랑스가 내부적으로 개판이 되건 말건, 미군은 팔짱 끼고 관망해야만 한다. 만약 저 쿠데타군이 미국 민간인이라도 쏴 죽인다면 이야기가 달라지겠지만… 그딴 끔찍한 일은 생각하기도 싫다.

이른바 드골주의자라고 불리는 이들은 반정부 세력 중 가장 강성한 힘을 자랑하고 있었고, 특히 군부는 드골의 강력한 추종자였다.

—나약하고 엉망진창인 정치인들의 태도를 더 이상 좌시할 수 없다!

—드골 장군께 총리직을 넘겨라!

물론 저게 꺽다리가 쿠데타를 일으켰다는 뜻은 아니다. 사실 꺽다리가 나라 돌아가는 꼬라지를 보고 구국의 결단을 결심했든 말든 그게 중요하지도 않고.

"주프랑스 대사는 계속해서 드골과 접촉합시다. 제가 봤을 때 매우 높은 확률로 그가 권력을 손에 넣을 듯합니다."

"그렇습니다. 많은 프랑스인들은 이미 정치에 대한 혐오감이 큽니다. 드골은 이러한 기성 정치에 대한 하나의 대안으로 매우 유력합니다."

"그가 프랑스의 정권을 장악한다면, 향후 식민지와 대외 정책에서 어떻게 움직일지를 미리 알아내야 합니다."

대강은 안다. 내 어설픈 야매 역사 지식에 비춰 보건대, 드골은 부지런히 미국의 정강이를 걷어차면서 '프랑스, 위대하다! 프랑스, 하고 싶은 대로 한다!'라고 독자 노선을 전개해 나간다.

그리고 내가 만나본 드골이란 인간을 떠올려보자면, 꺽다리는 저지르고도 남는다. 그 인간과 평화로운 협상이나 행복하고 원만한 타협 같은 게 가능하면 내가 군인이 아니라 최면술사지.

아니나 다를까, 프랑스에서는 하루가 멀다 하고 소식이 쏟아져 들어왔다.

[군부는 파리로 진입할 태세를 갖추고 있음.]

[상당수 시민의 지지 의사 또한 확인된 만큼, 프랑스 정부는 드골을 총리로 추대해 현 극한 상황을 타개할 것으로 보임.]

[드골의 총리 취임 의사 확인. 취임 직후 개헌에 대한 의지 밝힘.]

나는 성격상 직접 찾아가는 서비스를 선호하지만, 유감스럽게도 이번 일에서는 미합중국 국무장관 유진 킴은 나서면 안 된다. 내정 간섭 소리 나오는 순간 아주 주옥되는 거야.

마침내 좌처칠 우드골의 시대가 돌아왔다.

"혹시 조만간 짝부랄이 부활한다는 소린 없던가?"

"무슨 헛소리십니까?"

"다음 대통령은 왠지 휠체어를 탈 것만 같아서 이러지."

뭔가 세상이 거꾸로 가고 있는 듯했다.

이상해요.

* * *

새로이 집권한 드골 정권에 대한 평은 시간이 조금 더 지나야 가능할 듯하다. 일단 당장 사고 치지 않는 게 다행이지. 오히려 우리의 신경은 급한 불을 끈 유럽보다는 아시아에 집중되어 있었다.

　[광주(廣州, 광저우)에서의 시위가 날로 격화되고 있습니다. 장개석의 즉시 하야를 요구하는 시위대는 최소 10만 이상으로 보이며⋯⋯.]

　[중국 망하게 생겼다! 살려줘! 살려주세요!!]

　[미국은 개입할 생각 없습니까? 저거 어쩔 겁니까?!]

　이걸 대체 뭐라고 해야 할까. 멋진 버섯구름과 함께하는 제3차 세계대전을 피하기 위해 아시아에 소소한 불꽃놀이를 펼친 결과 중화민국이 폭발하려고 합니다? 라노벨 제목인가?

　"장중정(蔣中正, 장개석의 본명)은 하야하라!!"

　"독재타도! 헌정수호!!"

　"중화인민은 자유를 원한다!!"

　국공내전과 원자폭탄 투하로 장개석은 어마어마한 정치적 타격을 입었다. 오직 빨갱이를 막아야 한다는 명분만으로 우격다짐식 국정 운영을 진행하던 장개석 정권은, 티베트에서 중공군에게 처참하게 패하면서 급속도로 볼락의 운명을 밟고 있었다.

　그리고 미국은, 정확히 말해 나는 아시아에 눈과 귀가 꽤 많았다.

　"어서 와라, 유인아."

　"내 나이가 몇인데 아직도 오라 가라야."

　"나는 니 나이 때 비행기 타고 온 세상을 돌아다녔어."

　"누가 들으면 한 열 살 차이 나는 줄 알겠네. 아이고."

　한국 정부의 간곡한 설득과 애원 끝에, 공식 외교관 무리들과 함께 민간 사업가 신분의 우리 김유인 씨가 미국에 왔다. 물론 그걸 믿는 사람은 아무도 없다. 믿어주는 사람만 가득하지. 중국 바로 옆에 붙어 있는 한국으로서는 그야말로 국가의 사활을 걸고 중국이 어떻게 돌아가고 있는지 항시 지켜보고 있었고, 우리는 이 정보를 받아먹기만 해도 꽤 달달했다.

　"존경하는 김 장군님. 자유중국의 내분은 보통 일이 아닙니다. 장개석

정부가 무너지는 건 시간문제입니다."

"장관님. 코리안들의 과장된 수사법에 넘어가서는 안 됩니다. 저들은 우리가 중국 문제에 개입하길 바라고 있습니다."

"자자. 진정들 하시고."

내 주변엔 온갖 인간들이 달라붙어서 금요일 밤 10시 홍대 거리보다 약간 더 많은 사람들이 웅성대기 시작했다.

"장개석을 버리면 중국 선교 100년의 위업이 모두 수포로 돌아갑니다. 누가 남중국의 권력을 잡게 되든, 그들은 아시안 특유의 야만적 근성을 버리지 못하고 기독교를 탄압할 겁니다!"

"자국민 머리에 핵폭탄 쏜 미치광이랑 언제까지 함께 가야 합니까? 이제 슬슬 손절할 때도 됐습니다."

"우리의 혈맹이던 장 대인을 버렸다간 후폭풍이 얼마나 몰아칠지 짐작도 되지 않습니다."

"우리가 그동안 외치던 표어가 무엇입니까? 민주주의입니다. 장개석은 명백히 민주주의에 역행하고 있으니 우리가 먼저 손을 거둘 명분은 충분합니다."

대가리 터지겠다. 나는 부지런히 각종 전문가들을 만난 끝에 백악관으로 향했다. 이제는 백악관이고 나발이고 그냥 악마가 사는 던전 입구로 보인다. 점프라도 하면서 들어가야 하나.

나뿐만 아니라 여러 인사들이 참석한 회의는 당연히 시끌시끌 노량진 수산시장.

"킴 장관의 의견은 어떤가?"

"상황이 별로 좋지 않습니다. 장개석 정권을 지지하는 이들은 한 줌에 불과하고, 그의 독재 정치는 한계에 이르렀습니다."

중국의 군벌들이 개막장인 건 이미 지난 2차 대전과 국공내전을 통해 뼈저리게 느꼈다. 하지만 그 군벌들은 각 지방의 실력자들이다. 장개석조차 쉽사리 쳐내지 못했고, 바로 그들이 이번 장개석 하야 운동을 암암리에 지원하고 있었다.

지방에 세력을 일군 군벌들, 민주주의를 탄압하는 장개석을 진작부터 혐오하던 지식인 계층, 거기에 경제 위기와 티베트에서의 패전으로 인한 국민 지지도 추락.

이건 못 이긴다. 우리가 어떻게 도와준다고 유지될 수 있는 게 아니라고.

"장개석이 지금 시위대의 요구를 수용하고 하야한다면 다시 기회가 올지도 모릅니다."

"하지만 다음 지도자가 우리의 친구가 될 수 있으리란 보장도 없잖습니까?"

"지금 그 리스크를 부담하기 싫어 장개석을 계속 지원했다간 훗날 확실한 반미정권이 등장하게 됩니다."

원 역사가 이를 입증한다. 독재정권은 필연적으로 무너지게 된다. 그리고 친미 독재정권은 훗날 반드시 반미 민주정권을 낳게 된다. 미국의 가치에 정면으로 중지를 치켜드는 꼴이 되는 셈이다.

"새로 집권할 정권이 중국의 혼란을 잘 마무리 지을 수 있다면 그들은 우리와 좋은 파트너가 될 수 있습니다. 그들 또한 실정을 펼친다면 우린 장개석을 다시 한번 밀어줄 수 있고요."

"하지만 빨갱이들은요? 중공이 침공해 온다면 이토록 정치적으로 분열된 남중국이 버틸 수 있겠습니까?!"

"모택동은 극도로 호전적인 인물입니다. 그가 휴전 협정을 파기한다면 우리가 개입하기 전에 남중국이 멸망할지도 모릅니다."

"결코 그럴 일은 없습니다. 우리가 장개석 정권에 대한 지지를 철회하는 것이 남중국의 안전 보장을 철회하는 게 아니라는 걸 명확히 인지시키면 될 문제입니다."

이쯤 되자 여러 의견들은 정리되어 서서히 윤곽을 드러내고 있었고, 대통령의 비서 한 명이 슬그머니 내게 다가와 쪽지 하나를 내밀었다.

익숙한 아이크의 필적이었다.

[중공이 침략하지 않는다는 확신이 있나? 그 촉이 오나?]

나는 펜을 들어 'YES'라고 적고는 다시 비서의 손에 쥐여주었다. 나의 야매 지식채널에 따르면, 지금 중화인민공화국은 절대절대 침략을 할 능력이 없다.

[7년 안에 영국을 따라잡고, 15년 뒤에 미국을 제치겠다!]

[참새는 해로운 새다! 전 인민은 참새를 때려잡자!]

[집집마다 뒤뜰에 용광로를 만들면 세계 최고의 제철대국이 될 수 있다!]

그렇다. 중공은 지금 바야흐로 '대약진 운동'의 시대에 돌입한 것이다.

고마워요, 참새 헌터······!

중화천지 복잡괴기

모름지기 역사의 흐름이라는 것은 너무나 거대해서 그 흐름에 휘말려 있는 사람은 쉽사리 인식하기 어려운 법. 미래를 맛보고 온 이 유진 킴의 가장 강력한 강점은 '왜 이 모양 이 꼴이 나고 있는가?'를 원 역사에 비추어보고 빠르게 파악할 수 있단 점이지만, 저 당시엔 도대체 중국 대륙에서 왜 저런 기괴망측한 일이 연타석으로 벌어지는지 짐작도 할 수 없었다.

콜라에 멘토스 한 알을 던지면 대폭발이 일어난다. 하지만 내가 폭발이 일어난다는 사실을 알고 있는 게, 왜 저런 일이 일어나는지 이과 지식을 보유했단 뜻은 아니다. 그러니까… 내가 전후 사정을 명확하게 깨닫게 된 건 오랜 시간이 지난 뒤, 많은 역사가들의 노력으로 많은 정보가 발굴된 뒤였다.

우선 국공내전부터 되짚어보자. 원 역사와 달리, 이곳 지구에서는 크고 아름다워진 한국이 멸공북진을 위해 만주로 뛰쳐나왔고 장개석의 남중국이 생존에 성공하는 등 참으로 많은 역사의 뒤틀림이 있었다.

모택동은 중원을 일통하지 못했다. 장개석은 대만으로 쫓겨나는 배드엔드 대신 장강 이남을 꽉 움켜쥐고 버티는 데 성공했다. 냉전의 한복판에서 극한 대립을 이어나가게 된 남북 두 중국은 생존을 위해 미국과 소련이라는 두 초강대국의 도움이 절실했다.

　미국은 가진 게 돈뿐인 만큼 남중국을 위해 많은 물질적 지원을 퍼부어 줄 수는 있었지만, 내부적으로 '장개석 저 무능한 독재자 언제까지 지원해 줄 거야?'라는 반발에 시달려야 했다.

　반면 소련은 사상의 동지이기도 하거니와 어차피 독재 국가인 만큼 내부 반발이라는 게 딱히 없다. 그렇지만 미국처럼 가진 재산이 빵빵하지도 않았고, 공산당 수뇌부들은 항상 중공의 독자 행동을 경계했다.

　그래서 그들은 만주의 광물 자원 상당량을 대금으로 받아먹었고 대련 항 조차, 신강 준독립국화 등 사사건건 중공에서 무언가를 더 뜯어내려 했다.

　하지만 동유럽 위기가 터지면서 중국의 정세 또한 대격변이 일어났다. 유럽에서 핵전쟁 위기가 몰아치는 동안 소련은 중공에 '부탁'이라는 걸 해야 하는 처지가 되었고, 중공은 티베트에서 자유중국을 발라버리면서 휴전 협정이 파기되는 순간 남중국을 말 그대로 찢어버릴 수 있다는 걸 전 세계에 다시 한번 증명했다.

　물론 티베트에서의 싸움은 멋대로 선제 행동을 해 주요 고지를 싹 선점한 시점에서 중공의 승리는 당연한 일이었지만, 대중들의 눈으로 보기에 모택동은 그야말로 불패의 군사 지도자로서 그 명성이 하늘을 찔렀다. '유진 킴의 대적자'라나 뭐라나.

　아무튼, 중공의 위엄이 치솟은 이상 소련은 협상 조건을 조정해야만 했다.

　"우리 소련 당국은 중화인민공화국의 각종 지하자원의 교환 비율을 더 조정해주고, 우리가 보유 중인 각종 광산의 지분들 또한 상당수를 포기하겠습니다."

　"중화인민공화국은 경제 발전을 위해 소련 동무들의 도움이 더욱 필요합니다. 앞으로도 많은 지도편달 부탁드립니다."

"미 제국주의에 맞서는 여러분들의 뒤엔 무수한 세계 프롤레타리아들의 지원이 있습니다. 중공 여러분들도 안전 보장을 위해 바르샤바 조약기구에 가입하는 게 어떨지요?"

대련 조차는 명목상으로 종료되었다. 중공은 대련을 돌려받았지만, 그 직후 바르샤바 조약기구에 가입하였고 조약에 의거해 소련군은 계속 대련에 주둔하게 되었다. 애당초 대련에 주둔 중인 소련군은 PATO에 맞서는 일종의 인계철선이었으니 중공 입장에선 이들이 철수하면 안 된다. 원 역사의 주한미군과 거의 흡사한 역할이다.

신강 지역, '카슈가르 소비에트 사회주의 공화국'은 소련과 중공이 공동으로 영향을 끼치는 곳이 되었다. 위구르인들에게 다시금 중국의 영향력이 미치기 시작한 셈이다.

이렇게 중공의 기세가 절정에 이르렀을 때.

"우리는 이제 모든 스탈린의 악업으로부터 벗어나야 합니다!"

흐루쇼프가 탈—스탈린주의 정책에 돌입했다. 모택동은 자신의 집권 정당성을 '소련에는 스탈린, 중국에는 모택동'으로 잡았었다. 모택동이 옛날 중국의 황제와 같은 권력을 휘두르는 이유는 결코 그가 중공 황제여서가 아니라, 스탈린이 몸소 공산 국가의 지도자로서의 모범 케이스를 보여줬기 때문이다.

하지만 세계 공산주의의 새로운 지도자가 된 흐루쇼프가 스탈린 격하 운동을 벌이자 모택동의 정당성은 위협받았고, 모택동은 이에 극렬히 반발하며 소련과의 거리를 벌리… 고 싶었지만 소련의 '보호'가 절실하단 사정이 바뀌진 않았다.

그 결과.

"우리 중화인민공화국 또한 보다 인민들의 자유를 보장하도록 하겠습니다."

"중국 공산당은 인민을 위한 당입니다! 남중국 괴뢰 도당들은 인민들을 굶주림에 시달리도록 방치하고 있지만, 우리 인민공화국은 인민 여러분들 모두가 쌀밥에 고깃국을 먹는 새로운 세상을 가져다줄 것입니다!!"

모택동은 계속해서 중공의 두목 자리에 앉아 있기 위해 '경제 발전'이라는 키워드를 제시해야만 했고.

[협동농장 설립하여 굶주림을 영원히 내쫓자!]

[쥐, 모기, 파리, 참새의 씨를 말려 농업 생산량을 늘리자!]

[집집마다 용광로를 설치해 산업 대국 이룩하자!]

마침내 대약진 운동이라는 비극이 시작되었다.

"참새!! 참새를 죽여라!!"

"모 동지께서 우리 입에 들어갈 쌀을 훔쳐 먹는 참새를 쓸어버리라 하셨다!!"

"우리 마을의 철 생산량을 늘려야 한다! 쇠스랑이고 낫이고 전부 용광로에 처넣어!"

모택동과 중국 공산당이 약속했던 빛나는 미래. 대약진 운동 단 1년 만에 중공은 기록적인 흉년을 찍으며 화려하게 폭발해버렸다.

* * *

중공이 아귀지옥을 향해 힘찬 대약진을 하는 동안.

"하야하셔야겠습니다."

"…어찌 이럴 수가 있소?! 김 장군, 김 장군이 어찌 날 버릴 수가 있단 말이오!!"

"걱정 마십시오. 저희는 결코 혈맹인 장 총통님을 버리지 않습니다. 공산주의에 맞서 중화 문명을 존속할 능력이 있는 자는 오직 총통 각하뿐입니다."

나는 국무장관 임기 마지막을 아시아에서 보내야만 했다.

장개석은 처음에 극렬하게 반대했다. 정확히는 미국조차 자신을 포기했다는 사실에 극도로 실망했지만, 나는 여러 가지 시나리오를 제시하며 그를 달랬다.

"저희의 예상대로라면 총통께선 몇 년 뒤 다시 돌아오실 수 있습니다. 지금은 어리석은 이들이 대인을 밀어내려고 애를 쓰고 있지만, 그들도 결국엔 현실을 받아들이리라 믿습니다."

"…좋소. 마지막으로 내 한 번 믿어보리다."

[중화민국의 총통으로서, 나는 현재 분열된 국론을 더 이상 좌시할 수 없다는 결론에 이르렀다. 공산 비적들이 호시탐탐 중화를 암흑의 길로 몰아넣으려는 현 시국에서 우리는 하나로 뭉쳐야 하지만, 민주주의의 대의 또한 결코 저버릴 수 없는 소중한 가치이기에……]

장개석은 마침내 하야를 결단, 중화민국 인민들은 마침내 민중의 힘을 하나로 모아 독재자를 몰아내고 민주주의를 거머쥐었다.

"국민 여러분, 우리가 해냈습니다! 마침내 끝이 없는 것만 같던 독재 체제가 무너지고 우리가 이 나라의 주인이라는 사실을 입증했습니다!"

"장개석이 물러났다!!"

"중화 민주주의 만세!!"

"중화민국 만세!!"

"민주주의 혁명 만세!!"

국부군 전차가 남중국 인민들을 깔아뭉개기 직전, 4월 19일을 기해 장개석이 총통직에서 하야하면서 '중화민국의 민주주의 혁명'이 달성되었다. 축제와 같은 열기가 남중국 전체를 휘감았다. 모두가 거리로 뛰쳐나와 환호했고, 앞으로의 희망찬 미래를 예감했다.

하지만 축제는 딱 거기까지.

"이 드넓은 대륙을 강력한 중앙정부 하나가 통치해야 한다는 발상이 문제였습니다."

"그 강력한 중앙이 하는 일이 뭐가 있었습니까? 이제 우리도 미국을 본받아야 합니다. 일본도 미국식 연방제를 도입하니 패전의 상처를 딛고 재건되고 있잖습니까."

"그렇지요. 지방의 자치권을 존중하고, 황제 같은 강력한 총통 대신 폭넓은 민의를 실현할 수 있는 새로운 법률과 제도가 필요합니다."

호랑이 없으면 여우가 왕. 장개석이 하야하고 중앙정부의 권위가 흔들리게 되자 가장 이득을 본 이들은 당연히 각지의 군벌들과 지방의 세력가들. 그들은 기회는 오직 지금뿐이라는 듯 어떻게든 자신들의 권력을 확대하기 위해 수단과 방법을 가리지 않았다.

새로이 떠오르고 있던 자본가들 또한 이들과 손잡고 다시금 부정부패 카르텔을 결성했고, 이들은 아예 이번 기회에 내각제 개헌을 밀어붙여 천년만년 영원히 해먹을 제도적 기반을 만들려 했다.

"개헌 반대! 결사반대!"

"나라를 좀먹는 군벌들을 타도하자!"

"어허, 민주주의 국가에서 표로 싸워야지 어디서 데모질이야?"

"너희 중공 간첩이지? 그치!"

물러난 장개석을 대신해 임시 총통으로 취임한 손과(孫科, 쑨커)로 말할 것 같으면 무려 중화민국의 국부 손문의 외아들. 게다가 유년 시절부터 석사 학위 취득까지 약 20년간 미국에서 살았던 탓에 미국의 지지까지 받고 있는 인물로, 결코 무능한 사람은 아니었다. 하지만 그의 앞엔 중앙정부를 허깨비로 만들려는 군벌들이 득실댔고, 뒤에는 자신을 바지사장 취급하며 복귀 찬스만 기다리는 장개석이 있었다.

이 끔찍한 정치적 혼란 속에서.

"살려주시오!!"

"이러다 굶어 죽겠습니다. 제발 살려만주십쇼."

"사해가 동포라 하지 않았습니까. 제발!"

중공발 난민이 떼로 몰려오기 시작했다. 장강 비무장 지대는 순식간에 끝없는 거지 떼로 뒤덮였고, 수백만 난민의 물결은 무한과 남경, 상해로 쏟아져 들어왔다.

"돌아가!! 탈북자는 처형이다!"

"닥쳐! 밥이 없단 말이다!!"

인민해방군은 이들 탈북자 무리를 막으려고 용을 썼지만, 이미 먹을 게 없어 생명의 위협을 느끼던 중공 인민들은 꾸역꾸역 남쪽으로 남쪽으로 내려왔다.

중화민국 정부는 배를 잡고 웃었다, 처음에는.

[공산비적 모택동은 참새를 잡으려다 인민을 때려잡았다고 합니다. 중공의 억압과 탄압을 견디지 못한 북쪽 동포들이 자유를 찾아 내려오고 있습니다!]

[중화민국은 탈북자 여러분들을 진심으로 환영합니다!]

하지만 점점 숫자가 불어났다.

"너무 많습니다!"

"중공과 소련이 항의 서한을 보냈습니다. 탈북자들을 송환하지 않으면 가만있지 않겠답니다!"

"미친 새끼들, 도대체 농사를 얼마나 망친 거냐고!!"

장강을 낀 대도시들은 밀려드는 난민으로 인해 그 기능이 마비되었고, 순식간에 무법지대가 되었다.

"군대를 동원해서라도 거지새끼들을 다시 내몰아버려야 합니다."

"그건 휴전 조약 위반입니다!"

"중공 놈들, 혹시 농사 실패는 전부 거짓말이고 우리가 군을 일으키길 기다렸다가 침략을 재개할지도 모릅니다."

"공비 놈들이라면 그러고도 남지. 악랄한 새끼들."

"남경은 지금 법이 없는 도시가 되었습니다. 거지 놈들이 도적으로 변모해 아무 민가에나 쳐들어가 약탈을 일삼는단 말입니다!!"

모택동의 참새 헌팅은 중공을 파멸로 인도했지만, 남중국 또한 그 거대한 쓰나미에 휩쓸려 지옥 같은 혼란에 빠졌다. 그 어느 때보다 힘이 약해진 중화민국 정부는 이 혼란에 제대로 대처하지 못했고.

"중앙정부는 북에서 내려오는 저 거지 떼들 하나 통제하지 못합니까?"

"세금만 뜯어 가면서 대관절 당신들이 하는 일이 뭡니까. 우리 성의 난민 문제는 우리가 알아서 할 테니 당신네들은 이 문제가 해결될 때까지 세금 받아 가지 마시오."

"지금 독립을 하겠다, 그 말인가?!"

"독립이라니요. 이 전대미문의 위기를 극복하기 위해 각 성의 폭넓은 재량권이 필요하다는 게지요."

군벌들은 기회가 이때라는 듯 아예 시계를 거꾸로 돌려 군웅할거 시기로 되돌아가고 싶어 했다.

결론만 요약하자면.

"모택동 동지. 그동안 고생 많으셨습니다."

"너희가, 너희가 지금 나를 몰아내겠다고!!"

"너무 많은 인민이 굶어 죽었습니다. 우리는 인민을 굶겨 죽인 무능한 놈들이라고 역사서에 이름을 새기게 되겠지요. 동지께서 책임을 지셔야 합니다."

대약진 운동은 2년 만에 중단되었고, 모택동은 실권을 잃은 뒷방 늙은이로 전락했다. 모택동 대신 권력을 잡은 유소기(劉少奇, 류사오치)와 등소평(鄧小平, 덩샤오핑)은 유엔에 출석해 살려 달라는 SOS를 쳤고, 중공은 멸망 위기에서 아슬아슬하게 벗어났다.

하지만 남중국의 혼란은 쉽사리 수습되지 않았고.

"중국을 좀먹는 건 바로 군벌들이다!!"

"장 총통은 실로 선녀였다!!"

"거 보십쇼. 제가 복귀 각 나올 거라고 말하지 않았습니까?"

"…어째서 내가 이 나라를 발전시키려 할 때마다 모든 게 잿더미가 되는지 모르겠소."

몇 년 뒤 열린 총통 선거에서 장개석은 압도적인 대중의 지지를 얻어 다시 당선, 권좌에 복귀했다. 바로 몇 년 전 그를 쫓아냈던 중국 인민들은 극도의 혼란에 넌더리를 냈고, 차라리 장개석이 낫다는 결론에 이른 것이다. CIA가 살짝 양념을 치긴 했지만… 아무튼 민의는 민의였다.

"중국은 하나다!"

"지방자치를 논하는 자들은 한간이오, 공산비적이라!"

"분열을 책동하는 이들 중 속이 검지 않은 이가 없도다!"

돌아온 장개석과 미국 정부는 '군벌들을 방치하면 저놈들은 자신들의 이득을 위해 다시 중공에 빌붙고도 남는다.'라는 결론을 내린 뒤 무자비한 빠따질에 들어갔고, 사실상 내전에 준하는 격렬한 싸움 끝에 이번에야말로 장 대인은 군벌들을 모조리 찢어버리고 절대적인 독재정권을 구축했다.

한편, 방구석 퇴물로 전락한 모택동은 다시 권력을 잡기 위해 새로운 음모를 꾸몄다.

[어째서 공산주의 국가인 중공에 빈부의 격차가 생기고 노동자와 농민은 갈수록 헐벗게 되는가?]

[모 동지께서 교시하시길, 남중국 간첩과 자본주의자들이 공산당 내에 잠입해 농민의 몫을 훔쳐 가고 있다고 하셨다!]

[인민들이여, 젊은이들이여, 즉시 떨쳐 일어나 서방 간첩들을 때려잡고 나라를 구하자!]

[혁명무죄 조반유리(革命無罪 造反有理!)]

전국 각지에서 몰려드는 모택동 추종자, 홍위병들의 상경. 천안문 광장은 순식간에 홍위병들로 가득 찼고, 모택동은 칩거를 깨고 다시 등장했으며, 모택동을 쫓아냈던 이들은 홍위병들의 손에 죽거나 도망쳐야만 했다.

대약진 운동의 상처를 치유하던 중공은 모택동의 이 깜찍한 '문화대혁명'에 의해 초토화될… 뻔했지만.

"모택동은 혁명의 배신자다. 이미 한 번 인민의 삶을 파탄 내고 흉년지옥에 빠뜨렸던 이가 권력을 탐해 친위 쿠데타까지 일으키다니! 이게 보나파르티즘이 아니면 무엇인가!"

"중화인민공화국 주석 유소기 동지의 긴급한 요청에 따라 바르샤바 조약기구는 즉시 치안 유지를 위해 개입하는 바입니다."

소련군이 즉각 개입했다.

천안문 광장을 가득 메웠던 홍위병들은 대련에서부터 달려온 소련군의 탱크에 무자비하게 진압당했고, 모택동은 거지로 분장해 도망치려다 붙잡혔다. 역사는 이 사건을 모택동 반역 음모, 또는 홍위병의 난이라 적었다. 문화대혁명이 아예 삭제된 것이다. 이후 중공은 '체제 경쟁에서 승리하기 위해서는 무엇이든 할 수 있다.'라는 모토 아래 정말로 무엇이든 하면서 경제 발전에 매진했다.

정말로 무엇이든.

"네? 잘못 들었습니다?"

─대한민국 외무장관이 뉴델리에서 등소평과 비밀리에 회담을 가졌답니다! 킴 대원수, 정말 한국이 빨갱이 편에 붙지 않으리라고 확신하십니까?!

"아니, 그게, 그러니까……."

─대원수께서 특사로 한국에 가주셔야겠습니다. 부탁드립니다.

퇴임 후 소일거리로 〈ABC 방송국〉 창사 특집 시리즈, 〈파워레인저〉 제작에 집중하던 나는 그렇게 한국으로 차출당했다.

실로 억울한 일이었다. 이번엔 진짜 내 잘못 아닌데.

아메리카 갓 프레지던트

〈파워레인저〉를 제작하면서 '리더가 레드라니, 그건 너무 용공분자 같지 않습니까?'라는 이야길 듣고 목에 고구마가 걸린 듯 캑캑대던 내가 한국으로 차출당하기 몇 년 전. 그러니까 1956년.

8년간 미합중국의 대통령으로 재임한 아이젠하워의 임기도 그 막을 내릴 때가 다가왔다. 이 8년이 어디 보통 8년인가. 선거 때부터 매카시즘으로 시작해서 마지막엔 세계를 우라늄으로 노릇노릇 구울 뻔한 위기까지. 그야말로 너무 어메이징한 사건들이 끝도 없이 연타석으로 등판했던 탓에 정신이 아득해질 것만 같다.

아이크가 백악관에 앉아 있던 이 8년간 나는 솔직히 억지로 임명된 사람이라고는 생각하기 힘들 정도로 열심히 내 업무를 쳐냈다. 이만큼 개처럼 노역을 했으면 그동안 포커판에서 사기 친 업보는 다 갚았다고 봐도 무방하리라. 파트라슈도 8년간 우유 배달에 종사하진 않았단 말이다, 이 망할 자식아. 진짜 내가 파트라슈처럼 근무 중에 죽어버리면 산재 처리라도 해줄겨?

아이크는 임기 동안 많은 일들을 했지만, 소중한 친구 아이크의 임기 내 있었던 일에 대해 하나씩 논해보자면 이 글이 너무 길어질 것만 같으니 그건 추후에 다루기로 하고.

성공적인 8년 임기의 끝이 다가올 때쯤, 사람들의 이목은 느리지만 확실하게 백악관의 다음 주인에게로 쏠리기 시작했다.

"킴 장관님. 때가 왔습니다."

"무슨 때요?"

"그야 물론 백악관에 갈 때를 말하지요."

"전혀 생각 없습니다."

"뭐, 그러실 줄 알았습니다."

닉슨은 고개를 끄덕이며 말했고, 나는 갑자기 이 젊은 친구를 골려주고 싶다는 노인네 특유의 심술이 샘솟았다.

"어? 기다렸다는 듯 끄덕거리시네? 혹시 제가 너무 충실히 일했더니 호구로 보이십니까."

"아, 아닙니다. 대원수께서 대권에 도전할 의향이 있다고 헛기침만 한번 하더라도 공화당은 킴 장군을 지지할 겁니다. 다만……."

"다만?"

"가고 싶지 않으시잖습니까, 백악관. 그걸 원하셨다면 진작에 공화당에 입당부터 하셨겠지요."

이래서 눈치 빠른 정치인은 싫다니까.

나는 얼굴에서 장난기를 좀 빼고 진지한 얼굴을 만들었다.

"그렇지요. 그리고 앞으로도 저는 당적을 가질 생각이 추호도 없습니다."

"잘 알겠습니다. 그래도 혹시나 해서 여쭤봅니다만, 당의 울타리 바깥에 계시더라도 지지 의사를 표명하는 후보가 있으십니까?"

"없습니다. 더 나대고 싶은 생각 전혀 없네요. 혹시 제 지지 필요하십니까?"

닉슨은 그 질문을 기다렸다는 듯 일말의 망설임도 없이 고개를 저었다.

"먼저 여쭤봐주셔서 대단히 감사드리지만, 저는 킴 장군의 지지 선언을 요청드리지는 않겠습니다."

"호오?"

"벌써부터 장군의 도움을 받기엔 그 청구서에 내역이 얼마나 가득 찰지 무섭습니다."

닉슨은 스스로의 힘으로 백악관에 들어가겠노라 참으로 호쾌하게 자신의 의지를 피력했고, 나는 그에게 덕담이나 좀 해주는 것으로 끝냈다. 행여나 나를 또 공직에 앉히려 했다간 한밤중에 대원수가 칼 물고 네 발로 백악관에 기어들어 오는 모습을 보게 될 거라는 경고는 덤이고.

그리고 본격적으로 공화당 내 대선 후보들에 대한 하마평이 오가기 시작하면서, 나와 아이크는 동시에 뒷목을 붙잡고 의사 소견을 구하게 되었다.

"지금 이 미합중국에 필요한 대통령은 무엇보다도 강인한 대통령입니다. 그리고 문득 생각해봤는데, 가장 강인한 의원은 아무리 따져봐도 나인 듯합니다."

"어, 패튼 의원님? 혹시 지금 출마 의사를 밝히고 계십니까?"

"그렇습니다. 이 조지 스미스 패튼 주니어가 아니라면 대체 누가 미국에 영광을 가져다주겠습니까?!"

"아직 초선이십니다만……?"

"그런 건 중요하지 않습니다. 조지 워싱턴 대통령은 어디 상원의원 몇 선 지낸 후에 대선 출마하셨답니까?"

피에 굶주린 소행성 P-4TTON의 난데없는 지구 낙하 소식.

"대권을 노리신다면 그에 걸맞은 비전을 보유하고 계십니까?"

"물론이지요. 현명하기로는 단연 캘리포니아에서도 으뜸가는 내 정견을 말씀드리자면, 지금 이 나라의 모든 문제는 전부 저 모스크바의 빨갱이들이 살아서 산소를 빨고 있기 때문입니다. 그놈들에 비하자면 차라리 히틀러와 독일 놈들이 낫지, 적어도 그놈들은 전사였거든. 그래봤자 전부 내 손에 뒈졌단 사실이 바뀌진 않지만. 아무튼! 내가 대통령이 된다면 당장 핵무기를 꺼내 모스크바에 일단 한 발을……!"

그리고 패튼은 패튼이었다.

진짜 돌아버릴 것 같았다.

[조지 패튼 상원의원, 대선 출마 선언!]

["내가 대통령이 돼 모스크바를 잿더미로 만들어버리겠다" 연이은 충격 발언.]

["나약하게 협상 테이블로 끌려 나가서 이 나라가 이 꼴" 작심 발언, 공화당 분열의 신호탄?]

"이 빌어먹을 인간은 대체 왜 매번 초를 쳐, 초를!!"

"도대체 누구야?! 누가 저 새끼 귀에 바람 처넣었어!"

"으아아! 으아아아악!!"

눈에 핏발 가득한 국무부 관료들이 부두 인형의 얼굴에 패튼의 사진을 고정해 놓고 거기에 말뚝을 박는 동안, 누가 차기 대권을 거머쥐느냐를 놓고 서로 하하호호하던 공화당은 순식간에 난장판이 되었다.

"킴 장관, 혹시 패튼한테 지지 의사 표시하셨습니까?"

"혹시 미치셨습니까?"

"아니, 두 분이 제일 친한 사이잖아요. 상식적으로 그동안 패튼 의원이 킴 장관의 공격수 역할이었다는 걸 모르는 이가 없는데 이러시면……."

"그 개새끼가 사람 말을 듣는 놈으로 보이십니까?"

나는 국무장관실까지 찾아와 책임을 추궁하려는 한 의원의 말을 잘라버리고는 그의 어깨를 꽉 붙들었다.

"지금 국무부에 무슨 난리가 났는지 보십쇼. 당장 소련이 펄펄 뛰고 있습니다. 씨발, 내가 8년 동안 우리가 착한 놈이라고 어필하려고 발악을 했는데 그 미친놈이 내 밭고랑에 군홧발로 들어와서는 댄스파티를 벌이고 있다고요!"

"그럼, 정말로, 킴 장관과는 아무 관계 없습니까?"

"예. 아예 분명히 말해 두지요. 나는 이번 선거에 그 누구와도 접촉할 생각이 없습니다!"

이건 그나마 귀여운 축에 속했다.

백악관은 순식간에 손만 대도 베일 것 같은 도산검림처럼 무시무시한 살기 나풀나풀 흩날리는 공간이 되었고, 무림맹주 아이젠하워께서는 매일 밤 잠자리에 들면서 패튼에게 척살령을 내릴까 말까를 고민하고 있다는 루머가 내 귀에까지 전해졌다.

"…루머 아닙니다."

"엑."

"대통령께서 직접 움직일 수는 없지만, 당 차원에서 징계를 먹일 방법이 없는지 은밀하게 검토하고 있다고 합니다."

단 며칠 새 닉슨은 야심 넘치는 젊은이에서 야근과 상사라는 압착기에 짜부가 되는 신입사원의 퀭한 모습으로 변해버렸다.

"그래서, 대선 출마는……."

"안 합니다."

"패튼이 유의미한 득표를 거두기는 힘들잖아요? 어차피 경선에서 대의원 표를 크게 받을 수 있는 것도 아니고, 대선에 나갔을 때 경쟁력이 있는 것도 아니고."

"민주당은 바보가 아니니까요. 우리에게 전쟁광 이미지를 씌우기에 최적의 상황이 됐습니다."

아니나 다를까. 민주당은 즉시 기회는 이때라는 듯 포문을 열고 맹공에 들어갔다.

"군인 황제 시대 12년간 각 주의 권리는 짓밟히고 연방 정부는 옛 로마 황제처럼 제멋대로 정치를 전횡했습니다. 언제까지 이 나라를 군인들의 손에 맡겨야 합니까? 이제는 갈아야 합니다!"

"맥아더, 아이젠하워, 킴. 그리고 이제 패튼입니까? 누가 봐도 웨스트포인트 파벌이 이 나라의 권력을 독점하기 위해 저들 입맛에 맞는 후보를 고르려는 음모가 분명합니다!"

"민주당에 표를 던져 주십시오. 저자들에게 이 나라를 맡기기엔 현 시국은 너무나도 위험합니다!"

민주당에서 대권에 도전하겠노라, 내가 정권 교체의 대업을 이룩하겠노라 하는 이들은 하나같이 마이크를 붙들고 공화당 때리기에 나섰다.

그리고 칼날 중 몇 개는 내게도 날아왔다. 나도 모르는 새 나는 그 이름도 찬란한 '웨스트포인트 파벌'의 핵심 수괴 중 한 명으로 등재되어 있었고, 거기에 맥아더 정권부터 지금에 이르기까지 핵심 직위를 역임한 실질적 수장이라는 그럴듯한 부연까지 붙어 있었다. 미치겠네, 진짜. 나는 그냥… 노예라니까! 난 일하기 싫었다고!

"노예라고요?"

"예에. 정말입니다. 저는 털끝만큼도 권력에 관심이 없습니다."

그 민주당 대선 후보 중에서는 우리의 친구, 정진인(鄭眞人) 트루먼 상원의원도 있었다.

"그렇다면 장군께서 저를 지지해 주신다면 어떨까요? 공화당에 딱히 관심이 없으시면 이번엔 민주당 편을 한 번쯤 들어서 본인의 무해함을 강조해야 하지 않을까요?"

"하하. 하하하하."

"아, 농담 아닙니다. 저는 무척 진지하게 말하고 있습니다."

"대가는요?"

"원래는 국무장관 유임을 제안할까 했는데, 장군의 표정을 보니 아무래도 '일절 건드리지 않고 야인으로 돌려보내드리겠습니다.'가 더 적절한 딜 같습니다. 어떻게 생각하시는지?"

"바로 그게 제가 원하던 겁니다. 역시 저를 이해해 주시는 분은 트루먼 의원님밖에 없습니다."

원 역사에서 트루먼은 4선을 맞이한 FDR의 부통령으로 지목되었다가 그가 죽으면서 난데없이 대통령 자리에 오르게 되었다. 하지만 지금 그는 오래도록 상원의 터줏대감으로 군림하고 있었고, 민주당 내 딕시크랫인 동시에 뉴딜 파벌과 관계도 원만하면서도 '주권민주당' 창당 사태 때 딕시들에게 가담하지 않았다.

그야말로 준비된 인재. 남부의 표심을 잡으면서도 나름대로 어필할 구석이 있는 민주당의 핵심 인사 아닌가. 이제 그는 적절한 타이밍에 나와의 친분을 어필해 공화당 표까지 빨아먹을 작정인 듯했다.

"아시다시피 저는 갑자기 듣도 보도 못한 이상한 파벌의 중진으로 불리고 있는데……."

"그건 무시하셔도 됩니다. 패튼이 정말 공화당 후보가 되지 않는 이상 그 괴소문은 공화당 경선이 끝날 때쯤 무의미해질 테니까요."

"그 말씀은 민주당 대선 후보로 확정된 이후에야 저라는 패를 깐단 뜻이겠고요."

"정확하십니다. 지금은 입 다물고 있어야지요."

"그러면 우선 민주당 경선이 끝나길 기다리겠습니다. 긍정적으로 검토해보겠습니다."

정치인이나 관료들 입에서 나오는 '긍정적 검토'라는 말은 아무것도 해주지 않겠다는 말과 동일하지만, 이 유진 킴의 긍정적 검토는 진짜 긍정적으로 생각해보겠단 뜻이다. 여기서 '죄송하지만 제가 공화당과의 의리가 있어서 그건 좀 힘들겠네요.'라고 말해도 누가 나더러 뭐라 하겠는가? 트루먼 또한 당연히 그 사실을 이해했고, 우린 웃으며 헤어질 수 있었다.

하지만.

[민주당 경선 종료!]

[조지프 패트릭 케네디 주니어, 민주당 대선 후보로 선출되다!]

['미국은 젊은 피를 필요로 한다.' 케네디, 대의원들을 매혹시키다!]

[부통령 후보 트루먼 상원의원 지명… 딕시 표심 잡기에 나서]

[과연 최초의 가톨릭 대통령이 백악관에 입성할 수 있을까?]

뭔가 세상이 이상했다. 케네디는 알고 있다. 암살당해 죽은 미국 대통령 아닌가. 그 집안이 워낙 빵빵하기도 하니 모르려야 모를 수가 없다.

하지만 내가 기억하는 얼굴이 아니었다.

"JFK? 존 피츠제럴드 케네디, 아아, 케네디 가문의 차남이죠."

"차남?"

"예. 이번에 민주당 대선 후보가 된 케네디 의원이 장남이고 존은 차남입니다. 해군항공대에서 복무했었고, 잽스 군함을 격침시켜서 훈장도 받았었지요. 모르십니까?"

"그, 아시다시피, 아무리 집안이 빵빵하다 한들 제가 물개 중위따리를 기억할 만한 천재는 아니거든요?"

밀러는 나를 굉장히 떨떠름하게 바라봤지만, 뭐 어쩌란 말인가. 케네디가랑 우리 집안이 딱히 겹치는 부분도 없는데.

"아드님 전우… 입니다만."

"부랄친구도 아니고 다 큰 애 친구를 어떻게 알아!"

"같은 항공모함에 배치되어 있었다더군요. 아, 한반도 해방작전 때도 계속 복무했었으니 장군의 지휘를 받았을지도 모르겠군요."

"그렇게 너무 쪼지 말고… 헨리 편으로 끈을 좀 대볼까."

모름지기 군인의 행동은 신속해야 하는 법. 가장 먼저 나는 백악관에 사직서를 내밀었다.

"너, 너어. 니가 패튼 그 인간 말종한테 의원직만 안 밀어줬어도……!"

"내 잘못 아냐, 시발. 난 솔직히 그 인간 억제기였다? 이건 좀 인정해라?"

시나리오는 완벽했다.

나는 마지막 공무로 중화민국에 날아가 장개석이 하야하도록 설득했다. 런이 예정된 만큼 이번 출장은 도로시와 함께였다. 그다음엔 필리핀으로 가 아나스타시오와 비센테 선배를 만났고.

[유진 킴 국무장관, 병환으로 요양.]

[국무장관 사임 의사 밝혀.]

신속하게 사표는 수리되었다.

패튼은 당연히 공화당 경선에서조차 개처럼 욕을 처먹으며 쫄딱 망했고, 공화당은 평화와 젊은 인재론을 내건 민주당에게 대선에서 패하고 말았다. 그리고 얼마 후 패튼은 상원의원 재선을 위한 당내 경선에서조차 닉슨에게 패해 야인이 되었다.

"행복한 꿈을 꾸었네, 후배님."

"지랄하지 말고 빨리 아이크한테 가서 대가리나 박으세요. 민폐도 정도껏 떨어야지 진짜."

"내게 소련을 멸망시킬 완벽한 비책이 있었는데……."

"아, 그리고 앞으로 나랑도 연락하지 맙시다. 솔직히 참을 만큼 참았어 나도."

"후배님!! 이러기인가!!"

"꺼져! 꺼지라고!"

그렇게 이 지긋지긋한 악연이 다 늙은 뒤에야 끝난 줄 알았건만.

—이봐, 진.

"자유인 유진 킴에게 전직 대통령께서 전화를 다 걸다니. 무슨 일인고?"

—진지하니까 좀 똑바로 들어봐. 패튼 그 인간이 전쟁터로 간 모양이야. 용병이랍시고 중동에 갔다던데.

나는 마시던 브랜디를 힘차게 내뿜었다.

─듣고 있나? 네가 싼 똥이 지금 아랍의 사막에 굴러다니고 있다고.

"켈록켈록! 카아악! 난 그 인간이랑 연 끊었어."

─나도야. 하지만 외국에선 그렇게 생각하지 않는 모양이던데.

"끊는다."

─야, 야!! 유진 킴! 야!

나는 아이크의 고함을 외면한 채 수화기를 내렸다.

몰라, 시발. 내일모레 칠순인데 그만 좀 괴롭혀라.

2장
악으로 깡으로 버텨라

대원수의 은퇴 라이프 1

"모스크바에 버섯구름을!"

"지랄은 거기까지다, 패튼!"

1956년 미합중국 대통령 선거가 역사에서도 유례를 찾아보기 힘든 개차반을 향해 달려갈 때쯤, 마침내 나는 자유를 되찾았다. 미국이 개판이 되든 말든 알 게 뭐냐. 환갑을 넘어서까지 노예처럼 부려먹히던 내 인생이 개차반인데.

"장관님, 부탁드립니다. 장관님께서 그동안 세계 평화를 위해 얼마나 헌신해 왔는지는 온 세상이 다 알고 있잖습니까? 이제 마지막으로 약간의 도움만 주신다면……."

"나는 나보다 약한 녀석의 명령은 듣지 않는다."

"네?"

"사표 수리됐는데 무슨 장관입니까. 제가 지금 언제 죽을지 모를 중태라 도저히 일을 할 수가 없네요."

"어제 폴로 한 판 뛰신 분이 중태라니 이 무슨……!"

"어허."

주필리핀 미국 대사는 형언할 수 없는 거대 심우주 오징어라도 구경한 듯한 표정이 되었지만, 내가 지금 남 사정 봐줄 처지는 아니잖은가. 몇십 년 만에 드디어 은퇴해서 부부 동반 여행을 나왔는데 내가 또 일을 해야겠나? 지금 내게 일을 시키려는 놈은 부부 동반 샷건 맞을 각오는 하고 찾아오도록.

사표가 수리되기 전 죽네 마네 드러누워 세상 다 산 사람처럼 굴었던 나는 사표가 수리되기 무섭게 이불을 걷어차고 건강 그 자체로 돌변해 필리핀 관광 일정에 나섰다. 오랜만에 친구들도 만나서 이야기 좀 하고, 사진도 찍고, 마닐라 시티투어도 좀 하고, 바다에서 고오급 레저 활동도 하고 얼마나 좋아. 애들도 다 키웠으니 정말 인생의 마지막을 재밌게 보낼 일만 남았다.

하지만 이 유진 킴을 골수까지 짜먹고 싶어 하는 놈들의 야망은 도무지 멈추지를 않았으니.

"킴 쇼군님. 필리핀은 참으로 덥지 않습니까? 지금 일본의 모든 시민들은 킴 쇼군께 우리가 이룩한 번영과 재건의 성과를 선보이고 싶어 몸이 잔뜩 달아 있습니다."

"허허허. 그래요? 제가 일본인들의 부지런함을 모르는 것도 아니고, 여러분들은 이미 한 번 해본 적 있는 분들이 있으니 잘하시겠지요. 나중에 기회가 된다면 한번 개인 자격으로 방문하겠습니다."

"아니 됩니다!! 왜놈들이 겉과 속이 다른 종자임은 다른 누구도 아니고 김 장군님께서 더 잘 알고 계시잖습니까? 걸핏하면 총리도 죽이던 놈들입니다. 차라리 서울로 오시지요."

"한국인들은 언제까지 핏줄에만 의지해 영업… 아니, 초대를 하실 생각이십니까? 쇼군께서는 항상 핏줄의 조국인 조선, 아니 한국을 배려하고 있는데 정작 한국을 대표한다는 외교관께서는 왜 흑색선전만 일삼으시는지? 이래서야 일한 협력과 PATO의 화합이 가능하겠어요?"

조곤조곤 패는 것 좀 보게. 이런 말 하긴 좀 그렇지만 아직 한국과 일본의 경험치 차이는 고작 패전 한 번으로 뒤집기엔 조금 역부족인가? 일본 대사의 말에 어금니를 꽉 깨물던 한국 대사는, 우리들 귀에 들릴락 말락 아주 작은 소리로 혼잣말하듯 승리의 주문을 읊었다.

"축구도 못하는 좆밥들 주제에."

"뭐, 뭐라고! 지금 당신 뭐라고 했어! 그게 지금 외교관 입에서 나올 소리야?!"

"예? 아무 말도 안 했습니다만. 혹시 켕기는 게 있으셔서 이러시는지… 한 번도 아니고 두 번 졌으면 좀 자아성찰도 하고 그래야 할 텐데."

"야! 너 동발 몇 기야! 내가 니네 장관이랑 새벽에 눈물 젖은 유진탕 끓여 먹던 사이야! 야!!"

"두 군데 다 이번엔 갈 생각 없으니까 둘 다 나가요. 시끄럽습니다."

"장군님, 혹시나 해서 여쭙습니다만 미국이 중화민국에 힘을 실어주려 하는 건……?"

"제발 확대해석 좀 그만하시고요."

그래도 저 정도면 사이좋은 것 같아서 참 다행이에요. 같은 맥도날드 체인점들끼리 머리채 잡고 싸우면 보기 좀 그렇잖아.

* * *

나라는 인간의 입지나 특성상, 그 움직임은 당연히 조심스러울 수밖에 없다. 특히 아시아에서는 그놈의 선거 때만 되면 나를 못 데려와서 안달이 났다. 당장 일본도 선거 앞두고 나 모셔오겠다고 난리를 쳐댄 게 눈에 빤히 보였으니까.

그런 의미에서, 퇴임 뒤의 영국행은 정말 어떠한 의미도 담지 않은 순수한 의미의 출장이었다. 도로시와 함께긴 했지만 정말 돈 벌려고 온 거라고.

"드디어 은퇴했나?"

"신수가 훤해 보이시는군요. 이게 먼저 은퇴한 사람의 여유입니까?"

"퇴물의 말로일세. 귀관도 이제 익숙해져야 하는 길이고."

영원히 짖어댈 것만 같던 제국주의의 불독 처칠 또한 나이를 이길 순 없었다. 살 떨리던 동유럽 위기를 거치면서 이미 별로 좋지 않았던 처칠의 건강은 급속도로 악화되었고, 그는 얼마 지나지 않아 총리직을 내려놓고 지금은 하원의원으로서의 금배지만 달고 있었다. 특히 위기 마지막에 외전 격으로 벌어졌던 나세르의 불꽃놀이가 처칠의 멘탈에 크나큰 타격을 준 모양이다.

"킴 장군이야말로 나이를 먹기는커녕 갈수록 회춘이라도 하는 것 같소. 혹시 동방에는 수에즈 운하를 날로 처먹으면 피부가 탱탱해지는 불로장생의 비결이 있나?"

"누가 들으면 제가 수에즈를 날름한 것으로 듣겠습니다."

"아닌가?"

저것 봐. 사람 보자마자 대뜸 살초를 날리네.

"손도 못 쓰고 나세르에게 뺏길 거, 돈이라도 받게 해준 게 누굽니까."

"손도 못 쓰다니. 우리는 수에즈를 점령했었어. 조만간 나세르의 백기 투항을 받아낼 수 있었겠지."

처칠은 마음에도 없는 말을 해대며 내 속을 벅벅 긁었다. 누가 미스터 갈리폴리 아니랄까봐, 지금 내 앞에서 군사 이슈로 입을 턴다고?

"크헤헤헤! 근래 들은 농담 중 제일 웃겼습니다. 영불 연합군이 수에즈 일대를 점령한 건 어디까지나 이스라엘이 이집트 주력군을 붙잡고 있어서 아니었습니까."

"…그런데?"

"당연히 나세르는 이스라엘과 타협하고 수에즈 탈환을 위해 군을 동원했겠죠."

"자네가 중동을 잘 모르는 모양이구만. 알겠나? 아랍인들과 유대인들은 절대 타협을 할 수 없는 처지라네."

"그리고 그 아랍인들은 옛 주인님과도 절대 타협 못 하지요. 뭣보다 이스라엘군은 이집트군을 박살 냈지만, 한 줌 공수부대쯤이야 아무리 이집트군이래도 승산을 점쳐볼 만하잖습니까."

영국과 프랑스에게 수에즈 운하를 줘버리고 이스라엘과 계속해서 전쟁을 벌인다? 나세르가 빡대가리도 아닌데 왜 그런 미친 짓을 하겠냐.

내 비아냥 섞인 물음에 처칠은 결국 입을 다물었다. 그렇지. 나는 영, 프한테 '명예로운 퇴각'의 기회를 준 거라고.

어쨌거나 이집트는 미합중국이라는 신용보증인을 중간에 끼우고 영, 프로부터 수에즈 운하 지분을 50년 분할 상환하기로 약속하지 않았나. 돈이라도 받고 빠지게 됐고, 그 50년간은 나세르가 멋대로 수에즈를 닫아버리기도 어려우니 내가 봤을 땐 이편이 훨씬 이득이다.

"흥. 그래, 귀관 똥 굵다는 사실은 잘 알겠소. 글도 더럽게 못쓰는 놈이."

"제가 더 많이 팔았지요?"

"그래서 노벨상 받았나?"

와, 여기서 궁을 쓰네. 역시 군사 분야 빼고 다 잘하는 전직 총리의 실력은 보통이 아니셔.

"저는 어린이와 어른들에게 큰 꿈을 주는 《스타 스트러글》의 저자 아닙니까. 이름값으로 치면 아마 불멸의 존재가 되지 않을까요?"

"웃기고 있네. 직원들 굴려서 쓴 책이면서. 내가 우연한 기회에 자네의 첫 저작물을 본 적이 있네만. 으음, 문장력도 그렇고 재미도 그렇고 참으로 가슴이 미어지더군."

처칠은 실실 웃더니 절뚝절뚝 서재로 걸어가서는 [드와이트 판 브래들리 지음]이라는 문구가 큼직하게 박혀 있는 옛날 책 하나를 꺼내왔다. 아니미친, 당신이 왜 그 책을 가지고 있어?

"원한다면 내가 끝내주는 비평을 좀 써주겠네. 이런 거 어떤가. '이 책의 저자는 참으로 탁월한 미래를 보는 눈을 보유하고 있지만, 슬프게도 그 지성과 재주가 문학의 영역에 미치지는 못했다.' 정도면 적절할 듯한데."

"그거 돈 벌려고 쓴 책 아닙니다."

"그런 것치고는 개정판 신나게 잘 팔아먹더니? 개정판이랑 구판이랑 비교해보면 아주 그냥 다른 책이더군. 개정판을 팔면서 양심까지 같이 팔아먹을 줄은 몰랐네. 아, 혹시 양심도 개정했나?"

부끄럽다. 수십 년 전에 웨스트포인트에서 얼레벌레 쓴 책이 갑자기 튀어나오다니. 이게 대체 무슨 수치플레이냐. 거기다 희대의 혐성맨 처칠한테 양심 어쩌고 소리를 몇 번씩 들으니 피가 거꾸로 도는 것만 같다.

"내가 기자 생활하면서 느낀 건데 말일세, 결국 우리처럼 대중을 움직여야 하는 직종의 종사자들은 이 손끝! 필력으로 승부를 봐야 한단 말일세. 보좌관들이나 비서가 준비한 연설문으로는 도무지 힘이 실리지가 않아. 그러니까……."

"허허. 역시 노벨문학상 수상자는 다르시군요. 저야 뭐, 아시다시피 팔아먹으려고 책 쓰는 놈이어서 말입니다. 그래서 인세가 어마어마하게 짭짤했지요. 맨날 만화나 펄프 픽션 같은 거 찍어내서 돈 벌던 놈한테 필력 이야기를 하셔봤자 딱히 감흥도 없는데."

"문학을 모욕하다니! 어서 셰익스피어에게 사과하게!"

"솔직히 문학을 모욕하는 인물이란 표현은 저보단 미스터 마켓가든에게 쓰셔야 하지 않겠습니까? 그리고 제가 사과를 해도 마크 트웨인에게 하지 왜 셰익스피어를……."

"너도 영어 쓰고 있잖아!"

"이제 미국어라고 해주십쇼."

"이! 이이이 나쁜 놈! 대체 대영제국을 어디까지 벗겨 먹을 심산이냐!! 인도도 훔칠 셈이지? 그치!"

"인도는 진작에 독립했어요. 치매가 오셨나."

내가 따박따박 대들자 늙은 불독은 입술을 푸들푸들 떨어댔다. 저러다 진짜 영감님 풍 맞으면 어쩌지. 나와 롬멜의 합동 회고록, 《사막의 거인들》은 모두가 예상했듯 어마어마한 대박을 터뜨렸다. 한동안 베스트셀러였다니까.

그리고 나는 예상 못 했지만, 이 책의 성공에 화가 치밀어오른 인물이 둘 있었으니. 하나는 당연히 내 눈앞에 앉아 있는 인물이고, 다른 하나는 미스터 마켓가든 되시겠다.

[몽고메리가 지휘하는 영국군의 잘못된 판단으로 인해 독일 아프리카 군단은 다시 한번 기회를 얻게 되었다.]

[영국군은 새로운 지휘관이 부임하며 훨씬 단단해졌지만, 그 대가로 전투력과 기동력을 상실했다.]

[몬티는 시종일관 내 손에 농락당했고, 나는 그 틈을 타 오이겐 킴과의 결전에 나설 충분한 시간과 자원을 손에 넣었다……]

샌-프랑코 출판사 직원들은 그 누구보다 돈 냄새 잘 맡는 친구들로 구성되어 있고, 이 친구들은 아예 마케팅 포인트 중 하나로 '몽고메리 씹기'를 골랐다. 롬멜은 얼씨구나 하며 아주 행복하게 한 줄 한 줄마다 몬티를 씹었고.

으음. 원 역사의 명장이 이렇게 몰락하니 조금 불쌍해지긴 하지만, 벨기에에서 떼죽임당할 뻔한 영국군 병사들을 생각하면 그 불쌍함마저 사치 같다.

그리고 그 반작용인지 몽고메리는 자신의 회고록을 써서 출판했는데, 모두가 빤히 예상했지만 그 회고록엔 본인을 뺀 거의 모든 사람을 욕하고 있다고 한다. 나는 몬티에게 굳이 돈을 보태주기 싫어서 읽지 않았다. 말 나온 김에 나중에 도서관에서 빌려 보든가 해야겠네.

"그러니까 자네도 이제 은퇴했으니 글에나 좀 전념해보는 게 어떻겠나?

내가 문학이란 무엇인지, 독자의 심금을 울리는 글이란 게 어떤 건지 친절하게 코치해주겠네. 내가 또 젊은 시절 폴로로 한가락 하던 게 있어서 코칭은 또 자신 있지."

"아이고. 노벨문학상 수상자님께서 도와주신다니 정말 감사하지만 전 그냥 당분간 놀면서 지내려고 합니다."

"흥. 또 잡스러운 책이나 팔아먹으려고 하는 게 빤히 보이는구만. 그래, 이건 어떤가? 롬멜이랑 같이 후속작도 쓴다며? 나도 끼워주게."

"허허. 생각해보겠습니다."

"이 사람이 말 돌리기는."

내가 뭐 하러 영감님이랑 놀겠습니까. 딱 오늘까지만 일하고 부인과 오붓하게 데이트해야 한다고. 나는 도로시와 한 약속을 충실하게 지켰고, 우리는 유럽 각국은 물론 세계 곳곳을 돌아다니며 평생 미뤄두었던 여행을 실컷 하고 다녔다. 미국 대선이 끝나고 새 대통령이 취임식을 하는 그날까지 절대 귀국하지 않을 작정으로 나왔다고.

그렇게 1956년이 다 끝나갈 때쯤.

—유진 킴 전 국무장관님 되십니까?

"예, 그렇습니다. 실례지만 누구십니까?"

—안녕하십니까. 여기는 노르웨이 노벨 위원회입니다. 다름이 아니라 금년 평화상 수상자로 킴 장관님을…….

나는 장난전화를 끊고 다시 침대에 누웠다.

"뭔데 그래?"

"누가 전화를 잘못 건 것 같은데. 잠이나 자자."

도로시를 끌어안은 채 다시 꿈나라로 떠나려고 하던 찰나, 호텔의 전화기가 다시 미친놈처럼 울려대기 시작했다.

—너, 너어어! 니가 뭔데 평화상이야! 나도 못 받은 평화상을 왜 네가!

"…처칠 총리님. 소련에 전쟁을 걸자고 하시던 분이 무슨 염치로 평화상을 찾으십니까? 그런데 그거 장난전화가 아니라 진짜였습니까?"

—말도 안 돼! 핵전쟁 위기나 일으키던 못된 양키가 온 세상을 속이고 있어! 다들 속고 있다고! 내가 당장 성명서를 내야겠군!

처칠은 전화통에 고래고래 고함을 지르더니 제멋대로 전화를 끊어버렸다.

실없는 노인네 같으니.

대원수의 은퇴 라이프 2

"제국주의자들이 그러면 그렇지."

유진 킴의 노벨평화상 수상 소식을 들은 흐루쇼프의 촌평이었다.

"그놈이 전 세계를 핵전쟁 위기로 몰고 갔는데 평화? 본인이 벌인 불장
난을 본인이 껐다고 평화상을 준다고? 흐하하하. 정말이지 자본주의자들의
유머 코드는 이해가 되지 않는구만."

소련 입장에서는 다소 어이가 없다는 반응을 내비쳤다. 저 사탄에게도
사기를 칠 것 같은 놈이 어딜 봐서 평화의 전도사란 말인가?

하지만 미국에서는 난리도 이런 난리가 없었다.

"유진 킴이야말로 진정 평화의 전도사렷다!"

"케네디 당선인께 여쭙겠습니다. 혹시 킴 대원수에게 다시 한번 국무 장
관직을 맡기거나, 혹은 중임을 부여할 의향이 있으십니까?"

"저희는 모든 가능성을 열어 두고 있습니다. 하지만 대원수는 오래도록
국가, 나아가 세계 평화를 위해 헌신해 왔으며 건강 이상으로 인해 스스로
사임한 분이십니다. 제게 이런 걸 묻기에 앞서서 그분의 의향을 물어봐야
하지 않을까요?"

젊은 대통령 당선인은 최대한 노련하게 빠져나가려고 했지만, 이 피라냐 같은 언론은 그의 한 마디 한 마디를 결코 놓치지 않았다.

[유진 킴, 민주당 내각에서 다시 한번 기용?]

[JPK Jr. "모든 가능성 열려 있어." 국무장관직 시사.]

["웨스트포인트 파벌이 다 해먹고 있다던 민주당, 염치도 없나?" 닉슨 의원의 일갈.]

["노벨평화상 시상 기준 의문스러워… 이러다간 3년쯤 뒤엔 패튼이 수상하겠다." 처칠 전 총리 냉소적 반응 보여.]

["낯짝 두꺼운 처칠을 위한 노벨침략상 신설 시급." 울분 가득하던 노르웨이인들의 폭발적 대응!]

블랙홀처럼 모든 이슈를 빨아먹어버리는 노벨상 떡밥. 아젠다를 주도해야 할 케네디와 민주당 정권 입장에서는 다소 억울하기도 했다.

"킴 플랜을 계속 유지해 달라는 압력으로 해석해도 무방하지 않겠습니까?"

"그깟 상을 빌미로 미합중국의 외교 정책에 개입하려 하다니, 가당치도 않은 일입니다."

"노르웨이나 스웨덴이 무슨 힘이 있다고 '압력'씩이나 되겠소? 그저 소박한 희망사항 정도지."

그러나 모양새가 영 좋지 않다는 것엔 모두가 동의할 수밖에 없었다. 잽스를 잘 썰어서도 아니고, 독일인들을 두 번씩 무너뜨려서도 아니고, 빨갱이를 물리쳐서도 아니다. 항구적인 세계의 평화를 위해 공헌했다고 인정을 받아서 노벨평화상 수여가 확정되었는데, 정작 그 평화를 위해 공헌했던 외교 정책을 바꾸겠다고 하면 새 행정부는 대체 뭐가 되겠는가. 피에 굶주린 전쟁광?

유진은 전혀 그럴 의도가 없었겠지만, 그는 갓 출범하는 정부에 충분히 빅엿을 먹이고 말았다.

* * *

한때 어린이의 꿈과 부모들의 지갑을 꽉 잡은 채 놔주질 않기로 유명하던 샌-프랑코 그룹. 하지만 시대의 변화는 너무나도 가팔랐고, 그들은 이제 점진적 해체와 재구축의 과정을 겪고 있었다.

먼저 유진 킴의 빛나는 군사적 탁월함을 상징하던 군수사업 분야가 완전히 그룹에서 쪼개져 나갔다. 항공기에 관한 수많은 특허를 가지고 있던 샌-프랑코 에어로노틱스가 가장 먼저 매각되었고, 포드 트랙터 컴퍼니 또한 약간의 지분을 제외하고 모두 에젤 포드 사후 포드가의 선장이 된 헨리 포드 2세에게 팔아치웠다. 그룹의 모태가 되었던 총기나 철조망은 말할 것도 없었다.

"진짜 군수 쪽은 아예 손 떼게?"

"그거 갖고 있어서 뭐 해, 형도 없으면. 계속 요술 램프 노릇 해줄 거야?"

"미쳤냐. 나도 이제 아는 거 없어. 쭈그렁탱탱 할아범 쥐어짜봐야 국물도 없다."

유진은 경영 분야에 관해서는 동생인 유신에게 사실상 전권을 위임했었고, 유신은 오랜 고민 끝에 군수 분야는 더 이상 쥐고 있을 만한 메리트가 없다고 판단했다.

신형 전차 사업에서 다시금 승리해 전차 명가의 위상을 공고히 한 시점에서 포드 트랙터 컴퍼니 지분을 털어버린 것은 그야말로 신의 한 수. 두둑하게 실탄을 확보한 유신은 곧바로 그동안 눈여겨보고 있던 신사업에 하나씩 깃발을 꽂아나가며 자신만의 독자적 요새를 구축했다.

"내가 전용기 타고 온 사방을 날아다녀봐서 알겠는데, 이제 미래는 항공사야. 기차의 시대도 한물가고 있다고."

"그러냐?"

"당장 형만 해도 비행기 타고 전 세계를 몇 바퀴씩 돌았잖아? 이대로 계속 세계 경제가 활성화된다면 이제 국제 항공 운송업이야말로 뜨는 분야가 될 거야. 비행기 팔아먹는 것보다 차라리 그게 더 벌이가 좋겠어."

미국 법률은 항공기 제조사가 항공 운수업을 병행하는 것을 금하고 있었고, 유신은 샌-프랑코 에어로노틱스를 팔아치운다는 독한 선택까지 내리면서 기어이 항공사를 품에 끌어안았다.

"아이고오! 회장님께서 이 머나먼 촌 동네까지 오시다니요."

"하하하. 촌이라니요. 우리 집안이 얼마나 한국에 각별한 애정을 갖고 있는지 잘 아시잖습니까?"

"물론입니다. 김가가 어디 보통 집안입니까? 동양의 자존심이잖습니까."

"그래서 말입니다만, 얼마 전에 형을 만났는데 그 인간이 글쎄 눈물을 흘리지 뭡니까."

"아니, 김 장군님께서요?"

"예. 한국에 제대로 된 비행기가 없어서 노모를 모시기 너무 힘들다고 참으로 슬퍼하던데……."

그리고 당연히 깃발 꽂기는 미국에서만 이루어지지는 않았다. 천하의 김유진 대원수를 세일즈맨 삼아 필리핀, 베트남, 태국 같은 동남아 국가들을 상대로 뺑뺑이를 돌리고, 본인은 직접 한중일 시장 공략에 나선 것이다.

"10년간 대통령 전용기를 무상으로 지원하지요. 아무리 그래도 국가원수의 품격은 지켜야 하지 않겠습니까?"

"감사합니다. 참으로 감사합니다!"

"또한 적자가 나더라도 아시아의 하늘길이 끊기지 않도록 최대한 힘을 아끼지 않겠습니다. 대신 그, 아시지요?"

"물론입니다. 저희 또한 각종 편의를 아끼지 않겠습니다."

그리하여 창설된 '퍼시픽 에어라인'은 순식간에 미국 서부, 그리고 그 이름에 걸맞게 환태평양 국가들의 항공 수송 시장을 잡아먹은 매머드급 기업으로 급부상했다.

[유진 킴은 평화를 실현하기 위해 1년에 지구를 다섯 바퀴 돌았습니다. 흔들리지 않는 퍼시픽 에어라인의 1등석 시트에서 흔들리지 않는 평화가 그 싹을 틔웠습니다.]

[세계 최고의 아름다움이 함께하는 곳, 류큐로 가는 프리미엄 항공권을 최고의 환상적인 가격으로 지금 당장!]

자본주의에 미친 괴물의 발걸음은 고작 항공 산업에서 그치지 않았다. 여세를 몰아 '퍼시픽 트래블'이라는 계열사까지 설립한 그는 각종 호텔 체인과 제휴, 인수합병을 병행하며 '비행기를 통한 국제 여행' 자체를 하나의 로망으로 만들기 위해 총력을 기울였다.

"스페인의 프랑코가 쫓겨났다고? 유럽 놈들이 지중해 여름 휴가에 환장하잖아. 해변에 휴양지 좀 조성해서 돈 빨아먹을 생각 없냐고 타진 좀 해보자고."

"아시아 시장이 작다고? 당장 중국이 얼마나 넓은데 거기 사는 부자들만으로도 소국 인구는 되겠다! 류큐는 우리 앞마당이니까 수단 방법 가리지 말고 걔들 좀 꼬셔봐!"

"밀러 씨. 자수성가하거나 혈기 넘치는 흑인들에게 아프리카 관광 상품을 제안하면 솔깃할 것 같습니까? '나의 뿌리를 찾아 떠나는 여행' 뭐 이런 거 말입니다."

"형. 형 빨갱이들이랑 친하지? 걔들 혹시 달러에 관심 있으면 얄타 관광 투어 같은 거……."

퍼시픽 그룹이 무섭게 우상향 성장 곡선을 그려내는 동시에, 은퇴한 유진 킴이 이사회에 합류한 샌-프랑코는 본격적으로 미디어 제국 건설을 위해 움직이기 시작했다.

"이사님.《스타 스트러글》다음 편은 언제쯤 나올 것 같습니까?"

"내 머릿속에 떠오른 건 전부 다 던져 줬잖아요! 당신들이 알아서 만들어야지!"

"할리우드 쪽 제작자들은 〈파워레인저〉에 대해 영 부정적으로 바라보고 있는 듯합니다. 이게 정말 성공할 수 있을까요?"

"뭐 어떻습니까. 내가 하려고 했던 것 중에 처음부터 좋은 소리 들었던 게 몇 개나 있다고요."

"중화민국에서 합자회사 안건에 대해 긍정적인 답변을 줬습니다. 그런데 정말로 말씀하신 이 〈로맨스 오브 쓰리 킹덤〉이 그 정도로 인기가 있을까요?"

"그게 실패하면 내 손에 장을 지집니다. 진짜로."

동아시아에서 삼국지가 실패할 리가 없잖은가, 상식적으로.

유진이 꺼내 들 수 있는 최고의 카드였던 방정환은 이제 평양에서 후진 양성에 전념하고 있었지만, 대신 저 드넓은 남중국 시장이 그를 기다리고 있었다. 한때 하야했다가 몇 년 만에 총통 자리에 복귀해 군벌들과의 목숨을 건 생사결에 나선 장개석은 국민들의 지지가 절실했고, 모범적인 개발 독재자인 그는 무수한 독재자들의 선례를 본받아 3S 정책이라는 카드를 꺼냈다.

"우리 중화의 인구가 얼마인데 한국은 월드컵에 진출하고 우리는 탈락한단 말인가? 마을마다 가장 축구를 잘하는 한 명씩만 선발해 축구영재로 키우기만 해도 우리가 월드컵 우승을 달성할 수 있다."

"중국은 예로부터 세계 최고의 문화대국으로 무수한 민족들이 흠모하는 곳이었다. 오늘날 문화의 꽃은 영화와 방송이니, 마땅히 중국 영화야말로 할리우드를 뛰어넘고 옛 영광을 되찾아야만 한다."

여기에 마성의 주둥아리 유진 킴이 개입했고, 장개석은 '세계 역사에 길이 남을 백만 엑스트라를 동원한 초거대 블록버스터 대서사시'라는 사탄의 꼬드김에 넘어가버렸다.

"학살을 일삼고 세상을 속인 조조와 그 무리들이 천하를 통일했더니 중원이 어떻게 되었습니까? 5호 16국의 난세가 도래하지 않았습니까. 온고지

신이란 말이 괜히 나온 게 아닙니다. 중국 국민들도 과거를 되돌아보면 필시 장 대인이야말로 최고의 지도자임을 깨닫게 될 것입니다."

"참으로 옳은 말씀이십니다. 무지몽매한 인민들을 계몽해 반공 정신을 함양한다면 제아무리 빨갱이들이 더러운 혓바닥을 놀려도 끄떡없겠지요."

얼마 뒤부터 삼국지는 물론, 몽골의 남송 침략을 다룬 〈양양성 전투〉 같은 온갖 중국제 영화가 쏟아져나왔다. 하나같이 막대한 제작비와 어마어마한 인력을 동원한 영화들이었다. 이런 영화들에는 알게 모르게 몇 가지 유사한 코드가 들어가 있었는데, 항상 피에 굶주린 북쪽의 침략자들이 나타나 아녀자를 겁탈하고 양민을 학살해댔으며, 그 수괴 배역에는 묘하게 모택동을 닮은 배우들이 캐스팅되어 참새 먹방을 선보이곤 했다.

"이게 바로 문화 공격이란 겁니다. 크헤헤헤!"

"허……."

그리고 이런 남중국제 영화들은 장강 비무장 지대의 밀수 루트를 통해 끊임없이 북쪽으로 퍼져나갔다.

중공은 미치고 팔짝 뛸 노릇이었지만 어쩌겠는가? 검열 가득한 중공제 영화는 재미가 없는 것을.

* * *

캘리포니아 상원의원직을 상실하고 야인이 된 조지 패튼 전 의원. 공화당원들은 물론 절친한 지인들조차 패튼이 낙선한 뒤 '이제 저 정신나간 노인네도 더 이상 사고를 칠 수 없을 거야.'라고 믿었지만, 유감스럽게도 패튼의 광기는 그들의 상상을 뛰어넘었다.

그리고 조금 더 유감스러운 점은, 패튼은 돈이 많아서 사고를 쳐도 대형으로 칠 수 있다는 점이었다.

"흠. 자네, 요즘 생활이 어렵다고 들었네만. 나와 함께 부와 영광을 거머쥐겠나?"

"미친 소리 말고 좀 꺼지쇼."

"얼마면 돼. 얼마면 되냐고!!"

'Patton Mercenary Company', 약칭 PMC라는 괴상한 업체를 차린 그는 생활고를 겪던 전직 군인, 전장을 잊지 못한 아드레날린 중독자, 일탈을 꿈꾸는 꼬꼬마들을 대거 고용하고는 대뜸 중동으로 날아갔다.

"최고의 명장, 최고의 스킬, 최고의 승리. 지금 우리를 고용하면 이 모든 것들을 귀하가 거머쥘 수 있소."

"정말 당신이 조지 패튼이란 말이오? 정말로?"

"속고만 사셨소? 엉터리로 조련된 개차반 군대를 최정예 강군으로 만드는 것쯤이야 이미 예전부터 실컷 해본 일이오."

"좋소이다. 이집트에 잘 오셨소! 저 역겨운 유대인들을 쓸어주기만 한다면 당신은 영원히 이집트의 영웅이오!"

그리고 그는 군사 개혁을 꿈꾸던 이집트의 나세르와 계약해 군사 고문 감투를 쓰게 되었다. 다만 여기에는 사소한 미스커뮤니케이션이 있었는데.

"그게 무슨 소립니까?"

"대통령 각하. 조지 패튼은 결코… 우리 미합중국이 비밀리에 보낸 군사 고문단 같은 게 아닙니다."

"지금 농담하시오? 히틀러를 물리친 전쟁영웅이 그냥 심심해서 수백 명의 군인들과 함께 이집트에 왔다고?"

"정말, 정말로… 저희도 당혹스럽습니다."

"킴 장관이 군사 협력을 약속했었단 말이오. 그러니까 진짜로, 킴이 제 친구인 패튼을 보낸 게 아니라는 말이지?"

당연히 미국이 약속을 지키기 위해 최고의 명장을 보내줬다고 '알아서' 해석했던 나세르의 상식은 또 배신당했다.

그리고 백악관 또한.

"대통령 각하. 이스라엘이 항의 서한을 보냈습니다."

"유대계 단체에서 연일 로비스트를 풀어 패튼을 귀국시키라고 압력을 넣고 있습니다."

"유진 킴! 유진 킴 대원수 좀 불러보시오! 그 미친개 조련사는 지금 어딨습니까?"

케네디의 이마엔 마셜 집 앞마당만큼 깊숙한 밭고랑이 나날이 패여 가고 있었다.

아시아 1

1957년. 유진 킴은 근래 들어 아주 행복했다.

[유진 킴 대원수, 캔자스로 돌아오다!]

옛날 커티스 상원의원이 살던 캔자스의 집을 대대적으로 새롭게 단장한 그는 캘리포니아와 이 새집을 오가며 말년을 보내기로 결심했다.

캘리포니아도 살기 좋기로는 손에 꼽을 만하지만, 그곳은 작고한 아버지 때부터 가업을 일궈온 땅. 다 늙은 그가 언제까지고 그곳에 있다가는 집안 사람들은 물론 회사 사람들도 죄다 고개를 치켜들고 빤히 그의 입을 바라 볼 게 뻔하단 생각이 그를 캔자스로 인도했다. 모름지기 늙은 왕은 명예직 간판만 달고 손을 떼는 게 옳은 법 아니겠는가.

"아니, 아버지. 하고 싶은 일은 마음껏 하시면서 왕 노릇은 안 하겠다 니요."

"그래서 내 소소한 취미생활도 다 틀어막겠다고?"

"그냥 회장으로 취임하시란 뜻이지요. 아직 전 부족합니다."

"부족하긴 무슨. 나보단 네가 훨씬 나아. 절대 내가 회장 자리 앉을 일은 없다."

이즈음 유진은 왕년의 후원자였던 헨리 포드를 반추하곤 했다. 말년의 헨리 포드는 패기와 명석함을 모조리 잃은 채 아들 앞길이나 가로막는 퇴물이 되어 회사를 통째로 말아먹을 뻔했다. 유진은 절대 그 꼴만큼은 사양하고 싶었다.

"나이는 환갑이 넘었고, 손자 손녀도 생겼고, 일 물려받을 자식도 있어. 더 나대봐야 재미만 없지. 이젠 네가 알아서 할 문제다."

"아버지……."

"혹시나 필요한 일 있으면 말하고. 헛짓거리하는 놈들 있으면 뚝배기 깨버릴 힘은 아직 있으니까."

물론 늙은 왕이 가끔 칼춤을 추는 이방원이라는 걸 온 세상이 다 알고 있긴 하지만, 아들한테 그 정도도 못 해주겠는가. 김가의 원대한 계획대로 아이스크림 전문점 '킴즈 펭귄'은 성공했고, 헨리는 자연스럽게 스리슬쩍 샌-프랑코 그룹에 편입된 이 아이스크림 왕국을 기반으로 그룹을 장악해나갔다.

황금빛 옥좌를 놓고 벌이는 피비린내 나는 왕위 계승전은 없었다. 헨리가 애시당초 새까만 욕심으로 가득 차 파이 한 조각조차 혼자 먹으려고 칼부림을 할 사람이 아니기도 했지만, 동생 셋이나 조카들도 창업이나 경영보다는 오히려 따박따박 배당 타먹으면서 각자 자신들의 일을 하는 데 더 관심이 크기도 했다.

"앨리, 너 회사 물려받고 싶다고……."

"오빠."

"왜?"

"지금 사흘째 퇴근 못 하고 여기 있는 거 안 보여?! 자다가 봉창 두드리는 소리 할래?"

"…그래. 내가 잘못했다. 아무튼 다 내 잘못이다."

"나 애도 못 보고 있어! 남편 얼굴도 가물가물하다고!"

참으로 의좋은 남매가 아닐 수 없었다. 가정에 우애가 가득하니 대원수의 말년에 이성계처럼 나가리날 일도 딱히 없다. 마셜을 본받아 마당에 취미로 가꿀 농장을 만들었다가 처참하게 실패한 뒤 지역 일간지에 [대원수 역사적 1패… 농사 쉬운 줄 알았지?] 같은 우스갯소리 소재만 제공했을 뿐.

몇 가지 손가락의 가시만 좀 뺀다면 참으로 행복한 말년이었다. 하지만 이사 기념으로 각지의 낙농업자들이 보낸 칠면조의 홍수에 빠져 허우적대는 유진 킴 개인과 달리, 1957년의 백악관은 그다지 행복하지 않았다.

"킴 장군님. 장군님께서 일전에 이집트에 군사 원조를 약속했기 때문에 패튼의 저… 이상한 무리가 우리의 비공식적 고문단으로 오인당한 것 아닙니까. 이미 그자의 돌출 행동이 위험 수위에 이르렀습니다."

"참으로 죄송스럽습니다만 저는 패튼의 보모도 아니고, 이집트에 패튼이 군사 고문단으로 간다는 시그널을 전달한 적도 없습니다."

캔자스로 달려간 국무부 관료들은 전직 장관 나리의 으르렁거리는 소리에 결국 발길을 돌려야만 했다. 그들의 한탄이 마찬가지로 퇴임 후 유유자적 라이프를 즐기던 아이젠하워에까지 들어가 끝끝내 그가 전화기를 들게 만들었지만, 유진은 요지부동.

'킴을 설득해 이집트로 보내면 패튼을 귀환시킬 수 있을 겁니다!'라고 자랑스럽게 떠들어대던 워싱턴의 정치가들은 재빨리 태세를 바꿔 국무부의 무능함을 규탄했지만, 정작 '네가 가서 설득해봐라!'라고 하면 하나같이 오리발을 내밀기 일쑤.

게다가 패튼을 강제로 송환시킬 방법도 마땅찮았다.

"이집트에 대한 차관이나 원조를 끊어버리고 패튼을 내놓으라고 한다면……."

"그걸 지금 말이라고 하시오?"

"안 될 게 뭐가 있습니까."

"그러면 이집트군은 당연히 소련에 군사 원조를 요청하겠지! 나세르는 단순한 이집트의 독재자가 아니라 전 아랍 세계에서 추앙받는 인물이오. 그런 그에게 빨갱이가 파고들 여지를 주겠다고?"

"패튼이 고문으로 있는 이집트군은 우리 미군과 흡사한 교리를 채택하고, 미제 무기를 대대적으로 수입하고 있습니다."

"그 대신 이스라엘과 소련이 펄펄 뛰고 있지만요."

나세르는 패튼에 얽힌 속사정을 파악한 뒤에도 그를 추방하는 대신 꽉 끌어안았다. 비록 성격이 개차반이고 이역만리 이집트에서조차 좌충우돌하며 무수한 어그로를 끌어모으고 있었지만, 패튼은 이집트에 가도 패튼. 그 능력만큼은 단연 압도적인 장군이 저절로 집에 굴러들어왔는데 그런 이를 놓칠 순 없다는 게 나세르의 결정이었다.

패튼은 그야말로 우악스럽게 옥석을 가려내며 이집트군의 조련에 정성을 쏟았고, 나세르는 모든 욕을 패튼이 먹게 하면서 교묘한 정치질로 군부 내 자신의 경쟁자들을 솎아내고 이집트군의 전투력 또한 끌어올렸다.

한편 그 패튼은.

"이보시오, 빨갱이 대통령. 그래서 전쟁은 언제쯤 일으키실 게요?"

"나는 소중한 이집트 국민들을 전쟁터가 아니라 일터로 보내야 할 책임이 있는 사람이외다."

"아니, 내 말 좀 들어보시구려. 지금 빨리 선빵을 갈기지 않으면 그 소중한 이집트 국민이 죽어 나자빠진다니까?"

"이보시오, 장군. 늙어 죽기 전에 전쟁터로 가고 싶은 그 마음을 내가 모를 것 같소? 당신의 취미생활에 우리 국민들의 목숨을 걸 순 없소!"

"이제 와서 도대체 그게 무슨 뚱딴지같은 소리요? 나는 전쟁이 하고 싶어서 여기 왔고 당신도 그걸 모르지 않았잖소. 하지만 그것과 별개로 이 백전연마의 노장이 진지하게 조언하건대, 이 사막에서는 선제공격을 하는 이가 살아남고 방어하려는 이에겐 오직 파멸만이 있을 것이라는 게 내가 내린 결론이오."

패튼과 그 부하들, 그리고 이집트군 내의 실력 있는 장교들까지. 이들은 자연환경의 특성상 중동에서의 전쟁은 선빵필승이라는 결론에 다다르고 있었다.

"내 생각은 조금 다르오."

"흠?"

"아랍인에 비해 열등하기 짝이 없는 유대인들은 결코 하나 된 아랍을 이길 수 없소. 게다가 우리가 선제적으로 공격한다면 이스라엘은 세계의 여론을 등에 업게 되겠지."

동유럽 핵전쟁 위기의 외전 격으로 벌어졌던 나세르의 수에즈 운하 국유화, 그리고 그로 인해 발발한 제2차 중동전쟁. 이때 이집트군은 이스라엘과 영프연합군에게 일방적으로 구타당해 너덜너덜해졌다. 놀랍게도 그 이집트군이 바로 아랍 최고의 강군이라는 점에서 중동의 군사적 무능함은 만천하에 까발려진 셈.

하지만 어쨌거나 결과가 어떻게 되었는가? 미국이 개입하면서 영, 프는 얌전히 짐 싸서 집으로 돌아가야만 했고, 이스라엘 또한 중동의 평화를 해치는 전쟁광 소리만 들으며 깨갱하고 말았다.

'중동에서의 전쟁은 필연적으로 미국과 소련의 개입을 불러온다.'

저 두 초강대국이 개입하기 전에 이스라엘을 완전히 멸망시키고 모든 것을 기정사실로 만들 수 있는 능력이 없다면, 선제공격은 무의미한 데다가 외교전을 불리하게 만들 뿐이라고 나세르는 판단했다.

"무엇보다도 우리에겐 장군이 있지 않소? 설마 천하의 조지 패튼이 함께하는 이집트군을 상대로 전면전을 시도할 만큼 유대인들이 머저리는 아니겠지. 흐하하하!!"

"으음……"

패튼은 이러다 정말 전쟁도 못 하고 늙어 죽는 게 아닌가 싶어 심기가 대단히 불편해졌다. 그리고 나이가 들면 들수록 그는 점차 참을성이라는 미덕을 잃어만 가고 있었다.

"정말 전쟁할 생각 없소?"

"그런 것은 아니… 지만 외교적 추세와 상황을 봐서……."

"전쟁을 벌일 생각이 없다면 나는 떠나겠소."

"어허. 잠시 진정하고 내 말 좀 들어보시오."

모든 걸 버려 가면서 이 빌어먹을 열사의 나라로 왔다. 아무리 '조국을 지키던 내가 간신배와 협잡꾼들의 음해를 못 이기고 타국으로 오다니, 이는 한니발의 재림이 아닌가!' 같은 정신승리를 하고 있다지만, 미합중국의 군인으로 평생을 살아온 그가 사회주의를 외치는 군사 독재자 밑에서 일하는 건 별로 맨정신으로 하고픈 전직은 아니었다.

오직 전쟁터. 전쟁터와 가장 가까운 곳이라 판단되었기에 그 모든 고통을 감내하며 온 것이 아닌가.

패튼의 고뇌가 깊어지는 동안.

"이집트를 쳐야 합니다!"

"놈들이 우리를 지중해에 밀어 처넣기 전에 우리가 먼저 손을 써야 합니다!"

"전쟁을 준비합시다. 이집트를 확실하게 뭉개버려야 우리가 살아남을 수 있습니다!"

이스라엘의 공포는 극에 달하고 있었다.

* * *

나세르에게 있어서 이스라엘은 일종의 요술 램프였다. 문지르면 지지도가 오른다니, 참으로 신비하지 않은가.

"이스라엘을 멸망시키자!!"

"유대인이 있어도 괜찮은 곳은 오직 가스실뿐이다! 저놈들을 모조리 가스실로 보내자!"

"가스실도 아깝다. 놈들을 지중해로 쓸어버리자!"

정권이 흔들린다? 이스라엘을 욕하면 된다. 외교관계가 불안하다? 이스라엘을 욕하면 된다.

나세르의 대계는 참으로 원대했다.

1. 이집트의 국력을 발전시킨다.

2. 아랍민족주의, 아랍사회주의를 기반으로 모든 아랍 국가를 일통하는 '아랍연방'을 건국한다.

3. 하나 된 아랍의 힘으로 제3세계의 맹주가 되고, 미소 두 초강대국에 꿀리지 않는 세 번째 축으로 우뚝 선다.

그리고 나세르의 이러한 마스터플랜은 마냥 허황한 망상까지는 아니었는데, 실제로 이스라엘의 압력을 직접적으로 받고 있는 시리아의 경우 연방제 통일안을 긍정적으로 보는 이들이 제법 있었다.

이스라엘이라는 암세포가 중동 한복판에 떠하니 박혀 있는 이상, 요르단, 시리아, 이라크, 레바논 같은 나라들은 미우나 고우나 이집트와 손잡아야 그 안전을 담보받을 수 있었다. 미국이나 소련은 너무 멀리 있잖은가.

그리고 이 논리를 충실히 따르자면, 아랍이 하나로 일통되는 그날까지 이스라엘은 존재하는 편이 더 나았다. 모름지기 서로 다른 이해관계를 가진 집단을 단결시키는 가장 쉬운 방법은 바로 공동의 적을 두는 것이니. 어차피 이스라엘이 평화를 사랑하는 나라도 아니었고, 지금도 이스라엘을 둘러싼 국경 근방에서는 시시때때로 국지전과 소소한 충돌이 일상처럼 벌어지고 있었다.

하지만 나세르에게 살짝 불행한 사실이 있다면, 이스라엘은 얌전히 처맞으면서 나세르를 위한 램프 역할로 전락할 생각이 전혀 없다는 점이었다.

그리고 전혀 뜬금없게도 나세르의 이러한 정책은 아시아 정반대편의 안보 위기를 불러일으켰다.

"조만간 제3차 중동전쟁이 터질지 모른다는 불안감이 차오르고 있습니다."

"저 사막 놈들은 다들 전쟁에 미쳐버렸나. 왜들 그리 전쟁을 못 해서 안달이지?"

무난하게 재선에 성공한 여운형 정권의 머리 위로 다시금 먹구름이 끼기 시작했다.

지난 동유럽 위기 때 모두가 깨달았다. 지구 어딘가에서 미국과 소련이 으르렁대기 시작하면 반드시 이 코딱지만 한 반도에서도 군사적 긴장이 끓어오르기 시작한단 사실을.

PATO의 일원이자 반공의 방패라는 멋진 타이틀 덕분에 어마어마한 원조를 받아먹으며 성장할 수 있었지만 그 대가가 너무 뼈아프지 않은가. 그리고 중동에서의 분쟁, 특히 이스라엘이 낀 판은 반드시 미국과 소련의 충돌을 야기한다.

"…어쩌면 좋겠소?"

여운형이 아니라 누구라 한들 딱히 뾰족한 대책이 있겠는가. 대책이 있다면 외교의 신으로 불려도 손색이 없을 텐데.

한편, 사민당 내부에서는 최근 들어 새로운 목소리가 올라오고 있었다.

"남중국이나 일본, 미국과 교역하기 유리한 삼남 지방만 발전하고 이북은 또다시 천대받고 있습니다!"

"국토를 균형적으로 발전시키겠다던 공약은 어디로 갔냐, 이 말이야."

"사민당도 똑같다! 평안도가 호구냐?!"

이북에 지하자원이 아무리 많다 한들, 해외의 수입산보다 경쟁력 있는 자원이 얼마나 되겠는가. 과거 대한민국 산업의 기둥이었던 이북 지방은 점차 그 위세를 잃어만 가고 있었고, 이들이 보기에 타개책은 아주 명백했다.

"북중국이나 소련과 무역을 할 수만 있다면."

"자네도 밀무역이나 하지 그래."

"걸렸다간 간첩 혐의 확정인데? 자식들은 어쩌고?"

"안 하는 놈이 병신이지, 뭘. 정숙이가 두만강 참방참방 건너서 자식 셋 다 대학 보낸 거 몰라?"

캐피탈리즘의 위엄이란 참으로 놀라워서, 나라를 팔아먹으려던 빨갱이에 대한 증오도 강산도 바뀔 세월이 지나가자 점차 저 광활한 시장에 대한 욕망 앞에 차차 사그라들고 있었다. 하지만 너무 당연하게도, 아무리 사민당이 빨간 냄새 풀풀 풍기는 당이라 한들 물주인 미합중국을 패싱하고 소련이나 중공과 무역을 할 수는 없는 노릇이었다.

여운형 정권 말기에 터진 '천안문 사태', 홍위병을 동원해 쿠데타를 시도했다가 소련군의 개입으로 모택동이 박살 난 이 사건은 달라진 이북 민심을 보여주는 듯했다.

"또 빨갱이들이냐?"

"저놈들이 몸 한번 꼼지락거릴 때마다 계엄이고 통제냐? 이러다 우리 다 죽어!"

"예비군 소집 한 번 할 때마다 기업이고 자영업자고 다 목매달 판이다!"

"이 자식들아. 그래서 소련군이 북경 가는 대신에 남침했으면 어쩌려고 그래? 자명고 설화 몰라?!"

무언가 대책이 필요하다. 이러다 죽을 것 같으니 살려달라는 말을 어떻게 하면 예쁘게 할 수 있을까를 외교 관계자들이 고심하는 사이.

"정지! 정지!! 수상한 선박은 즉시 엔진을 끄고 정지하라!"

"쏘지 마시오! 망명! 우린 중화인민공화국의 망명자요!!"

황해 건너 폭탄 하나가 떠내려왔다.

아시아 2

망명. 사전에는 '정치적인 이유로 박해받거나 박해받을 위험이 있는 사람이 이를 피하기 위해 외국으로 도망치는 것.'이라고 적혀 있다. 저런 사전적 의미를 다시 한번 되새김질한다면, 대한민국으로 오는 중공발 망명자는 생각보다 많지 않은 이유 또한 금방 파악할 수 있으리라.

물론 공산주의 국가는 심심하면 권력 다툼이나 숙청이 일어나고, 그게 아니면 반동분자로 몰려 저 머나먼 탄광 등지로 끌려가는 일이 예사인 만큼 인민들이 중공을 너무나 사랑해 망명을 하느니 차라리 죽는 한이 있더라도 남아 있다는 소린 아니다.

공산주의에 대한 불타는 신념으로 무장했지만 내부 권력 다툼에서 패배한 이들은 당연히 소련을 목표로 망명을 결심하곤 했다. 여전히 소련이 조차하고 있는 대련, 아니면 연해주, 그도 아니면 소련의 영향이 짙은 위구르가 이들의 망명 핫스팟.

반면 아예 빨간 맛에 학을 뗀 이들은 장강 너머 남중국으로 넘어가곤 했다. 대개 이들은 체제 경쟁에서 우위를 점하고픈 남중국의 열렬한 환영을 받으며 호의호식할 수 있었다. 따라서 한국행을 결심하는 이들은 보통.

"미국으로 가자!"

"일단 미국만 가면 어떻게든… 어떻게든 되지 않을까."

미국행을 위한 징검다리로 한국을 고른 이들이었다.

하지만 난민이라면 어떨까? 참새 대멸종의 쇼크로 홍수처럼 쏟아진 중공 난민의 물결. 딱히 사상이나 이념 문제가 아니라 말 그대로 굶어 죽으니 까무러치기식으로 국경을 넘으려는 이들. 이들은 한국을 향해 말 그대로 홍수처럼 쏟아져 들어왔다.

"이번 달 중공에서 넘어온 난민이 2만 명이니, 중화민국 정부는 이들을 호송할 방안에 대해……."

"죄송하지만 우리는 더 이상 난민을 수용할 수 없습니다."

"당신네 동포 아니오?"

"그 동포들이 수백만 명이나 내려오고 있잖습니까! 이제 한계입니다!"

이들 탈북자의 절대다수는 남중국행을 목표로 했지만, 당장 먹고살기가 빠듯한 판국에 아무튼 중공만 탈출하면 장땡 아니겠는가. 황해와 인접한 해안지대, 혹은 만주 쪽의 중공 인민들이 한국으로 쏟아져 들어오는 것은 실로 당연한 일이었다.

게다가 난민들조차 슬슬 남중국의 상황을 전해 듣고는 한국에 눌러앉고 싶다는 의지를 피력하는 이들이 생겼다.

"적어도 여기선 굶지는 않겠지?"

"김 장군이 조선을 각별히 아껴서 밥도 주고 일자리도 만들어줬다던데. 거지 떼가 득실댄다는 남쪽보다는 그래도 조선이 낫겠지. 장개석이 해봤자 뭐 얼마나 나라를 잘살게 만들어 놨겠어?"

물론 이 난민 파동은 대약진 운동이 그 광기에 걸맞은 엔딩을 맞이하고, 유소기나 등소평 같은 인사들이 중공의 실권을 장악하자 어느 정도 진정되었다.

하지만 그 대신이랄까. 한번 압록강과 황해를 건너 제1세계, 자본주의

월드의 맛을 본 인민들은 누가 먼저랄 것도 없이 적극적인 민간 교역, 요컨 대 밀수에 나서기 시작했다.

이렇게 끝없이 시달리다 보니 대한민국으로서는 자연스럽게 하루가 멀 다 하고 넘어오는 중공 난민, 일명 탈북자들과 밀수꾼을 상대하는 프로토 콜을 확립해 놓은 상태였다.

"저 짱꼴라들이 뭐래?"

"망명을 신청한답니다."

"하이고. 망명은 무슨. 보나 마나 보따리장수들이겠지."

연안 경비정의 정장을 맡고 있는 노태우(盧泰愚) 해군 대위는 혀를 차며 담배를 비벼 껐다. 어쨌거나 어선도 밀수선도 아니고 망명 의사를 밝혔으 니, 아무리 상대가 너덜너덜한 목조 선박이라 한들 제대로 상대해 줘야 하 는 법. 해당 선박을 나포한 경비정은 신속히 귀항한 뒤 망명객의 심문에 들 어갔다.

남자 하나와 여자 하나. 부부로 보기엔 뭔가 또 미묘하지만, 새벽에 뚝 떨어진 업무 덕택에 짜증이 한가득 차오른 대위는 이걸 캐치하지 못했다.

"귀하의 신상을 증명할 만한 서류가 있다면 제출해주십시오."

"그런 게 필요한가? 더 높은 사람을 만나고 싶소."

"하. 다들 그렇게 말을 하지요. 이름은?"

"임표(林彪, 린뱌오)."

"임표 씨. 직책은요?"

"중국공산당 부주석, 중화인민공화국 부주석, 인민해방군 원수."

"……."

잠깐의 침묵.

임표라니. 중공의 명장으로 그 명성이 자자한 임표라고?

"어, 원수님? 그, 동행하신 분은……."

"강청(江靑, 장청). 모택동 동지의 부인 되시는 분이외다."

젊은 대위가 심장마비를 호소하지 않은 것만으로도 그 뱃심 하나는 높이 사야 하리.

＊ ＊ ＊

"누구라고?"

피로에 쩐 당직사령의 눈이 번쩍 뜨이기까지는 그리 오랜 시간이 걸리지 않았다. 그리고 군부와 외교부가 비명으로 뒤덮이기까지도 역시 그리 오랜 시간이 걸리지 않았고, 이 두 명의 망명자에 대한 보고는 관료제 피라미드의 상식을 모조리 파괴해 가며 무시무시한 속도로 이 나라의 대통령에게 당도했다.

"지금 누가 망명을 했다고요?"

"임표! 모택동의 심복이자 지난 국공내전 당시 활약했던 명장입니다!"

"이건… 이건 감당할 수 없습니다!"

아예 반체제 인사라면 중공이 짖든 말든 그냥 끌어안거나, 아니면 남중국으로 보내버리면 된다. 하지만 모택동의 심복과 부인이라니?

"복잡하게 생각할 필요 없습니다. 늘 그랬듯이 남중국으로 보내버리시죠."

"망명자는 한국 혹은 제3국으로의 체류를 원하고 있습니다."

"중화민국으로 보낸다면 이 사람은 무조건 죽습니다."

이들 두 사람의 망명은 생각보다 더 골치가 아팠다. 임표로 말할 것 같으면 모택동의 딸랑이로, 본인의 군재가 결코 뒤떨어지는 것도 아니지만 오직 모택동에 대한 아첨과 아부만으로 움직인다고 다대한 욕을 처먹던 인사였다. 그리고 강청은 한술 더 떠서 모택동의 지령에 따라 숙청과 여론몰이, 마녀사냥을 벌였던 탓에 현 중공 지도부와는 한 하늘을 이고 살 수 없는 사이. 그러나 누가 봐도 이들은 모택동의 심복이고, 남중국은 이들을 포용하기보다는 예쁜 밧줄을 들고 와 이들의 목에 걸어주는 편을 더 선호하리라.

이들 망명자들 또한 생각은 비슷한 듯했다.

"우리는 공산주의에 대한 신념을 포기하지 않았다. 남중국 괴뢰도당들의 소굴로는 가지 않겠다."

"소련은 중화인민공화국의 정당한 지도자인 모택동 동지를 일방적으로 납치했고, 민주주의를 원하는 대중들을 천안문에서 학살했다. 소련으로도 가지 않겠다."

"대한민국은 우리를 보호해줄 용의가 있는가? 그렇지 않다면 미국을 제외한 제3국으로의 망명을 희망한다."

대한민국 정부가 이들의 망명을 극비에 붙이고 안가에 예쁘게 넣어 놓긴 했지만, 다른 나라들이라고 눈과 귀가 없는 게 아니다. 시간은 흘러만 갔고, 그들은 이제 결단을 내려야만 했다.

"미국에 신병을 인도하면 되잖습니까?"

"미친 소리 하지 마세요. 우리나라는 자주국입니다. 알아서 기는 행위만큼 국가의 위신을 처박는 짓은 없어요!"

"현실적으로 따져봐도 미국이 여기서 개입할 사유는 전혀 없습니다. 임표가 전범으로 기소된 것도 아니니까요."

미국행은 무리.

"망명은 무슨 놈의 망명입니까. 각하. 깔끔하게 저 두 연놈을 대한민국의 이름으로 처형하시죠."

"망명자를 죽이겠다고?! 당신들 돌았어?"

"돌아버린 건 너희 외교쟁이들이지! 현충원에 잠든 순국선열들 앞에 가서 빨갱이 장수를 먹여주고 재워주겠다고 떠들어보라고! 각하. 임표가 견훤처럼 중공을 멸하겠다고 맹세한 것도 아닌데, 대관절 적국의 수괴가 망명하겠다는 걸 우리가 봐줄 이유가 무에 있습니까?"

죽여버리자고 이를 가는 군부.

"그냥 소원대로 인도 같은 곳으로 보내버리면 되잖습니까?"

"빨갱이들 자중지란에 우리가 엮이는 것 자체가 손해입니다."

"하지만… 임표와 강청이란 말입니다. 호박이 넝쿨째 굴러 들어왔는데 이걸 그냥 버린다구요?"

가장 안전한 선택지까지.

한편, 중공은 중공대로 몸이 바짝 달아올랐다.

"임표랑 강청의 종적이 묘연해졌다고?"

"이 빌어먹을 간나새끼들, 미꾸라지처럼 도망치는 솜씨는 또 제법이구만."

"이놈들이 조선, 그러니까 한국으로 도망쳤답니다!"

"아무리 궁지에 몰렸다손 치더라도 사회주의자로서의 자존심마저 팔아먹었나!"

건국 원로 중 한 명인 임표가 서방 자본주의 국가의 개로 전락해 '모택동은 병신, 중공은 병신 나라.'라고 떠들고 다니면 그게 무슨 개망신인가.

이미 가능성이 희박한 걸 알면서도, 이들은 한국과의 접촉을 시도했다.

—그 두 놈을 송환해주면 후히 사례할 의사가 있음.

—너넬 대체 뭘 믿고?

—진정해봐요. 걔들을 돌려받지 못하면 우리도 가만히 있을 순 없다.

—이 새끼들 본색 드러내는 것 좀 봐라. 빨갱이가 그럼 그렇지. 우리가 땅이 작지 가오도 작은 줄 아냐? 꼬우면 한 판 뜨자 짱꼴라 놈들아.

—아니, 대화로 좀 풀어보자니까 이 미친놈들이……

—북진멸공! 고토수복! 아예 뼈도 추리지 못하게 진짜 싸움 맛이 어떤 것인지 똑똑히 보여주마!

—멋대로 만주를 침략하던 침략자 놈들이 큰소리만 요란하구나!

첫 접촉은 멋지게 파국으로 치달았다. 멸공을 국시로 삼는 PATO의 첨병과 세계 제2의 빨갱이 나라가 접촉했는데, 양측의 입장마저 첨예하니 실로 불을 보듯 뻔한 결말이었다.

그리고 중공의 행보에 그 누구보다 관심이 많은 장개석의 첩보망에 이 사실이 포착되면서 상황은 점점 더 복잡해져만 갔다.

―부탁이네, 나의 소중한 혈맹 한국인들. 제발 임표를 내게 줘. 부탁이야. 제발 임표의 목을 매달게 해줘!

―장 총통님. 부디 진정하시고…….

―임표 그놈이 죽인 우리 군인의 수가 얼마나 되겠나? 내가 그놈의 목을 베고 생간을 씹을 수만 있다면 뭐든 주겠네!

결국 한국은 두 중국의 뜨거운 구애를 받은 끝에.

"집어치워! 망명자는 우리가 관리한다!"

"단군 할아버지가 터 잡은 이래 우리가 손님을 박대한 적이 있더냐? 한 몇 년 묵히고 있다가 전혀 관계없는 제3국으로 보낼 테니까 그렇게들 알고 있으쇼!"

'인도로 보내면 해결되겠지.'

참으로 말랑말랑한 생각이었다.

* * *

빌어먹을 케네디. 빌어먹을 민주당.

나를 특사로 임명해 보내겠다는 소리엔 쌍뻐큐를 치켜들었지만, 그럼 개인 자격으로라도 한국에 가 달라는 애처로운 요청마저 내가 까버릴 순 없었다. 솔직히 말해 등소평을 만났다는데, 진짜 여운형이 말년에 미쳐서 천마신공을 익혀 마교에 입문했을지 누가 아는가? 감히 내가 입찰한 한국에 빨간 물을 묻히려 한다면 용서치 않아요.

그리고 내가 오자마자 한국에선 가장 먼저 동생 유인이를 내밀었다.

"…이렇게 된 일이야."

"허, 참."

결론만 요약하자면, 인도에 저 망명자들을 대충 포장해서 떠넘기려던 한국 외무부는 뉴델리로 직접 날아온 등소평과 맞닥뜨려야만 했다. 내정간섭 소리 듣기 싫어 입을 꽉 다물고 있던 미국은 한국 외무장관과 중공 넘버 2인 등소평이 만났다는 소식에 이성의 끈을 놔버렸고.

"그래서 뭐, 이 나라 정부는 어쩌겠단 생각인데?"

"망명자 건은 적당히 처리하고, 중공이랑 어느 정도 협상을 하고 싶어 하더라고."

"혀어업상? 빨갱이랑?"

"당장 수풍댐이나 백두산 같은 문제도 있으니까."

국공내전 당시 만주로 출격한 한국군은 만주의 산업시설을 어마어마하게 뜯어와 한몫 거하게 챙겼다. 사실상 만주 전역에서는 미국이 개입하기 무섭게 중공군이 일방적으로 처맞았었고, 한국은 수풍댐과 백두산을 날름 처먹었지만 중공은 항상 자기네의 정당한 자산을 한국이 뺏어갔다며 이를 갈고 있었다.

"일단 내가 결정할 수 있는 문제는 아닌데, 중공과 적당한 수준의 관계 개선을 희망하고 있다는 건 전달해줄게."

"그거면 될 거 같아."

한국에 오래 좀 있고 싶은 생각도 있지만, 조금 있으면 여기도 대선 시즌이 도래한다. 내 존재만큼 선거에 개입하는 게 또 없으니… 빨리 방 빼줘야겠지. 나는 대충 한국군을 시찰(?)하고, 각종 산업단지나 항만 등을 구경하며 '한강의 기적'을 실컷 립서비스해준 뒤 얼른 미국으로 돌아갔다. 내가 국무장관도 아닌데 일해서 뭐 해?

그래서 인도로 추방된 저 망명자들에 대해서는 정말 까맣게 잊고 있었다.

─킴 대원수님. 대단히 실례되는 말이지만, 혹 한국 정부에서 망명자들

에 대해 무언가 언질을 준 적이 있습니까?

"이 아침부터 전화로 질문을 받으니 꼭 일하는 기분이군요. 죄송하지만 저는 그들을 제3국에 넘긴다는 이야기 외에는 아무것도 듣지 못했습니다."

─인도에 있던 임표와 강청이 또 다른 나라로 이동했습니다.

"그래요? 그게 뭐, 제가 알아야 할 일입니까?"

─이스라엘이 그들의 망명을 수락했습니다. 국방부에서는 이것이 중동전쟁의 징조라고 보고 있습니다만, 대원수 각하께서는 어떻게 생각하시는지…….

그리고 몇 년 채 지나지 않아, 만주 벌판에서 싸우던 패튼과 임표가 중동 사막에서 전차를 끌고 치받으며 장대한 제3차 중동전쟁이 그 막을 올렸다.

3장
뇌 없는 허수아비

제3차 중동전쟁 1

"임표는 자타가 공인하는 중공의 명장입니다."

"이스라엘이 왜 그를 받아줬을까요? 볼셰비키들의 거대한 음모 아니겠습니까!"

"한국은 즉시 해명하십시오. 등소평에게 무엇을 약속받고 임표를 넘긴 겁니까?"

"아니, 진짜 우린 아무것도 모른다니까요? 망명한 놈이 또 엉뚱한 나라로 향할지 우리가 대관절 어떻게 그걸 파악합니까?"

서방 세계가 임표의 이스라엘행을 두고 갑론을박에 휩싸였지만, 진상은 그들이 생각하는 '빨갱이들의 세계정복 마스터플랜'과는 크나큰 거리가 있었다.

먼저, 이스라엘은 정말 아무 생각이 없었다.

"이집트가 미국과 친하게 지내는 이상, 우리가 미국에 다가가려는 노력은 허사가 된 듯합니다."

"그럼 차라리 소련과의 협력을 더욱 강화하는 편이 득이 되겠지요."

"소련은 지금 중동에 특별한 거점이 없습니다. 마침 새 서기장인 흐루쇼프가 반유대주의에 심취했던 스탈린을 격하하고 있으니, 우리와의 관계 개선은 그에게도 큰 도움이 될 겁니다."

중공은 당연히 임표와 강청을 붙잡아 야무지게 고사포로 쏴 죽이겠단 생각으로 가득 차 있었다. 하지만 소련 입장에선 조금 셈법이 달랐다.

"모택동을 연금한 것만으로도 우리에게는 충분히 부담이 걸렸습니다."

"중국의 동지들은 우리들에게 크나큰 빚을 졌음에도 불구하고 그다지 감사를 느끼지 않는 듯합니다만."

"그놈들 뻔뻔함은 세계 제일 아닙니까. 왜 모택동을 안 죽이냐고 도로 성화인 놈들인데."

헝가리의 너지 임레를 잡아다 처형해버릴 만큼 배짱 두둑한 소련이라지만 모택동은 급이 달라도 한참 달랐다. 애초에 스탈린과 어깨를 견주던 프랜차이즈 스타 아닌가.

물론 중공은 소련의 '호의'에 전혀 감사를 느끼지 않았다.

"저놈들이 모택동을 인질로 잡고 있네. 빌어먹을 놈들."

"정말 우리를 돕고자 한다면 빨리 모택동을 처형해야지! 누가 봐도 수틀리면 저놈을 복귀시켜 공화국을 조종하겠단 의사가 아닌가?"

이런 팽팽한 구도 속에서, 임표와 강청을 가만히 내버려 둘 수는 없었다. 남중국 괴뢰국 놈들이면 모를까, 중공 놈들이 암살자를 보내서 인도의 보호를 받고 있는 두 망명자를 죽여버린다? 상식적으로는 말도 안 되는 이야기지만, 임표는 그게 말이 되게 만들 만큼 영향력 있는 인사였다. 인도에 온 등소평이 진지하게 암살을 고민했다는 '썰'이 외교가를 떠돌아다니고 있기도 하고. 아무리 인도가 친소 성향의 중립이라곤 하지만, 정말로 자기네 안방에서 망명자가 살해당하는 대참사가 일어났다간 저치들도 머리뚜껑이 열려버릴 게 틀림없었다.

이스라엘과 소련은 여기서 의견의 일치를 보았다.

"사회주의 우방인 우리 이스라엘이 저들을 보호하겠습니다."

"저들은 인도의 보호하에 있으니 굳이 그대들이 나설 것까진 없 소만……"

"그래서 지금 불편하지 않습니까? 인도와 한번 교섭해봅시다."

인도 또한 일단 제3세계 맹주의 입지를 차지하고자 괜히 잘난체하며 저 두 사람을 받아들였지만, 돌아가는 상황의 괴상망측함에 점점 질리기 시작 한 상황.

그리하여 인도가 동의하여 임표에 대한 설득에 들어갔고, 그는 이스라 엘로 향했다.

"잘 오셨습니다, 임표 동무. 강청 동무. 우리 이스라엘은 동무에 대한 일 체의 신변 안전을 보장합니다. 우리가 준비한 안가로……"

"국방부나 참모본부로 먼저 갑시다."

"…그게 무슨 소리입니까?"

"내 장군으로서의 능력이 필요해 부른 것 아니오?"

"…우리가 왜 당신의 능력을 필요로 합니까?"

오해는 오해를 부른다. 그리고 오해는 분노를 유발한다.

"나는 조지 패튼, 그 미치광이의 위협에 중동의 동지들이 두려움에 떨고 있다고 해서 왔소."

"이스라엘군은 독립전쟁 때부터 승리만을 거듭한 역전의 용사들로 구성 되어 있고, 패튼이 아무리 뛰어난 장군으로 그 명성이 자자하다 한들 열등 한 아랍인들을 부하로 거느린 이상 그 또한 별 힘을 쓰지 못할 겁니다."

"그러면 대관절 나는 왜 불렀소?!"

"부른 적 없습니다. 우리는 친우로서 신변의 위협을 받는 동무들을 안전 하게 지키고자 할 뿐입니다."

"이럴 거면 인도가 나았어! 그냥 나를 돌려보내주시오!"

"헛소리하지 마시오! 당신, 돌아가면 죽는단 말이외다!"

"조국이 내 목숨을 원한다면 기꺼이 죽으리!"

한 편의 지랄풍작성 연극이 끝난 후, 안가에 감금되다시피 한 두 사람의 인생역정은 이제 완전히 달라졌다. 강청은 살아남았다는데 안도했고, 남은 여생을 회고록 집필에 쏟아부었다. 하지만 임표는 부지런히 현지 언어를 익히고 편지를 뿌려대며 구애의 춤을 췄고, 몇 년 만에 이러한 노력은 결실을 맺었다.

* * *

"킴 대원수님! 유대 민족의 구원자시여! 이스라엘을 부디 도와주시옵소서!"

"죄송합니다만, 저는 한낱 야인에 불과합니다."

위기에 처한 조국을 구하기 위한 이스라엘 외교관들의 노력은 실로 처절했다.

이라크에서 군사 쿠데타가 일어나 이라크 왕국이 멸망하고, 그 자리에 군부 독재 국가 이라크 공화국이 새로이 모습을 드러냈다. 그리고 사막의 독재자들이 항상 그러하듯, '이스라엘 멸망'이라는 표어는 아랍 민중들의 마음을 사로잡는 탁월한 효과가 있었다.

미국은 말로는 '중동의 항구적 평화'를 원한다고 했지만, 패튼을 군사 고문단으로 보낸 것에 그치지 않고 노골적으로 이집트에 경제 원조를 퍼붓고 있었다. 저들은 더 이상 믿을 수 없었다.

이에 맞서기 위해 소련과 손을 잡는 것은 물론, 때마침 국뽕 충전을 위해 미국에 뻐큐를 날리는 데 몸이 달아 있던 드골의 프랑스와도 은밀히 거래해 원조를 받아냈다. 유럽짜장 프랑스와 중동에 거점이 필요한 소련이라는 뒷배를 확보한 이스라엘은 적과의 연대도 서슴지 않았다.

"나세르가 우리를 멸망시킨다면 그는 무함마드 다음가는 아랍의 위인으로 격상될 겁니다. 정녕 그걸 원하십니까?"

"그걸 당신네들이 말하니 참 이상하구려."

"우리도 딱히 당신들과 친해지고 싶진 않습니다. 우리가 말하고자 하는 것은 오직 하나. 중동 패권을 바란다면 이스라엘이 존속해야 한다는 사실뿐입니다."

아랍의 맹주가 되고 싶은 것은 이집트뿐만이 아니다. 성지의 수호자를 자칭하는 사우디아라비아는 나세르의 급성장에 배알이 많이 뒤틀려 있었고, 급기야 이스라엘에 힘을 실어줘 이집트를 차도살인한다는 금단의 플랜에 손을 대고 말았다.

만약 민중들에게 이스라엘을 지원해줬다는 사실이 들켰다간 당장에 반란이 일어나겠지만… 안 들키면 장땡 아닌가?

"나세르가 승리하면 수니파 시대가 옵니다. 다음은 누구겠습니까? 하나 된 아랍이 다음 적으로 규정할 나라는 오직 당신네 시아파들밖에 없습니다."

"틀린 말은 아니구려. 이라크는 우리가 적당히 견제해주겠소."

여기에 이란마저 이스라엘 편으로 선회하면서 마침내 생존을 도모할 만한 판을 짜는 데 성공했다.

이제 남은 것은 오직 하나. 단 한 번의 일격으로 미치광이 전쟁광 나세르의 코뼈를 완전히 으깨버리는 것뿐!

"혹시 패튼과 붙어본 사람 있소? 내 경험이 당신들에게 도움이 되리라고 자부할 수 있소만."

"귀하의 군사적 능력을 의심하지는 않습니다. 다만, 중공군과 우리 이스라엘군의 교리에는 매우 큰 차이가 있습니다."

인명경시가 몸에 배다시피 한 중공군과, 그 어떤 장비의 손실을 감안하더라도 맨파워만큼은 지켜야 했던 이스라엘군.

하지만 임표는 몇 년간 차곡차곡 준비를 해왔었다.

"고문 감투나 하나쯤 주시구려. 내 '조언'이 마음에 들지 않는다면 살포시 무시하면 될 일 아니오?"

"지금은 우리가 가릴 처지는 안 되는 듯합니다."

"좋소. 채택 여부는 둘째치고, 조언을 아끼지 말아주시구려."

상대가 중동에 많고 많은 똥별이 아니라 패튼이라는 사실은 이스라엘 군을 반쯤 미치게 하고도 남았다. '대원수의 가장 날카로운 세이버'가 대체 어떤 영향을 미칠지 아무도 모르니. 행인지 불행인지, 이집트군은 이스라엘의 기대를 다른 의미로 배신하고 있었다.

"살다 살다 이런 병신 같은 군대는 또 처음이군."

"그러게 말입니다."

패튼의 영향으로 이집트군의 체질은 크게 개선되었다. 대학생에 대한 징병제를 도입해 초급 간부의 질이 대대적으로 개선되었고, 많은 똥별들이 낙마해 거름이 되었다. 군대를 좀먹던 쌍팔년도식 똥군기가 무자비한 군법 적용으로 약화되었고, 사막전에 대한 교리, 특히 기갑 운용 방안이 놀랍도록 세련되게 바뀌었다.

하지만 이집트군 개선이 어느 정도 윤곽을 드러낸 시점에서, 전쟁을 원치 않던 나세르에게 패튼은 슬슬 불편하고 말 많은 손님으로 전락해 있었다.

"정말 전쟁 안 할 게요?"

"좀 기다려보시오."

"말만 많은 놈 같으니. 됐소. 때려치웁시다."

"어허, 조금만 더 참아보십시오. 내 대전략에 의하면 이제 이스라엘 놈들이 굴복할 때가 되었단 말입니다."

"굴복하면? 내 전쟁터는?!"

"이스라엘이 굴복하기 직전에 무력도발을 할 게 뻔하잖습니까. 그때 원하는 전쟁 실컷 할 수 있도록……."

마침내 패튼의 인내심이 바닥나고, 그는 1963년을 끝으로 '계약 종료'

를 통고했다. 잔금만 받은 뒤 아프리카로 건너가 신나는 전쟁을 할 심산이었다.

이스라엘의 악명 높은 첩보기관 모사드는 이 극비 정보를 입수하는 데 성공했지만.

"패튼의 군사 고문단 계약이 올해를 끝으로 만료된다고 합니다."

"역시! 나세르 놈은 올해에 전쟁을 일으킬 심산이야!"

이미 나세르가 유대인 홀로코스트를 위해 사탄에게 영혼을 팔았다고 굳게 믿고 있던 이스라엘은 지극히 상식적으로 생각했다.

"그냥 이집트와 패튼의 관계가 틀어진 것 아닐까요?"

"무슨 소린가. 그래서야 꼭 패튼이 미국 대표로 파견된 게 아니라 개인 자격으로 온 것 같잖나."

"패튼은 미국이 이집트를 지원한다는 확실한 상징이지요. 나세르는 반드시 미국의 뒷배가 남아 있는 동안 전쟁을 일으킬 겁니다."

"설마 나세르가 전쟁을 앞두고 패튼 같은 명장을 내쫓는 병신이겠습니까?"

그들의 헛발질은 너무나 논리적이고 근거 또한 탄탄했기 때문에, 이스라엘 수뇌부 그 누구도 자신들의 분석이 틀렸다고는 추호도 의심하지 않았다. 상식적으로 팔레스타인 게릴라들을 적극 후원하고 심심할 때마다 '유대인 멸종'을 외치고 다니며 뻑하면 국경 무력도발을 일삼는 놈이 전쟁에 관심이 없을 리가?

그리하여 1963년 6월.

"공격 개시!!"

"제공권만 잡으면 우리가 압도적이다! 싹 다 날려버려!"

선전포고 따위 없는 기습 폭격과 동시에 제3차 중동전쟁이 발발했다.

"유대인! 유대인이 쳐들어온다!!"

"적 전차… 대규모 전차 부대가 기동하고 있습니다!"

"우리 공군은 뭐 하는 거야?!"

오직 단 한 번의 한타만을 위해 칼을 갈아온 이스라엘은 기습의 어드밴티지를 얻어 말 그대로 양민학살을 찍었고, 사흘 만에 전방의 이집트군은 깨강정처럼 바스러져 사방으로 도망쳤다.

"조지 패튼이 명장이라더니, 순… 병신이잖아?"

"패튼도 아랍 군대를 구원할 만큼 명장은 아니었나본데?"

"역시! 이 땅에서는 우리가 최강이다!"

이집트군을 걷어낸 이스라엘은 자신들이 패튼을 격퇴했다고 확신했다.

[패튼도 구제 못 한 이집트군… 아랍의 저열함 인증되다.]

[대승리! 수에즈가 눈앞에!]

[이스라엘의 영광을 위해! 마지막 한 발!]

전 세계에 프로파간다를 뿌려댄 이스라엘은 곧장 순회공연 돌듯 시리아와 요르단의 턱을 재조립해주며 중동 1티어 싸움닭의 위엄을 뽐냈다.

"패튼 장군. 부탁드립니다. 이 나라가 위기에 처했습니다!"

"허. 이제 와서?"

"비공식적으로나마 전권을 드리겠습니다. 이스라엘이 소련과 무슨 거래를 했는지 아십니까? 자기네 항구를 조차해주기로 했답니다! 우리가 패하면 중동이 소련 앞마당이 됩니다!"

"내가 내 입으로 이런 말 하기도 참 뭣하지만… 당신도 빨갱이 아니오?"

"아랍사회주의는 마르크스-레닌주의와는 다른 아랍의 독자적 사상입니다. 우린 러시아인이 필요하지 않아요!"

패튼의 입이 함지박만 하게 찢어졌다. 그토록 고대하던 전쟁, 전쟁이 제 발로 찾아온 것이다.

"패퇴한 병력을 재조직한다. 당장!"

"참새 모조리 끌어모아! 수에즈 일대 제공권부터 확보한다!"

"유대 볼셰비키 놈들은 인력의 한계가 명백하다. 그러니 기갑사단 한두 개만 잡아먹으면 놈들은 자멸한다! 대전차전 준비시켜!"

이스라엘이 축배를 치켜들고 시리아의 핵심 요충지, '골란고원' 공략에 매진하는 동안, 패튼은 누구 옆에서 보고 배운 대로 똥별 몇 명의 견장을 뜯으며 이집트군을 명실상부하게 장악했다.

그리고 며칠 뒤.

"저건 대체 어디서 나타난 군대야?!"

"이, 이집트군! 이집트군 전차가 끝없이 후방에서!"

"속았다! 전차가 아니었습니다! 전부 구형 하프트랙이었습니다!"

"보급대와의 연락이 두절되었습니다……?"

이스라엘군 제7기갑여단은 순식간에 휘말려 사라졌다. 그제서야 이스라엘은 자신들이 심각한 착각에 빠져 있었단 사실을 깨달았고.

"임표 동무. 동무의 예상이… 맞았던 것 같소."

"내가 뭐라 했소? 패튼도 아마 나와 비슷한 대접을 받고 있었던 것 같소만."

"그래서, 해결책이 있어 보입니까."

"물론이오."

임표는 이스라엘 장성들의 시선을 즐기며 자신 있게 선언했다.

"패튼은 그 성미가 불같으니 반드시 직접 전쟁터로 뛰어나올 것이오. 그를 죽이면 이집트군은 원래의 약졸들로 되돌아갈게요."

임표의 조언하에, 이스라엘군은 중세 기사를 지옥으로 돌려보내기 위한 작전에 돌입했다.

제3차 중동전쟁 2

"이게, 미국의 전쟁영웅인가."

"미국과 우리의 차이라고 봐야 하는가. 아니면 패튼이 독보적인 괴물인 건가?"

"미친개, 미친개 하더니 정녕……."

이스라엘 수뇌부의 머리를 아득하게 만들어버리는 괴물. 사막에서 미친 듯 날뛰며 아군을 아무렇지도 않게 잡아먹고 있는 최후의 중세 기사. 제7 기갑여단이 순식간에 사막에 나뒹구는 회전초 신세가 된 시점에서 이스라엘의 대전략에도 굵고 깊은 스크래치가 새겨졌지만, 그렇다고 해서 승리를 포기하고 넋을 놓을 수도 없는 노릇.

다시 한번 기민하게 움직인 이들은 당연히 이스라엘 외교관들이었다.

"어떻게 이럴 수가 있단 말입니까?! 미국이 이집트의 손을 빌려 우리를 멸망시키려고 합니다!"

"노동자, 농민의 나라 소비에트 연방은 결코 동지들을 버리지 않소. 미 제국주의자들은 염려 마시구려."

이스라엘의 숨넘어가는 소리를 들은 소련은 곧장 유엔을 통해 엄중히

경고했다.

"미국이야말로 세계에 피와 비극을 전파하는 전쟁광이라는 사실이 마침내 드러났습니다. 조금이라도 죄를 덜고자 하는 마음이 있다면, 미국은 즉시 이집트에 파견한 용병단을 철수시키고 조지 패튼을 전범으로 기소하십시오. 그의 참전은 명명백백한 제네바 협약 위반이며……."

"캘리포니아주 검찰은 조지 패튼에 대해 영장을 신청했습니다. 우리는 적절한 사법 절차를 통해 그를 처벌할 것입니다."

"헛소리하지 말고 지금 당장 패튼을 철수시키세요!"

"우리의 법률이 허용하는 모든 조치를 취하겠습니다."

드물게도 미국 측 외교관들은 뭐라 말도 못 하고 고개만 숙여댔고, 오랜만에 득점에 성공한 소련 측 인사들은 어깨를 으쓱했다. 국제사회에서 위신 뽕을 챙긴 뒤엔 당연히 으슥한 곳에서 비밀 협상을 가져야 할 차례.

"이번에는 좀 심하지 않소."

"……."

"킴 장관이 있던 시절엔 아무리 미국이라 해도 이 정도로 막 나가진 않았던 것 같소만. 조지 패튼은 군사 고문치고는 너무 설쳤어요. 이스라엘도 쓴맛을 봤으니 이만 전쟁을 멈춥시다."

"패튼은 우리가 보낸 게 아닙니다."

"하하. 여기서까지 그 소립니까? 당연히 미국인 여러분들이 부정하리란 사실은 잘 알고 있으니……."

"우리는 결코 이집트에 전쟁을 사주하려고 그놈을 보낸 게 아닙니다! 그 인간은 애초에 통제되지 않는 폭주 기관차란 말입니다!"

미국인들이 억울해서 억장이 무너지도록 가슴을 두드리거나 말거나, 세상은 그 억울함을 알아주지 않았다. 당장 이스라엘이 피떡이 되도록 미국인 장군 손에 처맞고 있는데 그깟 억울함이 뭐가 그리 중요하겠는가. 하루하루 악화되는 전황을 보며 이스라엘의 원래도 얼마 없는 인내심과 분노조

절잘해는 사라지고, 분노조절장애 이스라엘이 그 자리에 되돌아왔다.

"패튼을 죽여도 되는 겁니까?"

"그러면요?"

"패튼은 전 상원의원이자 미국의 전쟁영웅입니다. 그런 그를 죽여버리면 후환이……."

"그러면 애초에 전쟁터에 보내질 말았어야지!"

"남의 나라 아들들을 떼몰살시킨 인간백정 목숨까지 일일이 고려해야 한다고? 그게 무슨 지랄이야!"

혹자는 패튼을 죽여버렸을 경우 벌어질 상황을 걱정했으나, 그들은 어디까지나 소수파에 불과했다. 그 미국이 보낸 전직 상원의원이 대놓고 제3국의 전쟁에서 한쪽 편을 들었다. 이걸 '편들다'라고 말하는 것조차 우습다. 사실상 총사령관이잖은가? 미국의 이스라엘에 대한 선전포고라고 간주하지 않는 것만으로도 이스라엘은 극한의 인내심을 보이는 셈이었다. 사실 안 참으면 어쩔 건가.

그런 이스라엘이 보았을 때, 이제 해답은 임표가 말한 방법밖에 없어 보였다. 패튼만 치워버린다면 이집트군은 머리 잃은 송장 꼬락서니가 되어 예전처럼 이스라엘군의 밥으로 전락할 게 틀림없다.

"암살은 어떻습니까?"

"모사드의 의견은 어떻습니까. 가능합니까?"

"어려워 보입니다만 해보겠습니다."

가장 먼저 이들이 떠올린 방안은 암살이었다. 하지만 전쟁 중 수뇌부에 대한 경호가 얼마나 철두철미할지는 말해서 무엇하겠는가. 아무리 이집트군이 병신이라 한들, 패튼은 자신이 데려온 미군 출신들과 함께하고 있었다.

모사드가 중동에서 꽤나 설치고 다니는 놈들이라지만, 아무런 준비도 되지 않은 상태에서 대뜸 남의 나라 총사령관을 암살하라는 지시는 500

원 주고 포켓몬 빵 하나에 바나나맛 우유 사 오고 잔돈 거슬러달라는 것과 마찬가지.

"실패했습니다."

"어쩔 수 없나."

애초에 기대도 하지 않았으니 실망도 없다.

"패튼이 돌출되기를 노려 한 번에 잘라 먹는 수밖에……."

"총사령관이 돌출되다니? 임 동지, 지금 농담하시오?"

"패튼은 그럴 겁니다."

만주에서 직접 중세 기사에게 쥐어터져본 임표는 확언했다. 어차피 그가 벙커 안에서 얌전히 지휘만 한다면 사실 이스라엘은 손을 쓸 방법도 마땅찮다. 이제 이스라엘군이 비벼볼 방법이라고는 오직 참수작전뿐이었다.

그리고 이 시점에서, 패튼과 이집트에게는 몇 가지 문제가 있었다.

"대사가 요즘 장군님을 찾으려고 눈에 불을 켜고 다닌다고……."

"없다고 해."

당연한 말이지만, 미국 정부는 진지하게 패튼에 대한 제재를 고민하고 있었다. 전쟁놀이가 선을 넘었다. 소련은 거의 발작하면서 '핵전쟁 위기 한 번 지나간 지 얼마나 됐다고 또 이 지랄이야? 우리도 못 참아. 진짜 같이 한 번 죽어봐?'를 보여주고 있었고, 이스라엘이 완전히 패배했다가 이 미친 아랍놈들이 히틀러가 못 이룬 홀로코스트의 꿈을 이룰지도 모른다는 두려움도 있었다.

물론 패튼은 그딴 건 하나도 신경 쓰지 않았다. 더 큰 전쟁터, 더 피를 끓게 만드는 전투. 이미 그의 머릿속엔 '죽기 전에 마지막 불꽃을 거하게 불태우고 싶다.'라는 욕망밖에 없었다. 다른 이들을 고려하기에는 자신의 수명이 얼마 남지 않았다는 조급함이 더욱 컸다.

6년간의 의정 생활. 같은 의원들은 패튼 때문에 고통받았을지 몰라도,

패튼은 어디 가서 당당하게 말할 수 있었다. '참 지지리도 오래 참았다.'라고. 국가를 위해 평생 봉사했으니, 죽기 직전 마지막만큼은 조금 나를 위해 살아도 괜찮지 않을까?

남들이 들으면 피를 토하며 미친 소리 하지 말라고 악다구니를 쓸 생각이었지만, 패튼은 패튼이었다. 내가 괴로웠는데 어쩌란 말이야. 절대 이 천금 같은 기회를 놓칠 순 없었다. 생애 마지막 전쟁을 패전으로 만들고 싶지 않았다.

그는 출발하기 전, 마지막으로 나세르를 찾아갔다.

"이 전쟁, 이기기 힘듭니다."

"장군. 대체 그게 무슨 말씀이오? 적의 예봉을 박살 냈으니……."

"박살 난 건 우리요. 고작 여단 하나 잡아먹었다고 해서 판이 바뀌리라 보시오?"

"장비를 사들이고, 추가 징병에 돌입했소. 병력이 필요하다면 더 보내주리다."

"하지만 현역들에 비하면 너무 그 질이 저열하잖소. 최선을 다해볼 테니 보급이나 끊기지 않게 잘 좀 부탁드리리다."

처음에 너무 세게 처맞았다. 몇 년에 걸쳐서 가꾸었던 병력 상당수가 선빵 한 방에 이승을 하직해버릴 줄이야. 그래서 그토록 선제타격을 해야 한다고 부르짖었는데.

하지만 뒤집을 방도가 없지는 않았다.

"놈들은 내 모가지에 관심이 많을 게 틀림없다."

이스라엘은 그냥 이기기만 해서는 안 된다. 가능한 한 손해 없이, 인명 피해를 최소화하며 이겨야만 한다. 그런 놈들인 만큼, 패튼이 전쟁터에서 얼쩡거린다면 어떻게 해서든 찝쩍거릴 터.

결코 대화 따위를 나눈 적은 없지만, 양측의 의지는 서로 일치했다.

"그게 뭡니까?"

"마지막 남은 '유진-바'일세! 이걸 뜯으면 이스라엘 놈들이 개떼같이 몰려온다지?"

해맑게 웃고 있는 유진 킴을 반으로 갈라 찢어버리자, 당연하게도 다 상하고 일그러진 흉물이 그 모습을 드러냈다.

마치 누구처럼.

* * *

"더러운 아랍인들이 우리를 가스실에 처넣으려 한다! 조국을 위해! 가족을 위해!!"

"비열한 유대인들, 우리의 정당한 땅을 빼앗은 저주받은 민족들을 몰아내자!!"

이 전쟁을 둘러싼 국제 환경은 점점 더 미묘해지고 있었다.

미국은 이집트의 배후로 지목받고 있었지만, 정작 그 미국은 이집트를 향해 '니네 전쟁 그만하고 휴전하는 게 어때?'라는 말만 할 뿐 물자 지원에는 대단히 소극적이었다. 오히려 영국이 이번 전쟁을 무기 팔아먹는 기회로 보고 아주 신나게 탄약과 장비를 팔아치워댔다.

"나세르는 지속적으로 이스라엘을 향해 전쟁 위협을 일삼아 왔습니다. 이 전쟁은 결코 이스라엘의 기습 공격으로 시작된 것이 아니라, 이미 오래전부터 예고되어 있었던 전쟁인 셈입니다……."

"그래서 티토 동지는 대체 누구 편이오?"

"저는 평화의 편입니다!"

나세르가 급부상하면서 제3세계 맹주 지위가 점점 멀어져 가던 티토 또한 이번 기회에 이스라엘 코인을 타기로 결심했다. 돈이 있으면 뭐 하나. 무기와 탄약을 팔겠다는 놈이 많지 않은데.

이런 절박한 환경에서 내세운 패튼의 대전략은 간단했다.

1. 존나 쩔고, 잘생기고, 매력 넘치며, 전쟁까지 잘하는 지상 최고의 명장 조지 패튼이 전쟁터에 나가 설친다.
2. 비열한 유대-볼셰비키는 패튼의 모가지를 따러 덤빈다.
3. 덤벼드는 이스라엘군을 잘 격퇴한다.
4. 정의구현!

상대에게 절대 포기할 수 없는 달콤한 떡밥을 내주고 전장과 목표를 한 정한다. 몇십 년 동안 봐온 사기꾼의 사기 치는 법을 따라 하지 못하면 계급 장 떼고 농사나 지으러 가야 하지 않겠는가?

그리고 그렇게 되었다.

"또 졌어?"

"이번엔 아주 전멸을 했다고?!"

동에 번쩍, 서에 번쩍. 패튼은 그야말로 사막을 쥐락펴락하며 마음껏 날 뛰었다. 제공권의 열세와 부족한 기갑 전력은 장애가 되지 못했고, 수에즈 를 목표로 달려오던 이스라엘군은 예상외로 더욱 잘 버티는 보병 부대에 가로막혀 하나씩 모루 위에 예쁘게 올라가 망치를 얻어맞았다.

"이집트 놈들이 기다렸다는 듯 우리 공세를 틀어막고 있잖소. 어떻게 된 것이오, 임 동무?"

"이런, 말도 안 되는, 스스로를 낚싯대의 미끼로 내걸었다고? 세계대전의 영웅이?"

결론만 요약하자면, 임표는 두 번 당한 셈이다.

* * *

6월이 끝나갈 무렵. 전쟁의 양상은 혼돈 속으로 접어들었다.

이스라엘은 요르단군을 깨부쉈고, 이란을 통해 이라크의 발을 묶었으 며, 무엇보다 목 안의 가시 같던 골란고원의 시리아군을 물리치고 전략적 요지인 골란고원을 장악했다.

　나세르는 주특기인 언론 플레이를 십분 활용해 "레바논이 참전한다! 레바논의 우리 형제들이 이스라엘의 뒤통수를 갈기리라!"라고 꽥꽥댔고, 이스라엘은 쿨하게 선전포고도 없이 레바논을 기습했다.

　영문도 모르고 레바논이 하루아침에 유대 특제 사랑니 발치 수술을 받는 사이, 패튼은 그야말로 저돌맹진. 시나이 일대에서 벌어진 이집트와 이스라엘의 격전에서는 모조리 이집트가 승리하며, 클래스는 영원하다는 진리를 세계 역사에 각인시켰다.

　"퇴각! 퇴각한다!"

　"뒤쫓아라! 우리는 이대로 가자 지구로 간다!!"

　그리고 패튼은 바로 그 전장 한복판, 아직 정리조차 되지 않은 최전방에 있었다.

　"후우. 이 끝내주는 화약 냄새. 그래. 이 살 타는 냄새가 그리웠어."

　"장군님. 조금 자제를……."

　"자제라니? 내가 왜?"

　"카메라 돌고 있습니다."

　자본주의가 낳은 괴물, 샌-프랑코 그룹의 첨병 〈ABC 방송국〉은 종군 기자들을 보내는 데서 그치지 않고 방송 장비까지 싸들고 와 이 놀라운 전쟁을 취재하고 있었다. 호사가들은 이를 보고 '유진 킴 배후조종설'의 근거로 써먹고 있었지만, 유감스럽게도 킴은 앞마당 감자와의 사투에 여념이 없다는 진실은 그다지 주목받고 있지 않았다.

　"유대인 놈들이란 원래 약자에 강하고 강자에 약한 종자들이었지. 가스실에 들어갈 땐 별 저항도 못 하던 놈들이 이 사막에 와서 깜둥이들 쥐패는 것 좀 보라지. 이게 전사인가, 건달인가?"

　"장군님. 언행을 좀……."

　"포로들은 어떻게 합니까?"

"학살할 생각은 마쇼. 당신네 대통령이 여론 조지는 일 일어나면 누구든 가만 안 둔댔거든. 예루살렘으로 가기도 바빠 죽겠는데 헛짓거리들 하지 맙시다!"

패튼은 눈앞에 펼쳐진 광경을 보며 양팔을 번쩍 치켜들었다. 사방에서 불타오르는 전차, 곳곳에 자갈처럼 널브러진 무수한 시체와, 폭발의 충격으로 불타오르는 차량들. 이 멋진 광경을 보고 있노라면, 자신의 선택은 결코 틀리지 않았다는 확신이 들었다.

"거기 기자 양반들!"

"예, 장군님?"

"내 전공은 제대로 촬영하고 있소? 나도 거, 담배 회사 광고 같은 거 안 들어오나?"

"하하. 본국에 한번 문의해 볼까요?"

"그거 좋지. 우리 대원수님이 그거로 돈깨나 만졌다던데. 최고의 명장만이 할 수 있는 담배 광고 나도 좀 찍어보자고. 포즈 이렇게 잡고……"

전차에서 내린 패튼은 비스듬히 몸을 기댄 채 나름대로 멋있어 보이는 포즈를 취했고, 이 괴팍한 늙은이가 웬일로 카메라를 신경 쓴다는 사실에 카메라맨과 기자는 재빨리 그를 피사체로 담으며 뭔가 더 따낼 만한 특종감 없을까 필사적으로 짱구를 굴렸다.

그리고 그 순간.

"지옥에나 떨어져라, 이 악마야!!"

소련제 RPG-7 발사기를 어깨에 걸친 이스라엘군 병사 하나의 목소리가 쩌렁쩌렁 울려 퍼짐과 동시에 로켓 한 발이 그가 손대고 있는 전차를 향해 날아왔다.

폭발. 불꽃. 굉음.

"으아아악!!"

"미친! 미친!!"

"장군, 패튼 장군님?!"

저 멀리 튕겨 나간 인간 숯검댕 하나는 이미 의식을 잃은 지 오래. 그리고 48시간이 채 지나지 않아 전 세계인들은 조지 스미스 패튼 주니어가 카메라를 응시하다가 노릇노릇 구워지는 장면을 TV로 볼 수 있었다.

중동 위기 1

조지 패튼, 전사(戰死).

[소련제 RPG-7에 전차가 직격당하면서 패튼 장군은 그대로 튕겨져 나갔다.]

[폭발의 충격과 치명적인 전신 화상으로 인해 몇 분 더 버티지 못하고 곧 사망 판정.]

아직 위성 통신과 인터넷이 없는 시대였지만, 이 경악스러운 소식은 그야말로 시대의 한계에 도전하며 빠른 속도로 전 세계 곳곳으로 퍼져나갔다.

그리고 당연히, 한가롭게 앞마당에서 감자를 매만지며 소일하던 내게도 전화가 걸려 왔다.

—애도를 표합니다, 대원수님.

"조의를 표할 대상은 내가 아니라 유족들인 것 같습니다."

—하지만 누구보다 오랫동안 가까이 지내왔던 친우분이시잖습니까. 유족들께도 연락이 닿았습니다.

"그랬었지요. 하지만 D.C.에서 모르는 사람이 없는 이야기를 굳이 반복하자면, 나는 지난 대선 때 일어난 일련의 갈등으로 인해 패튼 씨와 절연을 선언했습니다. 그는 나와 아이크가 재임 중 이루고자 했던 소중한 가치를 비난했고, 우리의 만류에도 불구하고 제멋대로 이집트로 향했습니다. 우리의 우정은 그 시점에서, 명백한 그의 책임으로 파탄 났습니다."

내가 아무리 늙고 병든 노인네라지만 D.C.에서 보낸 세월이라는 게 있다. 나와 안면이 있는 국무부 관료도 아니고 백악관 비서실에서 연락을 줬다는 건, 내게서 듣고 싶은 소리가 있다는 뜻. 그리고 그게 무엇일지는 너무나 빤한 이야기였다.

—그러면 대원수께서는…….

"고인의 죽음에 애도를 표합니다. 하지만 그것으로 끝입니다. 내가 아는 그 인간이라면 아마 그렇게 죽기를 누구보다 원했을 겁니다."

—알겠습니다. 배려에 대단히 감사드립니다.

피곤이 몰려온다. 나는 반쯤 던지듯 수화기를 내려놓고는 옆의 소파에 대강 앉았다.

"무슨 일이야?"

"패튼이 죽었대. 미치겠네."

"그러면 지금 이렇게 가만히 있으면 안 되는 거 아냐? 장례라든가, 그런 거 준비해야지. 유족들에게 연락부터 해야겠네. 어떡해."

우리 나이가 나이다 보니 관혼상제는 거의 일상과도 같은 일. 도로시 또한 충격을 받긴 했지만 관성적으로나마 이 흉보를 맞이할 준비를 하는 듯했다.

그러다 갑자기, 태엽이 다 풀린 인형처럼 도로시가 뚝 멈췄다.

"패튼? 그 사람 지금……."

"이집트에 있었지."

나는 갑자기 골이 지끈거려 전화기 옆에 있던 담배 케이스에서 한 개비를 꺼내 물었다.

곱씹으면 곱씹을수록 기가 막힌다. 죽어? 그 중세 기사가?

'이 조지 스미스 패튼 주니어 소위와 함께, 좆같은 선인장 가득한 타코랜드에서 명예와 전공을 거머쥐어보세나!'

'후하하하하!! 뭐 하나 후배님! 빨리빨리 준비 안 하고!'

'전장이라곤 좆도 모르는 개자식들이 어디서 얄쌍한 혓바닥을 날름날름 놀리고 있어! 뒈질라고!'

'그래서, 언제쯤 시작할 것 같나?'

늙어서 그런가. 떠오르는 기억들은 어째 아주아주 오래전, 족히 반백 년 전의 빛바랜 사진 같은 장면들뿐이었다. 보통 사람은 나이를 먹으면 중후해지고 겸허해질 텐데, 그 인간은 도대체 뇌 구조가 어떻게 생겨먹었길래 오히려 옛날이 정상이었던 것 같고, 가면 갈수록 노망이 난 걸까.

어쩌면 나 때문일지도 모른다는 생각이 문득 들었다.

오직 두 번째 세계대전이 터진다는 기대감으로 살아온 광전사가, 그 전쟁이 끝나버린 뒤 얼마나 번뇌했을지 뻔한 이야기 아니겠나. 물론 그 인간 취미생활 즐기게 해주겠다고 전쟁을 일으킬 만큼 내가 싸이코는 아니지만, 적어도 조금 더 멘탈 케어를 해줘야겠다고 마음먹을 수는 있었을지도 모르잖는가.

나는 수화기를 들려다가, 잠깐 찬장으로 가 위스키 한 잔을 챙긴 뒤 다시 다이얼을 돌렸다.

"아이크."

—소식 들었어. 방금 전까지 닉슨 의원과 통화하고 있었거든.

"전직 대통령님 전화통에도 불이 났을 것 같은데. 좀 어때."

—나야 뭐… 떨떠름하구만. 아무리 내 면상에 구정물을 뿌렸다지만, 그래도 함께했던 시간이란 게 있으니까.

다들 생각은 거기서 거기인 모양이었다. 애도는 하겠지만, 그게 끝.

하지만 채 몇 시간도 지나지 않아서.

—으아아악!!

—미친! 미친!!

—장군, 패튼 장군님?!

"저, 저게 뭐야?!"

—시청자 여러분. 이것이 바로 이틀 전에 있었던 끔찍한 사건입니다. 세계대전의 영웅 조지 패튼 장군이 이스라엘군의 대전차 로켓 공격으로……

나와 도로시는 거실 소파에 앉아 패튼이 직화구이 통닭으로 바뀌는 장면을 구경하게 되었다.

—진!! 네 망할 방송국이 지금 뭘 틀어준 거야?!

"나도 아무것도 들은 거 없어! 전화통이 쉴 새 없이 울려서 내가 헨리한테 전화를 걸지도 못하고 있다고!"

그날 우리는 전화선을 뽑은 뒤에야 잠이 들 수 있었다.

이제 겨우 시작일 뿐이었다.

* * *

[〈ABC 방송국〉 단독 보도: 조지 패튼 최후의 순간! 잔인한 장면이 송출되오니 아동의 시청을 권장하지 않습니다!]

[양차 대전의 영웅, 조지 패튼 전사!]

[유대인의 구원자, 유대인의 손에 죽다!]

[자유의 투사, 이역만리 사막에서 생의 종지부 찍다.]

[마지막까지 공산주의 확산 저지에 나섰던 영웅의 최후.]

"킴 대원수님. 어떻게 이러실 수가……."

"〈ABC 방송국〉은 나와 아무 관계 없습니다."

"지금 농담하십니까? 조지 패튼이 죽는 장면이 생중계됐는데……."

"이봐요. 월스트리트에는 '소유와 경영의 분리'라는 말이 있습니다. 그리고 법원에 가면 '배임죄'라는 것도 있고요. 내가 대체 무슨 비범한 수가 있어서 이 특종의 방영을 막겠습니까? 예?"

백악관과의 관계는 얼어붙었다. 아니, 지금 힘써야 할 곳을 좀 착각하고 계신 것 같은데. 케네디 행정부는 은퇴한 놈 상대로 지랄 떨어서 뭐 어쩌자는 건가. 내가 배후에서 여론을 조종하려 든다고? 왜? 여론이 감자 대신 길러주냐?

고작 주식쪼가리 몇 개 좀 들고 있는 내가 방송국을 지배해서 패튼 사망 영상을 틀었다는 피해망상에 시달리는 백악관은 그렇다고 치자. 우리 친애하는 미합중국 시민들의 반응은 그야말로 지옥불 그 자체였다.

"유대-볼셰비키가 합중국의 영웅을 죽였다!!"

"정부는 공산주의자들의 음모에 즉시 대처하라!!"

"패튼은 개인 자격으로 움직인 것이니……."

"개인 자격! 나약한 민주당이 팔짱만 낀 채 빨갱이들의 책동을 방관하는 동안 오직 패튼 장군님만이 빨갱이에 맞서기 위해 움직이셨지!"

그리고 설상가상으로 이 지옥불에 기름을 끼얹는 이들이 있었으니… 바로 이스라엘이었다.

"이스라엘군은 이스라엘의 안보와 국체를 위협하던 PMC의 수장, 조지 패튼을 전투에서 사살하였습니다. 국민 여러분, 안심하시기 바랍니다. 우리는 더욱 안전해졌으며, 이집트군은 무질서하게 패주하고 있습니다."

"와아아아!!"

"적장을 죽였다! 우린 무적이다!"

"여호와의 가호가 함께하신다!!"

"군과 정부는 즉시 패튼을 죽인 영웅에게 훈장을 수여하라!"

이스라엘 정부는 위풍당당하게 적의 사살을 홍보하며 프로파간다에 나섰다.

'미국인들은 애써 패튼을 손절하는 모양새를 취했다.'

'정당한 전투에서 적 총사령관을 죽였다. 미국으로서도 리스크가 해소

된 셈이지. 이제 나세르를 협상 테이블로 끌고 나와 휴전 협상만 맺으면 끝난다.'

전쟁으로 인한 인명 피해 등 염전 분위기를 극복하고, 나아가 빠른 종전을 위해 자신들의 전과를 과시하는 건 충분히 해볼 만한 일이다.

하지만 문제는 이스라엘 국내를 다스리려다 엉뚱한 미국 국내를 자극할수 있다는 점. 주미 이스라엘 대사관은 안방에서 생생하게 흘러나오는 자국군의 패튼 사살 장면을 보고 경악해 본국의 프로파간다를 중단할 것을 요청했지만… 너무 늦었다.

[이스라엘, 패튼을 죽인 후 축제를 열다!]

[자신들의 구원자를 죽인 패륜… 유대인의 비열한 본성!]

['침략자 패튼' 인형을 불태우며 거리로 나선 유대인들!]

특종에 굶주린 언론들은 곧장 이스라엘의 이러한 태도를 새로운 불쏘시개로 삼았고, 처음에는 뜨뜻미지근하던 미국인들조차 이스라엘의 반응을 끝없이 전해 들으면서 점점 열이 오르기 시작했다.

"그래. 전쟁이니 죽는 건 그럴 수 있다 치자고. 하지만 이 새끼들은 죽은 자에 대한 최소한의 존중도 없나? 패튼이 비누 공장 운영하던 나치를 쳐부숴서 살아남은 놈들이 어떻게 그를 조롱할 수가 있냐고!"

"미국의 영웅이 죽어서도 저런 수모를 겪고 있는데! 정부는 대체 뭘 하고 있나!! 이스라엘의 건방진 태도를 언제까지 방임할 테냐!!"

여론이 움직이면 정치인들이 반응한다. 이 간단한 물리법칙에 따라, 워싱턴 D.C. 또한 뜨끈뜨끈한 가마솥처럼 펄펄 끓어올랐다.

"민주당의 나약하고 어리석은 외교 정책이 위대한 영웅을 죽음으로 몰아넣었습니다. 대통령과 여당은 즉시 이 비극에 대한 책임을 져야만 합니다."

"우리의 외교 정책은 '킴 플랜'을 계승했고, 특히 중동의 경우 바로 그 킴 장관이 퇴임 전 손수 마무리했었습니다. 지금 누구에게 책임을 덮어씌우려고 하십니까?"

"시민 여러분! 공화당은 체코에 자유를 돌려주었지만, 민주당은 패튼의 목숨을 앗아갔습니다! 공화당에 한 표를!"

다음 대선을 앞두고 깔렸던 모든 정치적 아젠다와 화두가 패튼 사망이라는 거대한 블랙홀에 빨려 들어가 소멸했다. 그는 미국인들의 감성을 자극하는 배드애스였고, 마초 감수성 넘치는 전쟁영웅이었고, 무엇보다도 자신이 구해준 이들에게 살해당했다는 최후가 실로 20세기판 그리스식 비극과 같은 무언가를 자극했다.

"이스라엘은 마치 진주만과 같이, 선전포고도 없는 일방적인 기습 전쟁을 일으켰습니다."

"비록 조지 패튼은 미합중국 정부와 어떠한 관계도 없는 개인의 신분이었으나, 망자를 모욕하는 이스라엘의 모습은 한때 바로 그 유대인들을 나치의 손아귀에서 구원해 준 인물을 대하는 태도로서는 대단히 부적절한 행동이라고 보입니다."

"우리는 중동에 한시라도 빨리 평화가 도래하기를 기원하며, 더 이상 비극이 이어지질 않기를 바랍니다."

가장 먼저 국무부가 행동에 들어갔다. 공식적으로 발표한 성명은 지극히 절제되어 있었지만, 백악관의 의지를 표현하기에 적절한 문구는 모조리 삽입되어 있었다.

'이 개새끼들아. 아무리 그래도 패튼이 보통 사람이 아닌데 그렇게 막 대하면 안 되지. 너희는 얼굴 가죽도 참 두껍다야?'

'우리 기분 매우 불편하다. 시민들 분이 풀릴 만큼의 깽값은 받아내야겠다.'

이 시그널을 캐치한 이스라엘 외교관들이 움직이기 전, 국무부는 그보다 먼저 행동을 개시했다.

"우리는 귀국, 소비에트연방이 이번 일에서 손을 떼길 권고하는 바입니다.”

“누구 맘대로? 고작 늙은 전직 장성 하나 죽었다고 털도 안 뽑고 중동을 통째로 삼키려 하십니까?”

“우리도 이스라엘의 멸망은 바라지 않습니다. 하지만 이스라엘이 적당한 ‘교훈’을 얻지 못한다면 우리로서는 더욱 강력한 의지를 선보일 수밖에 없습니다.”

“우리가 봤을 때 선을 먼저 넘은 건 귀국입니다. 애시당초 그 웃기지도 않는 용병대가 미국 정부의 사주를 받은 게 아니라고 발뺌하던 게 당신들 아닙니까? 그런데 이제 와서 용병 하나 죽었다고 이럽니까?”

사람은 원래 할 말이 궁색해지면 화를 낸다. 설령 국무부의 엘리트라 한들 이 원칙에서 제외될 수는 없었다.

“우리는 패튼 장군의 핏값을 받아내야 합니다! 죽은 자를 모독하는 건 선을 넘었어요!”

“누가 들으면 모독하지 않았으면 참았을 것처럼 말하는구만…… 아무튼 미국이 직접적으로 군사 개입을 하거나, 그 망할 용병대의 규모를 늘리는 행위를 할 경우 소련은 결코 좌시하지 않겠습니다.”

“그래요? 어디 두고 봅시다.”

소련도 이제 오랜 경험을 통해, 선거철이 다가올수록 워싱턴 D.C.의 행동에 폭력성이 도드라진다는 사실을 숙지하고 있었다. 소련이 쉽사리 꼬리를 말기는커녕 오히려 이빨을 내밀며 그르렁대자, 미국은 곧장 다음 단계에 돌입했다.

국무부는 곧장 주미 이집트 대사와 접촉했다.

“아랍을 위해 싸우던 대영웅 패튼 장군께서 장렬히 전사하셨습니다. 이집트인들은 모두 그를 위한 추모 기간을 보내고 있으며, 한시라도 패튼 장군의 원수를 갚길 원하고 있습니다. 그러니 부디…….”

“얼마면 됩니까.”

"…많으면 많을수록 좋습니다."

"알겠습니다. 귀국 대통령께 우리의 의지를 잘 전해주십시오."

이스라엘에 신나게 무기를 팔아치우던 프랑스는 갑작스럽게 '서류상의 문제'로 인해 이스라엘행 화물선의 선적 작업이 딜레이되었음을 일방적으로 통지했다. 그리고 모두가 눈치챘지만, 이 전쟁이 끝나기 전까지 프랑스의 무기는 앞으로 이스라엘을 향해 출발하지 않을 예정이었다. 선금을 줬음에도 무기를 받지 못한 이스라엘은 눈이 까뒤집혔지만, 프랑스는 뻔뻔스럽게 '서류 문제만 해결되면 배송해준다니까? 진짜로?'로 일관하며 오리발을 내밀었다.

그리고, 새롭게 블루팀의 대열에 합류한 체코가 라이선스생산한 아메리칸 무기가 끝없이 끝없이 이집트를 향해 배송되었다.

수십 년 만에 부활한 민주주의의 병기창, 랜드리스. 이스라엘을 강철의 파도에 깔아뭉개기에 충분한, 실로 어마어마한 양이었다.

중동 위기 2

세상이 지옥의 유황불로 들끓다 못해 화끈하게 불타고 있었다.

어째서 불타고 있는고 하면, 당연히 내가 태웠기 때문이다. 어떤 깜찍한 친구들이 우리 집에도 야훼의 요술봉을 쐈거든. 보고 있나, 뽀삐 Mk-2? 패튼보다도 새까맣게 그을려버린 널 위해 이 할아버지가 오랜만에 쥐불을 돌렸단다.

나는 한 야트막한 동산 위에 올라 미제 거대오징어가 이스라엘 정부 청사를 때려 부수는 가슴 따스해지는 장면을 지켜보고 있었다.

그리고 바로 그때. 홀연히 허공에서 거대한 칠면조 구이가 나타났다.

'반갑네, 형제여. 나는⋯ 저 너머 발할라에 있네.'

세상에 이럴 수가! 이 목소리는?

"패튼! 네놈, 크흠, 선배는⋯ 그 빌어먹을 전쟁놀이 처하다가⋯ 죽었잖아!"

'난 죽음을 경험한 적이 없네, 후배님. 앞으로도 그럴 게야.'

참으로 거대한 사이즈를 자랑하는 칠면조 구이가 패튼의 목소리로 떠들어댔다.

'이 이야기는 다음에 하지. 오늘은 유대인의 용기에 대해 말해주러 왔네.'

"잠깐. 잠깐잠깐. 이딴 게 현실일 리가 없잖아. 이건 꿈이 틀림없어."

'이럴 수가. 아직 본론은 들어가지도 못했는데 벌써 꿈이란 걸 파악하다니. 역시 후배님답군. 가, 진, 어서……'

이딴 정신 나간 광경이 칠순 잔치까지 치른 노인네의 정신세계라고? 정신과 의사들이 보면 진지하게 어디 다큐멘터리에 출연해서 '킴 대원수는 말년에 호르몬 불균형으로 인한 심각한 망상 증세에 빠졌습니다.' 같은 멘트를 날릴 것 같잖아. 아직 나 살아 있다. 아침에도 기운차고.

나는 저 멀리 미제 거대오징어를 물리치고 포효하는 메카ー히틀러의 모습을 마지막으로 눈에 담은 뒤 이 끔찍한 꿈에서 깨어나기 시작했다.

'오이겐 킴! 저 유대ー볼셰비키들에게 아리아인의 핏값을… 끄에엑!'

'조지 패튼은 이제 그만 속세에서의 살육을 멈추고 지옥으로 돌아오도록 하라.'

'그동안 후배님 덕택에 재밌게 놀았네! 나는 지옥에서 나치 좀비를 때려잡고 있도록 하지!'

통닭 꼬라지로 그딴 대사 치지 말라고.

천사 날개를 단 딱지의 정령들이 하딩의 지휘에 맞춰 아카펠라로 코러스를 깔아주는 가운데, 원자력 휠체어에 탄 염라FDR의 명에 따라 칠면조가 저 밑바닥 무저갱으로 가라앉는 모습이 꿈의 마지막이었다.

이게 그… 현대 예술이구만.

* * *

아침부터 꿈자리가 참으로 난장판이 따로 없었다. 대체 내 무의식의 세계엔 뭐가 있는 거지? 메카ー히틀러는 그렇다 치자. 요즘 〈파워레인저〉 때문에 떠오른 게 틀림없으니까. 그래도 그렇지. 거실에서 패튼이 대전차 로켓을 맞는 꼬라지를 본 직후에 내 무의식이 떠올린 게 노릇노릇하고 윤기가 좌르르 흐르는 칠면조 로스트라니. 이래서야 인성에 문제 있는 싸이코패스 소릴 들어도 할 말이 없잖은가.

나는 도로시가 올려놓은 커피잔을 테이블에 올려 둔 채 자연스럽게 오늘의 신문을 집어 들었다.

[시나이에서 다시 벌어지는 대규모 전차전.]

[이스라엘군 후퇴.]

[유엔 소련 대사, "중동의 평화를 위해 중대한 결단 내릴 수 있다."]

랜드리스가 개시되었다.

물론 케네디 행정부는 절대 이를 랜드리스라고 표현하지 않았고 실제로 그 알맹이도 다르지만 언론은 다들 랜드리스라고 재잘대고 있다. 아무튼 미국이 파격적인 후불제로 무기와 탄약부터 전쟁 수행에 필요한 모든 것들을 대대적으로 팔아치우기 시작했는데 이걸 표현할 가장 적당한 단어가 랜드리스가 아니면 뭐겠나.

초반의 치명적인 물자 손실을 아득히 상회하는 어마어마한 물량을 손에 쥐게 되자 이집트군의 전력은 순식간에 강화되었고, 요르단과 시리아가 전열을 재정비하면서 제3차 중동전쟁은 장기화의 조짐을 보이기 시작했다.

이스라엘이 제아무리 중동 깡패라고는 하지만, 미국의 따뜻한 지원을 받는 이집트는 이제 수에즈가 털려도 협상장으로 나올 이유가 전혀 없다. 막말로 카이로와 알렉산드리아를 점령한다고 해도 '최후의 한 명까지!'를 외치며 개길 판. 이 시점에서 이스라엘의 대전략은 망했다. 히틀러의 독일이 겹쳐 보이면 착시가 아니라 정확히 보고 있는 셈.

그렇다고 해서 이스라엘이 얌전히 포기할 리는 없었다. 소련의 태도만 봐도 뻔하지 않은가.

"전화 왔어."

"누구?"

"백악관이래."

"거참. 그 사람들은 아침도 안 먹고 사나. 불쌍한 사람들이야 정말."

나는 잠시 신문을 내려놓고 수화기를 건네받았다.

"킴입니다."

ㅡ대원수님. 약속이 다르잖습니까?

"갑자기 뭐가 말입니까. 자꾸 이러시면 솔직히 슬슬 짜증이 샘솟거든요. 나는 아무것도 안 하고 있습니다."

ㅡABC 방송국이 패튼의 유족들과 단독 인터뷰를 딴 게 우연이라는 말씀이십니까.

"뭔가 크나큰 착각을 하고 계시는 것 같은데, 나는 방송국에 어떠한 영향력도 없습니다. 꼬우면 후버를 시켜서 내 사찰이라도 시켜보지 그러십니까?"

ㅡ…죄송합니다. 하지만 일부 언론들이 지나치게 주전론에 힘을 싣고 있습니다. 부디 대원수께서 저들의 분노를 달래주셨으면 하는 바람입니다.

"흠."

ㅡ……?

침묵이 길게 이어졌다. 비서실 사람들이라 그런가, 뭔가 상황 인지가 잘 안 되는 건가. 나는 잠시 헛기침을 하고는 수화기에다 대고 또박또박 말했다.

"내가 왜요?"

ㅡ네? 그야, 그, 대원수께서는 전쟁을 원치 않는 것 아니었습니까?

"한 명의 미합중국 시민으로서 패튼의 죽음을 애도하는 것도 사실이고, 패튼의 죽음을 이용하고 싶지 않은 것도 사실입니다. 그런데… 그의 죽음에 분노하는 다른 이들을 설득하는 건 또 전혀 다른 문제잖습니까. 셈을 다시 해야지요."

그럼그럼. 온 세상 사람들이 나와 패튼이 죽고 못 사는 친구 사이라고 알고 있다. 그런데 내가 그의 죽음에 눈을 까뒤집고 설치긴커녕 다른 이들을 말린다? 틀림없이 나중에 '유진 킴은 사실 패튼을 골수까지 이용했다.' 같은 개같은 뒷말이 나올 게 뻔하잖은가. 지금 입 다물고 집에 처박혀 있으면 그냥 알아서 추모의 시간을 가졌다고 할 수 있지만, 남들을 타이르는 건 전혀 다른 문제다.

—장군님.

"예."

—아무래도 장군님께선… 말과 행동이 조금 다르신 듯하군요. 누가 보더라도 이스라엘을 응징하길 원하시는 듯합니다.

"마누라가 끓여준 커피가 식어 가니 길게 이야기하지 않겠습니다. 내가 뒤에서 상황을 조종하고 있다는 망상 좀 끄시고요. 은퇴해서 감자 농사나 짓고 싶은 사람을 써먹고 싶다면 그만한 대가를 치르십시오. 한 번만 더 이 따위로 무례하게 굴면 당신네들의 소원대로 내가 신문에다가 대통령이 패튼을 죽였다는 기고문을 쓸 테니 똑바로 알아듣고 전해주십시오."

—…실례가 많았습니다.

"알면 됐습니다."

나는 대답을 더 듣지 않고 탕 소리 나게 전화통을 내려놓았다.

그리고 그날 점심 식사를 하기 전, 다시 전화가 걸려 왔다.

—장군님, 부하 직원이 심각한 결례를 저질렀습니다. 사과의 말씀과 더불어 현 중동 정세의 안정화를 위해 장군님의 고견을 듣고 싶습니다.

그래도 이번에는 조금 들어줄 만한 내용이었다.

협상은 이렇게 해야지.

* * *

　상황이 나날이 급변하고 있다. 게다가, 그 상황이 자신의 통제를 벗어나고 있다. 이집트, 그리고 전 아랍 세계의 존경을 한몸에 받는 위대한 지도자 나세르 동지의 머리는 이미 과부하에 걸려 하얗게 표백되고 있었다.

　시작은 이스라엘이었다. 미치광이 전쟁광 새끼들. 어떻게 조금 성질 좀 긁었다고 선전포고도 없이 대뜸 전쟁을 일으킬 수가 있단 말인가. 소소한 국경분쟁이나 '유대인을 모조리 지중해에 처넣어버리자!' 같은 연설 좀 했다손 치더라도 문명인들끼리 대화로 해결해야지, 다짜고짜 폭격을 해?

　그렇게 자신의 예상을 벗어나 갑작스레 터진 전쟁만 해도 나세르의 정신을 혼미하게 만들기엔 충분했건만, 소방수로 투입한 패튼은 덜컥 전쟁터 한복판에서 죽어버렸다. 이 시점에서 나세르가 꿈꾸던 '적당히 승리를 거두고 이스라엘에게 우위를 차지한 채 휴전' 엔딩은 막혀버렸다.

　"필요한 건 우리가 전부 대줄 테니 이번 기회에 이스라엘을 상대로 완벽한 승리를 일구십시오."

　"나세르 동지. 동지도 사회주의자라면 제국주의자들의 간악한 음모에 동참하는 것을 멈추시오."

　"수에즈 운하의 인수를 일시 중지한다면 우리 영국 정부는 더 많은 지원을 해줄 용의가 있습니다."

　"정의를 사랑하시는 중화민국의 지도자 장개석 총통께선 이집트를 위해 1개 군단을 파병할 수 있다고 제안하셨습니다. 어떻습니까? 임표의 목을 주신다면……."

　이미 이 전쟁은 미국과 소련, 그리고 온갖 나라들이 숟가락 하나씩 걸친 세계대전의 축소판이 되었다. 어떤 식으로 결정을 내리든, 누군가는 불만을 갖게 된다. 하지만 그 불만을 미국과 소련에게 쏘아 보낼 수는 없으니 당연히 만만한 나세르가 타깃이 되리라. 제3세계의 맹주 자리를 놓고 신경전을 벌이는 티토와 네루만 좋아하게 된 것이다.

아직 이성은 죽지 않은 나세르의 대뇌피질은 긴밀히 상호협력하며 미래를 시뮬레이션한 결과를 출력하고 있었다.

이스라엘을 완전히 멸망시킨다? 소련이 이스라엘을 지키기 위해 개입하지 않아서 정말 이스라엘을 멸망시켰다고 가정해보자. 승리자가 된 아랍인들이 신이 나서 나세르에게 '빨리 가스실을 짓고 유대인 놈들을 전부 죽이자!'라며 날뛸 게다.

진짜로 학살을 했다간 즉시 홀로코스트의 주범, 인류의 적으로 몰린다. 학살을 하지 않으면 '유대인을 살려주는 비열한 아랍의 공적' 소리를 듣다가 쿠데타를 당하거나 암살당한다. 학살 대신 추방을 한다고 하더라도, 수백만 단위로 난민이 발생하면 그걸 누가 다 감당할 텐가. 짐을 떠안기 싫은 서방은 가만있지 않을 것이고, 결국 서방의 주먹을 맞든가 분노한 암살자의 총알을 맞든가 하나로 결론 나겠지.

그런 그의 고민을 아는지 모르는지, 이집트군은 착실하게 시나이반도에서 승리를 거듭하며 이스라엘의 심장부로 진격해 들어갔다.

그리고 나세르는 하던 일을 계속했다.

"아랍의 대영웅, 조지 패튼 장군께서는 간교한 이스라엘의 음모에 의해 장렬한 최후를 맞이하셨습니다! 전 세계가 유대인을 미워함이 이처럼 명명백백한데도 불구하고, 소련은 이스라엘을 감싸고 돌며 그들을 지키기에 여념이 없습니다!!"

"알라는 위대하시다!!"

"알라의 검, 패튼을 칭송할지어다!!"

아가리질. 아무튼 미국의 지원을 받고 있는 처지인 만큼, 패튼을 좀 띄워준다고 해가 될 일이 있겠는가? 죽은 자는 말이 없는 법이니 패튼도 아마 좋아하면 좋아했지 싫어하지는 않으리라.

한편, 워싱턴 D.C.에서는 이스라엘의 운명을 결정 짓는 마지막 담판이 벌어지고 있었다.

"킴 장군?"

"오랜만입니다. 그동안 제가 그립지 않으셨습니까?"

"설마 장군께서 복귀하신 겁니까."

"그건 아닙니다. 제가 이래 봬도 죽은 스탈린 동지가 인정한 노동자와 농민의 친구잖습니까? 워싱턴의 외교쟁이들이 저더러 여러분과의 관계 개선에 조금 '자문'을 부탁하더군요."

주미 소련 대사의 얼굴이 기괴망측하게 일그러졌다.

"…쓰시던 글은 어쩌시고 이 먼 곳까지."

"하하. 소련에서도 제 졸문을 잘 봐주셨더군요. 참으로 부끄럽습니다. 아무튼, 본론으로 들어가볼까요."

"장군께서 말씀하신 대로 우리 소비에트연방은 핍박받는 노동자와 농민의 나라입니다. 이스라엘이 멸망한다면 그들은 저 아랍인들의 손에 갈가리 찢길 게 분명합니다."

"뭐어, 저도 딱히 이스라엘을 멸망시켜야 한다고 주장하진 않습니다. 저는 패튼의 죽음에 어떠한 유감도 없다니까요?"

아무리 숙련된 외교관이라도 '지랄하고 있네.'라는 말을 참는 덴 크나큰 노력이 필요했다. 유진 킴의 상투적 수법 아닌가. 본인은 뒷짐 지고 쿨럭쿨럭거리면서 보이지 않는 흑막 뒤편에서 조물조물거리는 것.

당장 미국 관료들과 정치인들 대부분이 '킴 대원수가 막역한 사이였던 패튼의 죽음에 눈깔이 확 돌아가서는 피의 복수를 획책하고 있다.'라고 떠들어대는데도 저리 뻔뻔스럽게 자긴 유감이 없다고 지껄이다니. 역시 흐루쇼프가 사탄과 동기동창이라 평할 만한 인간이었다.

"저는 조금 다른 시각으로 이번 사건에 접근하고 싶습니다."

"고견을 들려주시죠."

"이집트 친구들이 이 전쟁에서 승리하면, 반드시 그놈의 '아랍연방' 구상안을 다시 꺼내 아랍 일통을 획책할 겁니다."

"아마 높은 확률로 그렇게 되겠지요."

"그리된다면 이집트를 질시하는 다른 나라들이 가만히 있지는 않을 겁니다. 사우디아라비아, 이라크, 이란 같은 나라들 말입니다. 지금은 이스라엘의 존재가 그들의 충돌을 막고 있지만, 이 전쟁이 이스라엘의 패전으로 끝난 뒤에는 아랍의 패권을 둘러싸고 어마어마한 싸움이 벌어질지도 모릅니다."

유진은 무덤덤하게 말을 이어나갔다.

"우리는 서로 간의 오해와 위신 문제로 인해 이미 한 차례 핵전쟁 위기를 겪은 바가 있습니다. 지금 미리… 서로의 의견 차이를 좁혀 놔야 하지 않을까요?"

대사의 머리에서 무언가가 번뜩였다.

'어째서 킴이 이스라엘만을 원망하리라고 생각했지?'

나세르 또한 충분히 패튼의 죽음에 대한 '원인 제공자'로 보이지 않겠는가.

"아. 제가 뭔가 원한을 품고 있다는 건 아닙니다. 다만 우리 이집트 친구들이 너무 크게 전쟁에서 따버리면 잘못된 교훈을 얻을까봐 조금 걱정이 되는군요."

"세계 평화를 위해 불철주야 노력하는 우리 소련 또한 이집트의 모험주의적 책동이 심히 우려됩니다. 하하하."

소련으로서는 아쉬울 일이 전혀 없었다.

중동 위기 3

몰로토프는 은퇴했다. 아니, 정정하자. 은퇴했'었'다.

미 제국주의자들 중에서도 가장 간교하고 음험하며 비열하기로 이름난 노란 악마가 다시 워싱턴 D.C.를 싸돌아다니며 사악한 음모를 꾸미고 있다는 소식이 들리자, 흐루쇼프는 현업에서 물러나 뒷방 늙은이가 된 몰로토프의 머리채를 휘어잡고는 즉시 방에서 끌어냈다.

"몰로토프 동무. 나랏돈으로 유람 한번 다녀오지 않겠소?"

"이 늙은이를 이토록 험하게 부려도 별반 도움은 되지 않으실 겁니다."

"허허허. 무슨 소리요? 예브게니 킴의 수작질을 막을 만한 인재는 오직 동무뿐이오."

"저보단 서기장 동지께서 훨씬 더 영명하신 것 같습니다."

"말 잘하셨소. 연방을 대표하는 자리에 앉아 있는 내가 은퇴해서 감자 캐는 노인을 상대할 순 없잖소? 급을 맞추기 위해 부득이하게 동무가 가줘야만 하겠소."

몰로토프는 치를 떨었지만, 숙청당해 반동으로 조리돌림당하거나 주코프처럼 시베리아 구석 어드메에 있는 수력발전소장으로 처박히긴 더 싫었다. 물론 흐루쇼프 정권 탄생의 1등 공신 중 한 명인 몰로토프와 만인에게 견제받던 주코프가 동급일 순 없지만, 지금 흐루쇼프의 눈에 '감히 서기장인 내 명을 거역하려 하다니.'라는 글귀가 획획 지나가는 것 좀 보라지.

비록 흐루쇼프가 개혁을 해서 숙청이 저런 좌천으로 끝나게 됐지만, 여전히 스탈린과 함께 수십 년을 보낸 몰로토프의 머릿속에선 숙청이란 당연히 물리적으로 대가리와 몸통이 따로따로 놀게 되는 걸 뜻했다. 비록 늙었지만 말년에 죽는 건 더 싫었다.

그리하여 그는 그리스의 무수히 많은 섬 중 하나에 여름 휴가를 나오게 되었다. 무려 인민의 나랏돈으로.

"몰로토프 씨, 당신 얼굴을 보고도 반가움이 먼저인 걸 보니 확실히 내가 늙긴 한 것 같습니다."

"허허. 킴 장군님. 제가 뭔가 잘못한 거라도 있습니까?"

"흐음… 잘못한 거라. 독ー소 불가침 조약?"

"누구보다 잘 아시겠지만 그건 스탈린 동지의 뜻이었지 제 뜻이 아니었습니다."

"그럼 핀란드에 보내준 빵 바구니?"

"정말 오해입니다."

망할. 오랜만에 성질 박박 긁히니 옛날처럼 참기도 힘들다. 하지만 몰로토프는 필사적으로 인내하며 자신의 직업적 본분을 다했고, 유진은 그런 몰로토프를 보면서 알 듯 말 듯 한 희미한 미소를 지었다. 나이를 처먹더니 갑자기 모나리자라도 되었단 말인가.

"이번에 있었던 일에 대해서는 애도의 말씀을 드립니다."

"무슨 일 말씀이십니까?"

"어… 패튼 장군 건 이야기였습니다."

유진은 대답하는 대신 잠깐 침묵하다가, 찬장의 술병 몇 개를 뒤적거리더니 수제 칵테일 한 잔을 만들어 그에게 내밀었다.

"하나 드셔보시겠습니까."

"음… 어… 감사합니다. 독특한 맛이군요."

"'몽고메리' 마티니랩니다. 진과 베르무트를 15:1의 비율로 섞은 물건이지요."

"이름 한 번 걸작이군요. 허허. 그런데 몽고메리와 15:1이 무슨 관계가 있습니까?"

"그야 북아프리카에서의 몬티는 15:1쯤 되는 게 아니면 도저히 진격을 하지 않았었으니까요. 마켓가든 때는 1.5:1일 때도 진격을 해서 문제였지만."

누구도 손대지 않는 마티니 잔에는 어느새 물방울이 송글송글 맺혔고, 유진은 무덤덤하게 담배 한 대에 불을 붙여 제 입에 꽂아 넣었다.

"몬티는 항상 명예를 원했지요. 결과적으로 그 욕망이 그에게서 명예를 빼앗아 갔지만, 한 명의 군인으로 보자면… 불쌍합니다."

"장군 입에서 그자에 대한 동정이 나올 줄은 생각도 못 했습니다."

"이제 나도 죽을 날이 가까워져 오니 그렇습니다. 옛날 같았으면 제 명예욕 때문에 남을 사지로 내몬 호로새끼라고 걸쭉하게 욕이라도 박았을 텐데."

'이미 욕한 게 아닌가?'라고 생각하기엔 몰로토프는 연륜 있는 외교관이었다. 그 말인즉슨 소소한 것으로 말꼬리 잡지 않는다는 뜻.

"조지 패튼이란 새끼는 말입니다, 근본적으로 사회랑 맞지 않는 인간이었습니다. 폭력을 사랑하고, 전쟁을 찬미하는 새끼였단 말입니다."

"…무자비한 폭언이군요."

"당연하지요. 그 새끼 똥 닦아주는 일만 30년을 했어요, 30년. 솔직히 나는 욕 박을 자격이 있습니다."

"그럼 진작에 버리지 그러셨습니까."

"그 개새끼가 아니었으면 나는 1917년 프랑스 캉브레에서 죽었습니다.

요컨대 똥기저귀 갈아주는 값을 선물로 치른 셈이지요. 그리고 뭐… 그 인간이 아니었다면 전쟁은 조금 더 길어졌을 테고, 조금 더 많은 사람이 죽었겠지요. 결과적으로 따져보자면 모두에게 이득이 되는 일이었다고 봅니다. 이렇게 말하고 보니 정말 성공한 몬티로군요. 엘 알라메인의 영웅을 위해 건배.”

오랜만에 만난 늙은 대원수는 드물게도 감정을 숨기지 않았다. 하지만 스탈린도 그러했듯, 정치 괴물들은 감정이 없는 싸이코가 아니었다. 가장 유리할 때를 노려 자신의 감정을 표출하는 이들이었지.

그는 차분하게 술잔을 기울이며 계속해서 옛날을 회상해나갔다.

아이젠하워의 당선, 킴 플랜, 패튼의 전역과 의원 당선, 매카시. 그리고 그들의 관계가 파국으로 치달을 때까지.

“소련 여러분들이 궁금한 건 하나뿐이겠지요. 나는 이제 아무것도 하고 싶지 않습니다. 내게 가장 중요한 건 내 소중한 사람들과 이별할 준비를 갖추는 것이고, 행복하게 떠난 새끼를 위해 피의 복수를 하는 일은 내 관심사와 살짝 거리가 있습니다.”

“행복하게… 떠났다고요?”

“내 말을 대체 뭘로 들으셨습니까. 그 새낀 전쟁터라는 마약에 중독된 뽕쟁이였고, 자신이 가장 바라던 죽음을 맞이했습니다. 천상에 있을 베드로도 아마 그 빌어먹을 놈의 죽음이 자살인지 아닌지 꽤 오래 고민해야 할 겁니다. 이스라엘이 그놈을 죽였다고요? 하, 좆도 모르는 머저리 병신새끼들. 유대인들이 그놈을 죽인 게 아닙니다. 그 새끼가 이스라엘을 자신의 끝내주는 피날레를 연출해줄 교수대로 써먹은 거지.”

유진은 그렇게 결론 내렸다.

어차피 이스라엘을 때려부수고 승리를 거둬봐야, 전쟁을 사랑하는 조지 패튼에게 남는 게 뭐가 있을까? 아편 중독자가 아편을 얻기 위해 무슨 짓이라도 할 수 있는 것처럼, 이미 속세의 규율과 정의에서 탈선해버린 패튼은 죽는 그날까지 전쟁터를 찾아다니리라. 그놈은 미쳤지만 멍청한 인간은 아니었으니, 자신에게 남은 미래를 명확히 인지했겠지.

그러니 이스라엘군과 임표를 때려 부순 시점에, 가장 꿀맛 같은 재미를 즐긴 시점에 자신의 생에 종지부를 찍는다. 너무 완벽해서 탈이지 않은가.

"그러면, 킴 장군은 정말 어떠한 사심도 없습니까."

"아니요. 그건 조금 다른 문제죠."

"어째서요? 장군의 논리대로라면 조지 패튼은 자신의 흥미를 채우기 위해 중동전쟁에 가담한 미치광이에 불과하고 이스라엘은 이 흉계에 휘말렸을 뿐입니다."

"음. 뭐, 그렇게 볼 수도 있겠지요. 특히 이스라엘을 지지하고 있는 당신들 입장에선요."

몰로토프는 자신도 모르게 말이 빨라졌지만, 유진은 그사이에 벌써 더 나이를 먹은 듯 더욱 느릿느릿하게 대답했다.

"몰로토프 씨. 따님이 있었지요?"

"그렇습니다. 몇 번 귀한 장난감을 보내주셨었지요. 감사합니다."

"별말씀을. 자, 제가 하나 상상력을 발휘해 예시를 들어보겠습니다. 금이야 옥이야 잘 키운 딸내미가 웬 등신 같은 남정네랑 잤습니다. 그냥 잔 것도 아니고 이 빌어먹을 놈팽이가 감히 내 딸한테 흑심을 품고 파티에서 술을 잔뜩 처먹였다지 뭡니까?"

"패튼의 사례와는 전혀 다르군요."

"그래서 와이프에게 샷건을 건네받고 그 개놈의 머리통을 날리려고 차에 탔는데, 갑자기 딸내미가 울면서 쫓아 나오는 겁니다. 그러고는 실토한 거죠. '아빠, 사실은 나도 걔가 마음에 들어서 주는 대로 받아마신 거야.' 하고 말입니다. 자, 저는 차에서 내렸을까요?"

몰로토프의 입과 머리는 전혀 별개로 놀았다.

"…킴 장군께선 이성적인 데다가 고결하기까지 하시니 당연히 차에서 내렸겠지요."

"역시 외교관답게 본인도 안 믿는 소릴 하시는군요. 커티스 가문이건 킴 가문이건, 이럴 땐 분이 풀릴 때까지 쏘고 생각하는 겁니다. 다시 생각해봐도 좆같네, 뒤질라고 진짜."

"상상력을 발휘한 예시 아니었습니까?"

"제가 또 세계구급으로 노는 SF 작가잖습니까. 원래 위대한 작가는 감수성이 좀 풍부합니다."

"그렇군요."

아무래도 이스라엘은 샷건 한두 대를 예약한 모양이었다. 하지만 그는 애시당초 플랜 B도 상정하고 나온 몸. 이대로 아무 성과도 없이 돌아갔다간 흐루쇼프가 그의 소중한 주택을 압수하고 대신 개집을 던져줄지도 몰랐다.

"그럼 이집트는 어떻게 처리하실 속셈이십니까?"

"저는 은퇴했는데……."

"에헤이. 왜 또 이렇게 빼십니까."

"이집트 친구들을 징벌하는 건 제가 아닙니다. 그들이 충실히 쌓아 놓은 카르마, 업보의 스택이지요."

그리고 그의 말처럼 되었다. 은퇴했지만 여전히 그는 사람 같지 않았다.

* * *

1963년 9월. 전쟁이 끝났다.

이스라엘은 요르단과 시리아를 두들겨 패 휴전 협정에 강제로 서명시킨 후 이집트와 최후의 자웅을 겨룬다는 원대한 대전략을 성공시켰지만, 랜드리스빨로 몰아붙이는 이집트를 막을 순 없었다.

"이스라엘에 죽음을!!"

"유대인에게 가스실을!!"

모두가 짐작한 것과 비슷하게, 이스라엘이 이집트를 막는 데 전념하는 동안 요르단과 시리아 또한 다시 군을 추스른 뒤 휴전 협정을 일방적으로 파기했다. 이 시점에서 전쟁은 원점으로 돌아갔고, 어마어마한 인명과 재산 피해를 낸 중동전쟁은 아랍연합군이 이스라엘의 수도 텔아비브 코앞까지 진격해 들어간 시점에서 끝났다.

"그만!"

"더 이상은 안 됩니다!"

미국과 소련, 영국, 프랑스, 중화민국 5개국이 유엔 상임이사국의 이름으로 개입했기 때문이다.

"이스라엘이 멸망하면 수백만의 난민이 쏟아지게 됩니다."

"두 번째 홀로코스트를 방치할 순 없습니다. 그랬다간 우리도 비난의 화살을 피할 수는 없어요."

"적당히… 적당히 아랍의 위상을 세워주는 시점에서 전쟁을 끝냅시다."

이스라엘은 말 그대로 가진 걸 모조리 토해낸 해삼처럼 홀쭉해졌다. 그들은 이제 살아남았다는 사실에 안도해야만 했고, 믿을 건 오직 소련의 핵 우산뿐이었다.

이집트는 승리자가 되어 상장에 성공한 신생 기업 주식처럼 떡상했고, 아랍의 패권국가라는 명예로운 호칭에 한 발 더 다가섰다. 어마어마한 눈덩이처럼 불어난 국채와 빚더미, 그리고 사상자 명단에서 시선을 돌리기만 한다면 말이다.

"사우디 왕가가 이스라엘과 붙어먹었다!!"

"비열한 이란 놈들이 이스라엘을 후원했다!"

"부패한 왕정 놈들은 유대인을 방패막 삼아 제 배만 불렸습니다! 아랍은 결집해야만 합니다!"

나세르의 묘기대행진은 날로 그 난이도가 올라가고 있었다.

유대인을 멸종시키지 못했다는 무식한 놈들의 불만, 이제 나약해져 어그로를 옛날만큼 끌지 못하는 이스라엘을 대체할 새로운 '아랍 공동의 적'의 필요성, 답이 없을 만큼 차오른 빚더미를 처리할 새로운 산업의 부재, 전쟁에서 승리한 군부에서 새롭게 떠오른 전쟁영웅들까지.

이 모든 것들을 뒤로하고, 겉표면만을 보았을 때 1963년의 나세르는 말 그대로 절정에 다다랐다. 이스라엘이 패배한 직후 사우디아라비아에서는 군사 쿠데타가 발발, 이스라엘과 협력한 왕가가 쫓겨나고 군부가 정권을 잡았다.

오일 머니의 힘, 그리고 모사데크의 개혁으로 폭발적인 성장을 거둔 이란은 시아파 보호를 외치며 본격적으로 이라크와 시리아에 영향력을 투사하기 시작했고, 나세르는 이제 이란을 아랍의 공적(公敵)으로 지정하고 욕받이 역할을 떠넘겼다.

하지만 이란과 이집트 모두 둘이 한 판 붙으면 남는 건 없다는 사실을 깨닫고 있었고, 당분간 중동에는 평화가 올 예정이었다. 오히려 새로운 전쟁 위기는 전혀 엉뚱한 곳에서 찾아왔다.

"대통령 각하. 아프가니스탄에서 왕가가 쫓겨났습니다."

"아프가니스탄……? 거긴 또 어디요. 우리가 도와줘야 하나?"

"인도 북쪽에 있는 전략적 요충지입니다. 국왕이 해외를 순방하던 도중, 공산주의자들이 반란을 일으켜 사회주의공화국을 선언했습니다. 국왕은 PATO 국가들에게 도움을 요청하고 있습니다."

"'킴 플랜'에 따르자면 공산주의자들의 일방적인 무력을 통한 정권 교체 시도는 반드시 응징해야 합니다. 우리의 경고를 무시한 이들에게 본보기를 보여줘야만 합니다."

세계 최강의 국가 미합중국이 패배한다는 가능성은 당연히 없었다.

아마도.

4장
겁쟁이 사자

독수리 덫 1

'맥아더 플랜'과 '킴 플랜'. 제2차 세계대전 이후 공산주의에 대응하는 미국의 정책은 이 두 가지로 대변할 수 있었다.

원 역사의 마셜 플랜과 유사하게 서유럽과 동아시아를 돈의 힘으로 재건해 공산주의에 맞서는 장벽으로 키우려던 맥아더 플랜. 그리고 입헌주의, 대의민주주의 관점을 받아들일 경우 공산주의자들의 정치 참여와 정권 획득을 용인하고 친미적 중산층을 육성하는 데 주안점을 둔 킴 플랜. 1960년대 초반까지 이 두 가지 대계는 미합중국의 외교적 움직임의 근간이 되었다.

하지만 점차 시대는 바뀌고 있었다.

첫 번째.

"무역수지가 적자라니."

"우리야말로 세계의 공장 아니었나? 어째서?"

가장 먼저 미국 경제가 불안한 모습을 보이기 시작했다. 맥아더 플랜의 수혜를 받고 서유럽이 재건되었으며, 중유럽의 알짜 공업 강국인 체코가 새롭게 블루팀에 합류했다. 중화민국은 온 나라가 개차반인 와중에도 수억의 인구가 끊임없이 소비와 생산을 거듭하며 자본주의 블랙홀의 싹을 보여주었고, 대한민국과 일본연방은 누구보다 서로를 싫어하는 주제에 투 헤드 오우거처럼 협업하며 세계 시장에 공업국으로서의 존재감을 드러냈으며, 정치적 안정을 찾은 동남아시아 또한 새롭게 산업화의 대열에 뛰어들었다. 그 결과 자연스럽게 미국은 수출국 대신 수입국으로 그 포지션을 변경했고, 이는 고스란히 무역수지 적자로 이어졌다. 질 좋고 저렴한 제품이 미국 바깥에 한가득한데 어쩌겠는가?

두 번째.

"이스라엘의 패망으로 우리 미합중국이야말로 세계를 선도한다는 사실이 증명되었습니다!"

"자신들의 땅을 되찾은 팔레스타인인들에게 하나님의 자비가 함께하기를!"

"더러운 볼셰비키들은 무엇 하나 얻지 못할 것입니다! 오직 우리에겐 승리만이 함께하기에!"

미국인들은 제3차 중동전쟁을 자신들의 일이라고 여겼다. 아랍사회주의를 외치던 독재자 나세르는 어느새 '엉클 나세르'가 되어 소련과 그 괴뢰 이스라엘에 맞서는 미국의 친구로 인식되었고, 조지 패튼과 미국인 친구들을 초빙한다는 '현명한 판단'을 내린 탁월한 인물이라는 올려치기가 곁들여졌다.

'보아라. 비록 저들이 우리의 영웅 패튼 장군을 죽이고 모독하였으나 결국 그가 뿌린 정의의 씨앗이 싹을 틔우지 않았느냐? 공산주의자들이 최후에 패퇴함은 이처럼 명백한 것이니!'

미국인들의 솟아오른 콧대는 이제 대기권을 돌파해 달까지 도달했고, 나날이 계속되는 승리의 소식은 그 어떠한 설탕공예보다도 달콤해 보였다. 이미 아프간 개입은 이 시점에서 피할 수 없는 일.

"중동에서 쫓겨난 빨갱이들이 새로운 음모를 꾸미고 있다던데."

"아프간은 또 어딘데?"

"아시아의 가난한 나라라더군. 빨갱이들이 이곳을 차지하면 그다음은 인도와 이란이지. 실로 무시무시한 놈들 아닌가!"

제2차 세계대전이 끝난 지 어느새 20년이니 전쟁에 대한 두려움은 점차 사그라들고 있었다. 저 끔찍한 참호전의 트라우마가 남은 영국이나 프랑스와 달리, 미국은 참전 직후부터 줄곧 승승장구하지 않았던가?

예전 같았더라면 핵전쟁에 대한 공포가 미국인들의 마지막 이성을 붙잡았을지도 모른다. 하지만 동유럽 위기와 중동 위기 모두 결국 미국의 위엄 앞에 소련이 굴복하는 모양새가 되었고, 결국 악의 무리 빨갱이들은 정의를 외치는 미국의 지엄한 분노 앞에 깨갱하고야 말았다.

"아프가니스탄이라는 나라를 보니까 소련과 국경을 맞대고 있던데, 이런 나라까지 건들면 소련이 가만있지는 않을 거야. 핵전쟁이 터질지도 모른다고!"

"멍청한 소리 하고 있네. 빨갱이들이 정말 쏠 것 같아? 그 겁쟁이들이?"

"애초에 우리 잘못이 아니라고. 우린 킴 플랜대로 하는 거야. 아프간 흑인들이 공산당을 뽑고 싶으면 투표해서 공산당을 뽑아주면 될 걸, 왜 반란을 일으켜? 정의구현을 해줘야지."

사람들은 이번 아프간 쿠데타를 일종의 인기 TV쇼 후속편쯤으로 취급했다. 악당 빨갱이의 발호, 평화를 빼앗긴 불쌍한 현지 토인들, 이들을 도와 정의를 지키고 빨갱이의 야망을 응징하는 미국. 심심하면 방영되는 삼류 드라마들보다 훨씬 박진감 넘치지만 플롯은 똑같은 그런 방송.

한편, 재선에 성공한 케네디 행정부와 정치가들은 어마어마한 압박감을 느끼고 있었다.

"우리는 전쟁을 기회 삼아 당선된 셈이 되었습니다."

"시민들의 전쟁에 대한 의지가 그 어느 때보다 드높습니다."

"각하. 나세르는 조만간 통제불능이 될 겁니다. 이대로는 중동을 통째로 빨갱이들에게 내줄지도 모릅니다."

"…그러면 나는 윌레스를 뛰어넘어 후버와 자웅을 겨루는 무능한 대통령으로 역사에 길이 남겠지."

이집트가 너무 커졌다. 미국의 금고에는 이집트 채권이 그득그득 쌓여 있지만, 어차피 이집트는 수에즈 운하라는 치트키를 보유한 나라였다. 게다가 설상가상으로 이집트에서 일하던 미국인들이 이집트 땅에서 유전을 발견하기까지 했으니, 빚으로 개목줄을 채우기엔 한계가 명확해 보였다.

그런 이집트가 새로운 공공의 적으로 이란을 지목하는 지금, 미국은 친미 국가 둘이 서로 으르렁대게 된 딜레마에 빠져버렸다. 어쩌면 소련이 생각보다 빠르게 이스라엘을 대체할 새 파트너를 찾을지도 모르는 일.

"아프가니스탄 정벌은 우리에게도 기회가 될 수 있습니다."

"국왕에게 나라를 돌려준다는 명분은 그 어떤 구구절절한 말보다 더 강력합니다."

"잠깐. 명색이 민주 국가인 우리가 전제군주에게 나라를 돌려줄 순 없습니다."

"왕에게 돌려주든 말든 그건 부차적인 문제입니다. 중요한 건 아프가니스탄 같은 약소국을 확실하게 으깨버리면 아랍과 빨갱이 모두에게 강력한 우리의 메시지를 전달할 수 있단 사실이지요."

"영국도 아프간에서는 애를 먹었습니다. 쉽사리 무력을 동원하는 건 조금……."

"머스킷 총이나 들고 다니던 영국 레드코트와 최첨단 미군이 똑같습니까?"

결국 정치인들은 선택해야 했다. 석유를 안정적으로 공급받기 위해, 그리고 중동이 빨갛게 물드는 일을 피하기 위해, 무엇보다도 자신들의 다음 선거를 위해. 이집트나 이란과 멱살을 잡는 것보다는, 이름도 잘 들어보지 못한 아프가니스탄을 두들겨 패 위엄 쩌는 모습을 과시하는 편이 훨씬 나아 보였다.

* * *

—미개한 지구인들! 어째서 우리의 지배를 거부하는 게냐

딱 봐도 얼굴에 심술이 덕지덕지 묻은 대머리 콧수염 외계인이 포효했다.

—푸른 별 지구를 너희 침략자들에게 넘겨줄 순 없어!

—자유의 소중함을 모르는 당신들이 불쌍해요!

—하나 된 우리의 힘! 민주주의의 힘을 맛봐라, 이 외계 괴물아!

—크아아아! 이럴 순 없다. 단 한 명의 지도자에게 몸과 마음을 바치는 것이 우주의 법칙이거늘……!

오색 찬란한 쫄쫄이 티를 입은 이들이 우렁차게 포즈를 잡자, 이들이 붙들고 있는 무기에서 찬란한 광선이 뻗어나와 대머리 콧수염 외계인을 공격했다.

내가 만드는 데 적극 개입하긴 했지만, 이런 쌈마이한 물건이 나올 줄은 몰랐다. 이건 내 탓이 아냐. 실무진들의 머릿속이 냉전으로 얼룩져 있기 때문이라고.

어느새 엔딩 송과 스탭롤이 올라가기 시작하더니, 순식간에 한 편이 끝나고 광고가 신나게 나온다.

—지구의 평화를 위협하는 모스코 성인(星人)이야! 지구가 위험해!

—받아라! 샌-프랑코 특제 파티클 캐논!

—여아용도 있어요!

음. 역시 외계인을 퇴치하는 건 데모크라시가 아니라 캐피탈리즘이야. 달달한 프림이 가득한 커피를 마시는 것처럼 위장이 평안해진다.

"저게, 자네가 만든, 아이들을 위한 방송인가?"

"제가 만들었다는 말은 빼주셨으면 좋겠네요."

워싱턴 D.C., 월터 리드 육군 병원.

나는 도저히 손에 익지 않는 지팡이를 잠시 매만지다가, 병실 한편에 있던 티비의 채널을 돌렸다.

"채널은 왜 돌리나?"

"광고만 계속 나오잖습니까. 보시게요?"

"음. 틀어줬으면 좋겠군. 소리만 좀 줄여주게."

더글라스 맥아더는 등산이라도 한 듯 쌔액쌔액 힘겹게 숨을 몰아쉬며 말했다.

"이제 자네도 늙었구만."

"얼마 전에 허리가 뜨끔했는데, 영 쉽게 낫질 않더군요. 어쩌겠습니까."

"우리도 다 끝났군."

패튼이 통구이가 된 지 얼마 되지 않아 마셜이 세상을 떠났다. 뇌졸중이었다고 한다. 그리고 퍼싱과 마셜이 숨을 거둔 바로 그 병실, 바로 그 침상에 이제 맥아더가 누워 있었다.

"권력이 좋긴 좋구만. 깐깐한 군인 놈들이 죽어도 여기 입원 안 시켜준다고 뻗댈 줄 알았는데."

"케네디야 이미 군인 킬러 소릴 듣고 있잖습니까. 그리고 상식적으로, 명예 훈장 수훈자가 왜 입원을 거절당하겠습니까?"

"그야 야당 사람이잖나. 흐흐흐. 대통령이 조금 불쌍하긴 해. 노인네들은 그냥 나이가 다 차서 죽는 건데 재수 없단 소리나 듣고 말야."

그는 기력을 끌어모아선 신문 한 장을 들어 올렸다.

"그놈의 군인 죽인다는 소리는 끝날 기미도 없겠구만. 아프가니스탄에 쳐들어간다는군."

"우리 웨스트포인트가 낳은 최대의 천재, 맥아더 대통령께선 어떻게 생각하십니까?"

"만약 내가 군인인데 아프간에 쳐들어가자는 새끼가 있었으면 당장 그놈 군복부터 벗겼지. 바다도 없는 내륙국에 대체 무슨 수로 전력을 투사한단 말인가?"

맥 각하께선 어이가 없다는 듯 고개를 짤랑짤랑 흔들었고, 나 또한 절로 입에서 한숨이 푹 나왔다.

"뭐어. 아직 모르잖습니까. 옛날 중국 내전 개입하던 것처럼 깃발 수십 개 싸들고 가서 싸우면 또 어찌어찌 될지도."

"나는 저 나라에 대해 아는 게 전혀 없지만, 글쎄. 보급을 어떻게 할지가 참 의문이군. 후배라면 아직 정치인들에게 입바른 말을 좀 해줄 수 있지 않나?"

"못 해요. 이미 현 정부랑 관계 조졌잖습니까. 제가 싸우지 말자고 했다간 케네디는 '네놈이 킴 플랜을 만들었으면서 왜 또 우리 다리를 거는 건데!'라고 바락바락 고함을 지르면서 쌍욕을 할지도 모릅니다."

"그렇구만. 뭐, 이제 곧 떠날 노인네가 따질 일은 아닌 것 같구먼."

그는 굉장히… 초탈해 있었다.

"이번엔 또 뭘 노리나?"

"노린다뇨."

"저 웃기지도 않는 〈파워레인저〉로 자라나는 어린이와 그 부모들에게 빨갱이에게 맞서자고 프로파간다를 전개하고 있잖아."

"오해입니다. 좀. 진짜로. 제가 진짜 얼마 남지도 않은 여생을 캘리포니아 대신 서울에서 보내야만 다들 만족합니까?"

솔직히 한국을 위한 은총은 엔터프라이즈 선물로 보내준 거면 충분하다고 생각한다. 굳이 내가 가봐야 괜히 평지풍파만 일어나지. 아니면 아예 하와이로 뜨는 것도 나쁘지 않겠어.

그렇게 한동안 시시콜콜한 잡담을 하다, 맥아더가 지쳐 쓰러지듯 잠든 뒤 나는 지팡이에 몸을 의지하며 자리에서 일어났다. 내가 병실을 나서자 바깥에 기다리고 있던 외아들 아서 맥아더, 그리고 헨리가 달려와 나를 부축해줬다.

"아저씨. 와주셔서 고맙습니다."

"뭘 이런 일 가지고. 마셜의 임종을 보지 못한 게 참… 가슴에 많이 맺혀서, 적어도 우리 선배 얼굴은 보고 가야겠다 생각했지."

"아버진 내가 부축할 테니 손 놔도 돼."

"네, 넵."

"무슨 일 있으면 전화하렴. 내가 아니라 헨리… 아니다. 밀러에게 전화하는 게 더 낫겠다."

나는 애써 쾌활하게 말하려고 감정을 조절하면서 아서에게 몇 가지 훈수를 남겼다. 부자(父子)가 나이 차이가 너무 나니까 상 치르는 것도 참 골치아프겠구만. 좀 도와주든가 해야지.

"아버지는 오래 사셔야 해요."

"뭔 뜬금없는 소리냐. 상속 문제 해결 덜 됐어?"

"나이를 잡수시더니 가면 갈수록 밉살맞은 소리만 늘어나시네요."

"늙으면 빨리 죽어야지. 내가 오래 사니까 온 세상이 미쳐서 아프간에 쳐들어가는 꼬라지를 다 보고 말이야."

내가 그렇게 투덜대고, 헨리가 떨떠름하게 웃으며 내 헛소리를 다 받아줄 무렵, 갑자기 누군가 칼을 꽂는 듯한 끔찍한 통증이 밀려왔다.

"어, 어어억……!"

"아빠? 아빠?!"

"사, 살, 려……."

"누구 없어요?! 의사!! 의사 좀 불러줘요! 의사!! 유진 킴이 죽어가고 있어요!"

"신이시여!"

사방이 소란스러웠다. 누군가 나를 들쳐 업고, 침대 같은 곳에 누이고,

천장에 매달린 채 빛을 뿌리는 등불 빛이 내 각막으로 파고들고… 나는 의식을 잃었다.

* * *

"빌어먹을. 자네가 내 수명을 며칠 분은 다 깎아먹었을 거야."

"너무 구박하지 마십쇼."

며칠 후, 나는 환자복을 입은 채 침대에 드러누워 잔뜩 골이 난 맥아더의 화를 받아주고 있었다.

"이것 좀 보시죠. 달나라 갔던 이오시프 동무가 돌아왔지 뭡니까?"

"그 흉물 좀 치워!"

"흑흑. 내 소중한 친구 이오시프. 콩팥에 들어 있었을 줄은 내 몰랐소……"

그렇게 술, 담배, 커피를 처먹었는데 폐암 간암은 비껴가고 뜬금없이 신장 결석이라니.

수술 후유증을 털고 내가 다시 혼자서 움직일 수 있을 때쯤, 그 모습을 끝까지 지켜본 맥아더는 마셜의 뒤를 따라갔다.

이제 몇 명 남지 않았다.

독수리 덫 2

아프가니스탄 침공을 위한 준비가 차곡차곡 진전되기 시작했다.

"이 전쟁은 단순히 미국의 힘을 보여주는 전쟁으로 끝나서는 안 됩니다."

"자유세계의 힘을 과시해야만 합니다. 중동을 붙들기 위해서는 그 수밖에 없습니다."

이란을 제외하고는 사실상 전 아랍 국가들이 나세르의 영향을 받게 된 상황. 나세르는 자신과 이집트의 위치를 공고히 하기 위해 물밑에서 석유를 하나의 협상력으로 휘두르겠다는 발상, 다시 말해 OPEC을 꿈꾸고 있었고 미국은 '그것만큼은 결코 용납할 수 없다.'라는 입장을 견지하고 있었다.

지금이야 나세르가 수그리고 있지만, 저놈이 소련 편에 들러붙는 순간 중동발 외교적 대재앙이 벌어진다. 그리고 그 대재앙은 곧장 경제와 자원 위기까지 동반한다. 미국 지도부는 점점 아프간 침공이 나세르를 묶어 놓기 위한 매력적인 선택지라고 확신하게 되었다.

"아프가니스탄에 있는 신앙의 형제들이 소련의 탄압에 신음하고 있습니다. 그들은 공공연히 쿠란을 불태우고, 이맘을 쏴 죽이며, 모스크를 회칠한 뒤 스탈린을 숭배하는 교회로 고치고 있답니다!"

"알라시여!"

"알라께서 그분의 검 조지 패튼을 내리사 불신자들, 선지자 예수를 배신한 비열한 유대인들을 단칼에 내리쳐 일거에 토멸하셨습니다! 이제 우리가 유대-볼셰비키들에게 위협받는 형제들을 지켜줘야 합니다!"

가장 먼저 미국은 아랍의 여론에 수작질을 부리기 시작했다. 이스라엘 격퇴라는 민족적 쾌거에 잔뜩 고무된 아랍인들 또한 미국인들 보고 뭐라 할 것 없이 충분히 뽕에 잔뜩 젖어 있었고, 그들의 여론을 아프간이라는 새로운 싸움터로 유도하는 일은 그리 어렵지 않았다.

한편 나세르가 정말 아랍일통의 꿈을 꾸고 있었느냐고 한다면, 미국의 생각과는 조금 달랐다.

"그게 무슨 소리야. 연방을 거부한다니."

"우리에게 종속되는 걸 꺼리는 것 같습니다."

"이래서 아랍 놈들은 안 돼. 그놈의 종파주의와 부족주의를 극복하지 못하면 아랍에 미래란 없는 법이거늘!"

나세르가 꿈꾸던 것은 자신이 이집트를 다스리고, 그 이집트가 아랍연방의 기틀이자 핵심이 되는 것. 최근 들어 본격적으로 아랍 세계 곳곳에서 세를 펴나가기 시작한 '바트당(黨)'은 나세르와 비슷한 아랍민족주의, 아랍 사회주의를 주장하고 있었지만 나세르주의를 받드는 곳은 아니었다. 이라크도, 리비아도, 사우디도 '나세르 참 좋아요!'를 외치긴 했지만 정작 나세르가 깃발 들고 '이제 우리 통일 연방 만들자!!'라고 고래고래 외치니 뜨뜻미지근한 이 모양새.

게다가 나세르는 이미 외교적 폭탄이 두 개나 있었다.

"대통령 각하. 프랑스는 이집트의 투쟁을 응원하고자 많은 도움을 드렸습니다! 그런데 어떻게 이런 식으로 저희의 뒤통수를 칠 수 있습니까!"

"무언가 오해가 있는 것 같은데… 우리는 알제리 독립운동을 후원하지 않소."

"독립운동이라니! 그자들은 테러리스트입니다! 정당한 우리의 강역과 권리를 침해하는 자들이에요!"

"자자. 진정하시고."

아랍의 큰어른 포지션을 유지하려면 당연히 반식민주의, 반제국주의를 외쳐야만 한다. 그러니 당연히 프랑스의 압제에 시달리는 알제리인들도 지원해줘야 한다.

드골이 취임한 후 알제리에서 평화적인 엑시트를 위해 이런저런 국민투표나 대타협을 하려는 프랑스 입장에서 볼 때, 자꾸 무기와 물자를 퍼주는 이집트의 행태는 사실상 살인교사나 매한가지.

여기에 더해, 아라비아반도 남쪽 끄트머리 북예멘에서 터진 내전 또한 당연히 개입해야만 했다. 그게 바로 아랍 우두머리의 의무니까.

그런데 이 와중에 아프가니스탄? 걔들, 애초에 아랍도 아니잖아? 나세르는 어느새 카이로 거리를 빼곡하니 메운 [형제들을 구원하자!]나 [불신자 공산비적을 몰아내자!] 같은 무수한 플래카드를 보며 얼어붙었지만.

"사랑하는 인민 여러분, 내가 심장마저 꺼내 바칠 수 있는 아랍 여러분! 이 나세르는 오직 알라에 대한 신앙심으로 움직이는 사람입니다!"

"와아아아아!!"

"위대한 이집트, 위대한 아랍은 하나일 때 가장 강합니다! 아프가니스탄의 우리 형제들을 구원하겠습니다!!"

대중의 인기에 의지하는 독재자로서는, 도저히 아프간 출병이라는 민중의 의지를 거역할 수 없었다.

결론만 요약해, 미국의 1승이었다.

　　　　　　　*　*　*

　1964년, 다사다난했던 케네디 행정부의 8년이 끝나갈 때쯤. 불길한 총성 몇 발이 울려 퍼졌다.

　"아, 안 돼!"

　"각하!! 각하!!"

　퇴임까지 몇 달 만을 남기고 있던 조셉 케네디 대통령의 갑작스러운 암살 사건. 대통령이 총에 맞아 하루아침에 세상을 떠나는 경악스러운 일에 미국인들의 정신은 아프가니스탄 같은 듣도 보도 못한 나라 대신 단숨에 암살자가 누구냐, 배후는 누구냐 같은 이야기로 끌려왔다.

　만 1년도 남지 않은 짧은 임기 동안 대통령으로서의 책무를 수행하게 된 트루먼 부통령으로서는 그야말로 날벼락을 맞아버렸지만, 그는 징검다리로서의 책임을 성실히 수행하기로 결심했다.

　"의회 주도로 진상 규명 위원회를 설립하고 케네디 대통령 암살 사건에 관한 모든 의혹을 한 점의 의문도 없이, 완벽하게 해소하도록 하겠습니다."

　"대통령이 갑작스럽게 세상을 떠났지만, 그가 하고자 했던 정책은 계속해서 이어져야만 합니다. 공산주의자들이 '미국은 대통령을 잃으면 모든 기능이 마비된다.'라는 잘못된 교훈을 얻지 못하도록, 세계 각지에서 행해지는 민주주의에 대한 위협과 폭력 행사에 대한 엄격한 처벌은 계속해서 행해질 것입니다."

　젊었던 케네디의 장례를 주관하는 여든 살 노인. 이 대비효과는 케네디에 대한 향수를 불러일으켰고, 대중들은 젊은 대통령의 비극적인 죽음을 끊임없이 추모했다.

　"여론조사 결과가 급속도로 냉각되고 있습니다."

　"우리가 아무리 케네디 정권의 실정(失政)을 떠들어도 대중들은 들은 척도 하지 않습니다."

"모두가 아침에 눈 뜨고 밤에 잠들 때까지 이 빌어먹을 암살 사건만 떠들어대고 있습니다! 우린 망했어요!"

그리고 뜬금없이 공화당이 초상집 분위기로 전락해버렸다. 유권자들은 민주당 후보로 누가 나오건 상관없이 죽은 케네디를 위해 동정표를 던질 준비가 되어 있는 듯했고, 자연스레 공화당 예비 선거니 전당대회니 하는 것들은 깔끔하게 흥행 측면에서 조져버렸다. 이미 망한 셈이다.

민주당에서도 이 암살 사건으로 웃는 이와 우는 이가 갈렸는데.

"대의원 여러분! 이 조지 월레스(George Corley Wallace Jr.)에게 한 표를 주십시오!"

"제가 대통령이 되면 반드시 깜둥이 없는 세상을 만들겠습니다!"

"케네디는 병신이었습니다. 다시 한번 반복해서 말하겠습니다. 케네디는 깜둥이들에게 나라를 팔아먹고, 백인의 나라를 오염시키려 한 애새끼입니다. 이제 이 나라를 백인의 나라로 지키기에 앞서 민주당을 백인의 정당으로 바꿔야만 합니다!"

루즈벨트, 월레스, 맥아더, 아이젠하워, 케네디에 이르기까지 수십 년에 걸쳐서 점차적으로 확대되어 온 인종 평등 정책. 그 어떤 곳보다 인종 차별이 극심하기로 악명 자자하던 앨라배마주의 주지사였던 조지 월레스는 케네디 대통령과도 정면 대결하며 인종 분리를 외쳐 온 인사였고, 이번 민주당 경선에서도 다크호스로 부상해 대권을 노리고 있었다.

하지만 그가 연신 까내리던 케네디가 암살당하면서 단숨에 예수와 동기동창쯤 되는 위치로 격상되었고, 심심하면 케네디를 비난하던 조지 월레스는 케네디의 장례식장에서 온몸을 부여잡고 통곡하는 필사의 쇼까지 했지만 대중의 반응을 되돌리는 데 실패했다.

"작고한 케네디 대통령은 민주당이 배출한 불후의 대통령으로……."

"조지! 그딴 되먹잖은 소리 하지 말고 평소 하던 대로 '케네디는 흑인과 붙어먹는 개새끼' 소리나 지껄이라고!"

"우우우우!!"

"알아서 때려치워라! 이 와중에도 출마할 셈이냐?!"

결국 그는 경선 완주를 포기해야만 했다. 그렇게 모두가 사실상 민주당 경선을 미니 대통령 선거로 이해하던 와중.

"각하? 각하! 대통령 각하!!"

"각하께서 숨을 안 쉬신다! 의사!! 의사!!"

팔순의 나이로 난데없이 대통령이 된 트루먼은 그 거대한 책무를 제대로 감당치 못했다.

1964년 한 해에만 두 명의 현직 대통령이 사망하는 초유의 사태가 벌어지자, 슬슬 체제와 절차보다는 자유를 사랑하고 에베벱을 즐기는 미국인들이라 한들 서서히 똥꼬가 쫄깃쫄깃해지고 불안감이라는 게 생기는 건 당연지사.

"잠깐. 지금 부통령이 대통령이 됐으니 나라에 부통령이 없는 셈이지?"

"그럼 다음 대통령은 누군데?"

"어차피 몇 달만 버티면 되니까⋯⋯."

"아니. 그래서 그 몇 달 임기 채울 사람이 누구냐고!"

아무도 몰랐다.

* * *

자기들 앞마당인 아프가니스탄에 쳐들어오겠다던 미국의 멍멍 왈왈 소리를 들으며 그 누구보다 신경이 날카로워져 있던 소련. 그런 소련조차 잠시 권투 글러브를 내려두고 '미합중국 시민들에게 발생한 근래의 비극에 대해 심심한 유감의 말씀을 표합니다.' 같은 애도의 멘트를 꺼낼 수밖에 없는 요지경 지구.

숙적인 소련조차 이럴진대, 같은 블루팀에 속한 나라들로서는 그야말로 갈피를 잡을 수 없는 게 당연한 일이었다.

"또다시 자유와 민주주의가 위협받고 있습니다. 평화를 혐오하고 죽음을 찬미하는 빨갱이들의 적기가 다시 한번 우리를 위협하고 있습니다!!"

"PATO를 지지하는 가장 강력한 축 대한민국은 빨갱이로부터 위협받는 그 어떤 나라라도 지킬 만반의 준비가 되어 있습니다!"

큰형님이 아프간에 민주주의를 배달하러 간다고 했으니 열심히 참전 분위기를 조성하긴 했다. 하지만 1년에 세 번째 대통령이 취임하는 진풍경을 보면서, 서서히 이들도 아프간 전쟁이 터지는지 안 터지는지 헷갈리기 시작했다.

대선을 얼마 남기지 않은 대한민국에서 이는 그야말로 어마어마하게 중요한 사항이었다. 한독당 이승만 8년, 사민당 여운형 8년. 이후 다시 사민당에서 대통령이 당선되어 4년간 임기를 보냈지만, 친인척 비리 문제와 노령이라는 약점으로 인해 그는 공식적으로 재출마 포기를 선언했다. 그리고 양당은 이번 대선에서 승리하기 위해 자신들이 꺼낼 수 있는 최고의 팻감을 동원했다.

"지지자 여러분, 국민 여러분! 애국으로 따질 것 같으면 저만 한 사람이 어디 있겠습니까!"

"박정희!! 박정희!!"

"미 육군으로부터 귀화 권유를 몇 차례나 받았습니다. 외국인으로서 받을 수 있는 각종 훈장을 받았습니다. 하지만 저는 오직 애국심! 애국심 하나만으로 이 나라에 돌아왔습니다. 내가 목숨 바칠 깃발은 성조기가 아닌 태극기 단 하나뿐이기 때문입니다!"

"구미의 아들! 영남의 아들!!"

"이제 저는 청년의 헌신에 보상하는 나라, 노동자의 피에 대가를 지불하는 나라를 만들겠습니다! 사민당이 못 끝낸 국민의료보험의 대업, 이 박정희 한번 대통령 만들어 주시면 반드시 해내겠습니다!"

사민당은 칠전팔기 끝에 기어이 독립전쟁의 영웅이자 국공내전의 승전 장수인 박정희 전 국방부장관을 대선 후보로 내세웠다. 이름만 들어도 대중들의 가슴을 쥐락펴락할 수 있는 독립운동가들 상당수가 고령으로 은퇴하는 이 시기, 일본도 한 자루 들고 왜놈들 모가지를 무수히 썰어댔다는 이 조선 최후의 소드마스터는 독립운동 프리미엄이 굳건히 남아 있는 한국 정계 최고의 블루칩이라 할 수 있었다.

그리고 이에 맞선 한독당은.

"기성세대의 구태가 온 나라에 악취를 풍기고 있습니다. 임금은 도무지 오를 생각을 하지 않고, 안정된 생계를 영위하고 처자식을 건사할 만한 양질의 일자리 구하기는 하늘의 별 따기이며, 중병 한번 걸리면 병원비 알아보느니 장례식장부터 알아보는 무서운 세상이 열리고 말았습니다."

"김대중! 김대중!!"

"이제 젊은이들이 이 나라를 바꿔야 합니다. '40대 기수론'이야말로 이 나라에 새로운 희망을 가져다줄 수 있습니다! 구태정치, 밀실정치! 국민들 보는 눈앞에서는 정치하는 척 으르렁대다가 카메라 치워지면 우보크에서 술 한잔 빨고 사우나 가서 서로 등이나 밀어주는 추잡한 야합정치! 동발 출신 아니면 외교부 못 가고 애비 잘 둔 귀한 집 자식들만 좋은 보직 받는 골품제 관료주의! 제가 모조리 때려 부수고 이 나라를 젊은 나라로 개혁하겠습니다!"

"목포의 아들!! 호남의 아들!!!"

"사민당 12년간 이 나라가 대체 어떻게 되었습니까. 입으로는 사민주의라고 떠들어 놓고 공장 가진 놈들, 땅과 빌딩 가진 놈들만 노난 세상을 누가 만들었습니까! 우남 선생님의 정치, 김유진 장군님의 호국정신! 그 모든 것들을 계승한 한독당이 이 나라를 바로잡겠습니다! 다 함께 외칩시다, 못 살겠다! 갈아보자!!"

이 혼돈의 카오스 속에서.

─대통령 후보님께서는 아프가니스탄에 한국군을 파병할 계획이십니까?

─귀 당에서는 미국이 아프가니스탄에 선전포고할 경우 어떻게 하시겠습니까?

황금사과가 툭 떨어졌다.

독수리 덫 3

1964년 9월 29일, 트루먼 대통령이 숨을 거둔 지 몇 시간 채 되지 않은 새벽. 워싱턴 D.C.는 침대에서 벌떡 일어나 머리에 새집 하나씩 얹은(모발이 남아 있는 이들 한정) 이들이 퀭한 눈으로 떠들어대는 수라장이 되어 있었다.

"이게 말이… 되나?"

"안 될 건 또 뭐가 있습니까."

"하지만 이건 헌정 질서를 거스르는 짓이에요!"

1943년, FDR이 죽고 대통령에 취임한 월레스 대통령은 자신도 갑작스레 죽었을 경우에 대비한 절차가 미비하다는 사실을 깨닫고 관련 법령을 통과시켰다. 해당 법률에 의거해 유사시를 대비한 서열은 다음과 같았다.

대통령.

부통령.

하원의장.

임시상원의장('임시'가 붙지 않은 상원의장은 부통령이 겸한다).

국무장관.

케네디 대통령이 암살당하면서 부통령이던 트루먼이 대통령직을 계승했고, 자연스럽게 부통령직은 공석. 그러면 당연히 법전에 적힌 대로 하원의장 또는 상원의장이 취임하면 되지만, 하나같이 어딘가 나사가 빠진 구석이 있기 때문에 문제가 되고 말았다.

"어째서 선거도 없이 공화당이 정권을 가져가게 됩니까?"

우선 하원의장. 이 당시 미국 하원이 여소야대 정국이었다는 게 문제였다. 하원에서 공화당이 고작 2명 차이로 다수당이 된 관계로 의장 또한 공화당의 것이었는데, 이대로라면 대통령이 노환으로 죽어버렸다는 이유 하나만으로 정권이 민주당에서 공화당으로 교체될 판인 셈.

"이건 옳지 않습니다. 정권은 유권자의 심판에 따라 이양되어야지, 이런 걸 비상시국이라 해서 용납한다면 추후 문제가 될 게 뻔합니다."

"그렇습니다. 우리 공화당은 정정당당하게 시민들의 지지에 호소해서 민주당을 내몰아야 합니다. 국가적인 비극을 계기로 권력을 쟁취한다니, 이는 절대 안 될 말씀입니다."

당장 대통령으로 취임해야 할 하원의장이 따박따박 옳은 말만 하자 참으로 난감한 일. 물론 하원의장이 갑자기 정의감이 샘솟아 정의의 민주 투사 파워레인저로 변신하게 된 것만은 아니었다.

'대통령 선거가 두 달도 채 남지 않았다. 장난해? 백악관 몇 달 숙박하고 내 정치 인생을 여기서 좋내라고?'

너무 짧지 않은가. 오늘은 9월 29일, 대통령 선거일은 11월 3일, 새 대통령의 취임일은 다음 해 1월 20일. 2년도 아니고, 1년도 아니고, 반년도 채 남지 않았다. 심지어 그 반년 중엔 대통령 당선인과 동거하는 기간까지 있다.

물론 긍정적으로 보자면 이 짧은 대통령 임기를 성공적으로 수행하고 '대통령 실무 경험 있는 비범한 인재'로 자리매김할 확률이 없는 건 아니다. 하지만 아무리 봐도 똑바로 대통령으로서 업무를 처리할 시간 여유도, 제반 사정도 엉망이잖은가. 아무리 봐도 득보단 실이 더 커 보였다.

"자. 정리하겠습니다. 대통령 승계법에 따르면 '사망, 사임, 해임, 자격 미달 등의 사유로 인해 대통령직의 권한과 책무를 수행할 대통령과 부통령이 모두 없는 경우, 하원의장은 하원의장직과 하원의원직에서 모두 사임하면 대통령의 역할을 수행할 수 있다.'라고 나와 있습니다."

"그렇지요."

"저는 공화당원이기 때문에 저 스스로 대통령직을 수행할 자격이 미달된다고 판단하였습니다. 따라서 현재 제가 맡고 있는 하원의원, 그리고 하원의장직에서 사임하지 않겠습니다. 당연히… 대통령직을 수행할 수 없겠군요."

하원의장은 단호하게 '나는 그깟 토템 노릇 하느니 그냥 하원의장으로 목에 힘주고 살겠습니다.'라는 의지를 피력했고, 공화당 사람들은 도저히 하원의장에게 닥치고 그냥 취임선서 하라고 윽박지를 수는 없어 그 주장에 동의해야만 했다. 평안감사도 저 싫으면 그만인데 어쩌겠는가.

"그러면 임시 상원의장께서 이 대임을……."

"잠깐. 우리 이야기 좀 합시다."

상원의장은 민주당 의원이니 하원의장처럼 당이 바뀐다는 논란에 엮일 일은 없었다. 하지만 바로 그 의원, 리처드 러셀 의장에게로 모두의 이목이 쏠린 순간 민주당 의원들이 산지사방으로 뛰어다니며 저들끼리 정신없이 귓속말을 해대기 시작했다.

"이보시오. 정말 러셀 의원이 대통령이 된다고요?"

"하원의장이 거부했으니 당연히 그가 대통령이지요. 우리가 끼어들 여지가 어디 있습니까?"

"빌어먹을! 저 영감은 꼴통 딕시잖아. 대통령이 되자마자 흑인은 인권이 없다고 선언하면 어쩌려고? 인권 효력 정지 이런 거 말이야."

"설마 그러겠습니까. 소설을 너무 읽은 것 아닙니까."

"하루살이 대통령이 생길 거라고도 생각 못 했지. 무슨 일이 일어날지 몰라!"

러셀은 딕시크랫들의 거물이었고, 당장 이번에 박살 난 조지 월레스와 한패기도 한 케네디의 정적. 게다가 아이젠하워에 맞서 1948년도 민주당 대선 후보로 출마하기도 했던 거물인 만큼, 그가 하루아침에 대통령이 된다면 민주당에서도 가만히 있지 못할 사람이 즐비했다.

그들이 열심히 떠들어대는 동안에도 러셀은 갈등하고 있었다. 어차피 아이젠하워에게 패배한 시점에서 그가 대권에 재도전하기는 조금 무리 같아 보였고, 그렇다면 마지막으로 국가를 위해 봉사할 기회가 온 게 아닐까? 2개월이든 뭐든 대통령 하는 게 낫지 않을까?

겨우 2개월짜리 대통령직 따위냐, 그래도 2개월이지만 대통령이냐.

"혹시 취임하시면 케네디 대통령의 뜻을 계승하실 겁니까?"

"…왜 묻는 게요."

"그야 케네디와 트루먼을 이어받아 대통령이 되시는 거잖습니까?"

"우리가 지금 대통령 권한대행의 이야기를 하는 것이던가? 새 대통령의 노선이 기존 대통령과 같아야 할 이유가 있소?"

결국 그는 짜증을 내며 손사래를 쳤다.

"나는 죽은 케네디와 정견이 일치하지 않았소. 하원의장이 왜 한사코 대통령직을 마다하고 있소? 당적이 다르기 때문 아니오. 내가 케네디의 정치를 계승한다면 나를 지지해 의원으로 뽑아준 유권자들의 의사를 저버리는 것이 되오. 내가 대통령이 된다면 내 정치를 하겠소. 케네디의 정치가 아니라!"

그렇게 일갈한 러셀은 잠시 주변을 둘러보았다. 딱 봐도 그가 자신만의 정치를 하기에 썩 재미있어 보이는 형국은 아니었다.

"…하지만, 시민들이 그것을 원치는 않겠지. 나 또한 기권하리다. 나는 나를 상원의원으로 뽑아준 시민들의 의견이 더욱 중요하오. 국무장관에게 이

막중한 책임을 질 것을 요청하겠소.”

“하지만… 국무장관이 해외에 있잖습니까.”

해외 순방 중인 이에게 ‘지금 이 시간부터 당신은 대통령!’이라고 하는 게 정녕 괜찮은 일일까? 그것도 자신보다 순번 앞서는 사람이 둘이나 있는데, 순전히 백악관 들어가면 자기 정치인생 꼬인다는 이유로?

게다가 아프가니스탄 해방 전쟁을 준비하느라 이미 국무장관은 극도의 과로에 시달리고 있었다. 그를 대통령으로 앉히면 결국 또 국무장관은 공석이 되는데, 그 공백은 또 누가 메꾸는가?

“저는 반댑니다. 국무장관은 선거를 통해 당선된 직책이 아닌 단순히 대통령에게 임명된 사람에 불과합니다. 그가 과연 민의를 대표할 수 있냐고 한다면…….”

“그냥 저 두 의장 중 누구라도 좋으니 대통령 하세요!”

“잠깐, 그런데 이 경우엔 대통령에 취임하는 게 맞습니까? 이번 케이스엔 대통령 권한대행이라고 봐야 하지 않을까요?”

“차라리 이왕 이리된 거, 선거를 조기에…….”

“글쎄, 안 한다고요!”

“대통령에 앉긴 앉되 내 정치적 견해는 발휘하지 말라니. 뭐 이런 막 나가는 놈들이 다 있어?”

“그러면 결국은 국무장관께 대통령직을 맡아달라 해야겠군요.”

“뭐, 그래야지요.”

결국 한자리에 모인 정치가들은 쉴 새 없이 담배만 피워대며, 뾰족한 결론이 나지 않는 공회전만을 무한 반복할 수밖에 없었다. 공화당원인 하원의장이 대통령이 되는 건 무리, 민주당원이지만 남만도 못한 딕시인 상원의장도 무리. 그렇다면 국무장관이지만, 글쎄올시다.

한참 옥신각신하던 그들은 마침내 새벽의 해가 떠오를 때쯤에야 논의를 정리할 수 있었다. 그리고 해외에 있던 국무장관이 황급히 워싱턴 D.C.로 날아오는 비행기 안에서 취임 선서를 함으로써 이 광기의 폭탄 돌리기도 막을 내렸다.

그리고.

"킴 장군님, 닉슨입니다. 아직 일어나실 시간도 아닌데 갑자기 전화드려 죄송하지만 몇 시간 전 트루먼 대통령이 죽었습니다."

—그래요? 거참…….

"국무장관이 신임 대통령으로 취임했습니다. 거두절미하고, 우리는 지금 아프가니스탄 전쟁을 성공리에 수행할 수 있는 뛰어난 장관이 필요합니다."

—저런. 나는 공화당 사람이라 민주당 행정부에 끼긴 좀 그런데.

"하지만 당원은 아니시잖습니까."

—누누이 말하지만, 닉슨 후보님. 나는 이 전쟁에 반대하는 사람입니다. 그리고 내가 마지막으로 전쟁터 굴러다니던 게 벌써 몇 년 전인지 헤아려 보시구려.

"하지만 장군님. 한 명이라도 더 살려서 고국으로 돌아오게 하려면 장군님이 나서주셔야……."

—나보다 더 훌륭하고 젊은 사람을 쓰시오. 그럼 이만 모자란 잠 좀 자겠소. 나중에 한번 봅시다.

전화가 끊기자, 닉슨은 눈두덩이를 이리저리 쓰다듬으며 수화기를 내려놓고 다시 회의실로 들어갔다.

* * *

당연한 말이지만, 늙은 영감들의 새벽녘 마라톤 협상이 대중들에게 대대적으로 공개되는 일은 없었다.

―트루먼 대통령이 오늘 새벽 급성 심근경색으로 서거하였습니다.

―양당의 중진들이 만나 논의한 결과, 계승 순위에 있는 하원의장과 상원의장은 모두 결격 사유가 있다고 결론 내렸습니다. 하원의장은 현 행정부와 소속이 다른 공화당 의원이며, 상원의장은 트루먼 대통령이 서거한 지금 또다시 고령의 대통령을 맞이할 수는 없다며 각기 고사하였습니다.

―현 국무장관은 대통령에 취임하지 않고 대통령 권한대행으로서 잔여 임기를 수행하게 됩니다. 이는 우드로 윌슨 전 대통령의 사임 후 대통령으로 취임하는 대신 권한대행으로 직무를 수행했던 토마스 마셜 부통령 이후 최초입니다.

―권한대행은 성명을 발표해 '대선이 끝나는 대로 대통령 당선인이 원활하게 행정부를 구축할 수 있도록 최선의 노력을 경주할 것'임을 밝혔습니다…….

폭풍은 간신히 그쳤다.

무엇보다도, 다음 대선 후보의 지지세가 너무나 압도적이었다.

"JFK! JFK!"

"비명에 간 제 형을 기억해 주십시오! 형이 끝내지 못한 개혁의 꿈을 제가 이루겠습니다!"

존 피츠제럴드 케네디. 대통령이 암살당한 뒤, 하원의원에 불과했던 동생 케네디는 순식간에 폭풍의 눈이 되어 전국에 '케네디 신드롬'을 불러일으켰다. 암살당한 형의 뒤를 잇는다는 메시지는 구구절절한 미사여구를 일절 배제하고도 엄청난 파괴력을 자랑했다.

피 터지는 당내 경쟁을 예상하고 일찌감치 대통령 경선 레이스 참여를 선언했던 닉슨은 몸을 빼지도 못하고 사실상 패전 처리 투수 신세가 되어 공화당 후보로 끌려 나왔고, 결과는 모두가 예상하다시피 패배.

"그래도 이만하면 선방했다고 생각합니다."

"이 늙은이에게 장관 자리를 떠넘기려던 고약한 짓거리를 꾸미니 하늘이 벌을 내린 게지. 그래도 뭐, 고생 많으셨소."

대선이 끝나고 얼마 되지 않아, 닉슨은 캔자스로 향해 한가로이 노닐고 있는 대원수를 찾아갔다.

"장군님께서 말년에 노망이 났다는 소리가 온 정가에 파다한 거 아십니까?"

"내가요?"

"반전, 평화, 인권… 솔직히 털어놓겠습니다. 유진 킴이라는 위대한 인물의 말년에 나올 말은 아니잖습니까. 민주당 놈들뿐만 아니라 우리도 그렇게 생각합니다. '킴 플랜'을 제시하고 빨갱이들의 음모에 강하게 대응해야 한다고 몸소 시범을 보여준 건 장군님이잖습니까?"

"나는 아프간 같은 시골 촌구석에 군대를 끌고 쳐들어가는 병신 짓거리는 안 했는데. 다들 공부를 잘못했구만. 내 채점은 F요. 낙제야, 낙제."

닉슨은 유진이 홀짝이는 컵을 힐끔 바라보았다. 아메리카노가 어찌나 뜨거운지 김이 솟아오르고 있었다.

"그런 점에서 낙선은 차라리 잘된 일일지도 모른다는 게 내 생각이지. 내가 장담컨대, 민주당은 이번 전쟁으로 피똥 한번 오지게 쌀게요."

"고작 아프가니스탄 따위에 말입니까?"

"다들 나더러 노망났다고 하는데, 내가 봤을 땐 D.C.의 영감들이 단체로 교만에 홀린 것 같단 말이오. 늘 그랬듯 나는 승산 높은 쪽에 걸었을 뿐인데… 뭐, 정치인과 다르게 나는 내 반대파를 신경 쓸 필요가 없다는 어드밴티지가 있긴 하지."

대원수는 위엄이라고는 한 점도 느껴지지 않는 얼굴로 연신 크헤헤헤 실없는 웃음을 토했지만, 닉슨은 그제야 눈앞의 노인이 아직 제정신이고 지극히 이성적이라는 사실을 확신할 수 있었다.

"마켓가든 직전이 생각나는구만. 그때도 지금처럼 안 된다고 난리를 쳤었는데."

"그 정돕니까? 오늘부터 교회 좀 더 자주 나가야겠군요."

"아. 온 김에 내가 유색인종 인권 증진을 위해 모금 운동 중인데 기부 좀 하고 가시오."

그는 "커피 잘 마셨습니다."라고 웅얼거리고는 지갑에 있는 지폐를 모조리 책상 위에 올리고 자리에서 일어났다.

닉슨은 입을 가린 채 잠시 하늘을 올려다보았다. 자꾸 저 하늘로 치솟으려는 입꼬리를 가려야만 했다.

니가가라 아프간 1

본인은 미래 치트로 답안지 먼저 본 주제에 채점에 있어서는 피도 눈물도 없는 야매심리학 교수 유진 킴이 F 학점을 준 것과는 별개로, 미국은 아프가니스탄 전쟁을 나름대로 최선을 다해 준비하고 있었다.

물론 그게 미국식의 준비란 점에서 딱히 도움이 될지는 미지수였다.

"아프가니스탄 사람들은 민주주의를 열망하고 있습니다."

"그들은 어째서 자유를 사랑하는 미국인들이 그들을 돕지 않는지 의아해하고 있습니다. 공산 정권이 학살을 일으키기 전에 한시바삐 여러분이 그들을 구해줘야만 합니다!"

가장 먼저, 침공을 위해 현지 정보를 수집했다. 아프가니스탄이라는 나라는 너무나도 낯선 곳이었고, 따라서 그곳을 빠져나와 미국으로 망명한 이들의 증언이야말로 가장 중요했다.

"왕정이요? 왕가는 무능하고 부패했습니다."

"만약 미국이 왕을 다시 세워준다면 이는 민심의 이반을 초래할 겁니다."

"그렇군. 역시 미국식 민주정부를 세워야겠어."

다만 이들 망명자들은 마냥 호의로 가득한 이들이 아니었다. 애초에 망명해서 미국까지 올 사람들이면 당연히 영어 되는 친미파. 미국의 팔을 콱 움켜쥐고 새롭게 성립될 친미−민주 아프간 정부의 새로운 권력자가 되고 싶다는 게 이들 상당수의 소망.

'내가 신생 아프간의 대통령?'

'이놈들 현지 협력자가 너무 부족하다. 혹시⋯ 나?'

'미국이 끼는데 질 리가 있나. 그럼 나도 국부 소리 들으면서 떵떵거리며⋯⋯.'

'어중이떠중이들이 미국 비위만 잘 맞춰서 권력 잡는 꼴을 보느니, 차라리 내가?'

없던 유혹조차 생겨나는 마당이었으니, 이는 필연이라 할 수 있었다. 당연히 미국도 빡대가리가 아니기 때문에 망명자들의 증언이 제대로 된 증언인지 교차 검증을 시도했다.

아프간과 이웃한 나라 중 빨갱이가 아닌 나라는 이란과 파키스탄.

"아프가니스탄은 다민족 국가로, 파슈툰족이라는 산골 야만족들이 그중 주류를 차지하고 있습니다. 우리 이란과 달리, 저들은 종교를 탄압하고 여성과 어린이의 인권을 짓밟는 등 20세기와 거리가 먼 풍습이 판치고 있지요."

이란은 이번 기회에 미국을 골수까지 빨 작정이었다.

과거, 이란 국왕 팔레비 2세는 점점 자신의 권력이 축소되는 것을 두려워해 친위 쿠데타를 일으켰다. 한밤중에 수상과 의원들을 납치하고, 퇴임 후에도 막강한 영향력을 발휘하던 모사데크 전 수상을 살해한 쿠데타군. 하지만 의회를 제압했으니 쿠데타는 성공했다고 여긴 것과 달리, 이란 국민들은 상황을 파악한 후 전국 모든 도시에서 일제히 거리로 뛰쳐나와 쿠데타 정권을 무너뜨렸다.

국왕은 간신히 명줄만 붙었고, '간신들이 내 이름을 팔았을 뿐 나도 피해자.'라는 필사의 탈룰라를 통해 아슬아슬하게 왕정 폐지만큼은 피할 수 있었다. 그 대신 국왕의 통장으로 쏙쏙 꽂히던 오일머니가 모조리 압류당한 것은 물론, 궁전에서 숨 쉬는 것 이외의 모든 권한을 압류당해 살아 있는 병풍으로 전락해야만 했다.

이제 이란은 중동 유일의 민주 국가라는 어마어마한 자긍심으로 똘똘 뭉쳤고, 터키와 손잡아 이집트를 견제하는 것을 최우선 정책으로 잡고 있었다. 그러던 와중 발발한 아프간 전쟁은 그들에게 최고의 호기.

"이란은 아시아의 민주주의 확산을 위해 최선의 노력을 경주하고 있습니다. 다수의 수니파가 소수 시아파를 탄압하는 아프가니스탄에 이제는 공산주의라는 끔찍한 악이 횡행하고 있습니다. 우린 그들을 구해야만 합니다."

"그거참 반가운 이야기입니다. 혹시 영공 통과와 군 주둔 외에 직접 전투병력을 파병할 생각은……."

"농담이시죠? 나세르가 심심하면 이란인들을 멸종시켜야 한다고 떠들고 다니잖습니까. 우린 유대인들처럼 호락호락하지 않습니다!"

아프간에 미군이 말뚝을 박으면 이란은 후방을 걱정하지 않고 오직 나세르와 그 졸개들만을 상대할 수 있다. 그야말로 알라께서 그들을 돕고 있었다.

파키스탄은 한술 더 떴다.

"본래 파슈툰족은 하나의 나라를 이루어 살았는데, 영국인들이 제멋대로 세계지도에 선을 긋고 아프가니스탄과 파키스탄이라는 두 나라로 분리시켰습니다. 이제 아프간과 파키스탄은 하나로 돌아가야 합니다!"

"우리는 당신네들 땅 늘려주려고 전쟁을 계획하는 게 아닙니다."

"지금 인도 공산주의자들에게 선동당한 동파키스탄(방글라데시)이 독립을 주장하고 있습니다. 동파키스탄이 독립하면 아시아가 적화됩니다. 미국이 부디 개입해서 인도의 새빨간 마수를 막아주신다면……."

"그건 당신네들이 동파키스탄을 차별하기 때문이잖소. 우리의 원조를 원하면 먼저 군부 독재부터 청산하고 민주 선거를 하세요!"

하나같이 속이 시꺼먼 놈들답게, 그 누구도 '아프간엔 왕정복고가 정답입니다.'라고는 말하지 않았다. 미국은 영 찝찝했지만 아무튼 무능하고 인덕 없다고 하는 국왕 대신 민주 정부를 준비했다.

무수한 미군이 이란과 파키스탄으로 입국하는 동안, PATO 가맹국들은 각자 청구서를 받아들었다.

* * *

1965년 대한민국 총선의 향방을 결정 지은 것은 이번에도 어김없이 전쟁 문제였다.

"북진멸공! 고토수복!"

"못살겠다! 갈아보자!"

"빨갱이들! 물리치고! 자유대한! 지켜내자!"

"파병갈땐! 우리아들! 주검되면! 느그아들!"

자유세계의 힘을 과시하기 위한 사상 최대의 전쟁. 미국은 한국군 1개 군단의 파병을 요청했고, 그 대신 충분한 지원과 관세 인하 등을 비롯한 여러 가지 조건을 제시했다.

"도대체 아프가니스탄이 어디 붙어 있는 나라입니까? 그들이 PATO에 가맹한 나라였습니까? 자유민주주의의 거룩한 기치에 동참하던 나라입니까? 모두 아닙니다! 마치 조선 이씨들처럼 부정부패에 찌들어 있던 왕족들이 나라를 말아먹었을 뿐이에요!"

"우리는 더 이상 헐벗고 굶주린 나라가 아닙니다. 청년들의 피로 달러를 벌어와야 하는 처지도 아닙니다. 자유를 지키고 공산주의자들에 맞서는 일은 지극히 당연한 일이지만, 우리 청년들의 목숨은 돈으로 살 수 없습니다."

한독당은 친미당이라는 세간의 비아냥과는 정반대로 파병 반대를 내세웠다.

"만약 자유세계의 연합국 사람들이 '도대체 조선이 어디 붙어 있는 나라야? 그들이 참전하기라도 했어?'라고 물어봤다면 우리는 일본의 식민지 신세에서 벗어날 수 없었을 겁니다. 왕가의 부정부패와 무능? 그건 결코 아프간 사람들이 공산당의 압제에 시달려야 하는 이유가 될 수 없습니다!"

"우리는 더 이상 헐벗고 굶주린 나라가 아니지요. 그러니까 다른 헐벗고 굶주린 나라를 위해 싸워줘야 하는 것입니다! 한독당은 설마 우리나라가 돈푼 좀 벌겠다고 이역만리에서 공산비적들과 싸웠다고 생각합니까? 가진 건 잿더미뿐이던 동방예의지국 대한민국이 이제 좀 살만해졌다고 벌써 이해득실을 따지면 세계 어느 나라가 한민족을 신뢰하겠습니까!"

빨갱이당 소리 듣기 일쑤였던 사민당 또한 정반대로 파병 찬성을 내세웠다. 실로 기괴막측한 일이 아닐 수 없었다.

'전쟁터 끌려가고픈 사람은 없다. 청년들이 빠져나가면 그만큼 평균 임금도 올라갈 터. 이 부분에 호소하면 박정희를 꺾을 승산이 있다.'

'전쟁이 핵심 쟁점이 될수록 전직 군인인 내게 유리한 판이 조성된다. 이번 선거엔 미국도 필시 개입할 거야. 이번 기회에 당에서 좌익 색채를 털어버린다.'

치열한 선거운동 끝에 대한민국 국민들은 박정희의 손을 들어주었다. 그 직후 한국군이 대대적인 아프가니스탄 파병에 나선 건 말할 것도 없다.

장개석의 중화민국은 수십만 대군을 파병하겠노라 확약했고, 필리핀 또한 허리띠를 졸라매서라도 병력을 보내기로 했다. 일본연방까지 몇 없는 제대로 된 육군인 공수부대를 파병하기로 결의했으니 그야말로 PATO의 핵심들이 총동원된 셈.

"알라께선 불신자를 멸하길 원하신다!!"

"지하드!! 무신론자들에게 그분의 분노를 맛보여줘야 한다!"

PATO는 아니지만, 나세르와 아랍인들 또한 청구서를 발급받았다.

아랍 민족주의가 그 어느 때보다 활활 타오르는 지금, 알라께서 기도에 응하사 사악한 유대인에게 심판을 내렸다는 신앙심이 펑펑 샘솟는 지금, 랜드리스 대금과 그 이자는 턱 끝까지 차올랐지만 실업률은 가면 갈수록 늘어나 국뽕 마취제로 하루하루 연명하는 지금. '실업자 친구들을 죄다 아프간에 던져버리면 완전고용이 가능하지 않을까?'라는 기적의 논리와 깽값 대신 채무를 탕감해주겠다는 미국의 달콤한 소리가 나세르를 움직였다.

한편 아프가니스탄 공산 정권은 그야말로 난리가 났다.

"소련! 소련이 우릴 도와줄 거야!"

"어째서? 대체 왜 미국이 나서는 거야?!"

이들 아프가니스탄 공산주의자들은 뭔가 해볼 여지조차 없었다.

어차피 아프가니스탄왕국이라는 나라가 중앙집권이 제대로 된 것도 아니었었고, 무수한 민족이 섞여 저마다 부족 단위로 살아가던 산투성이 나라. 이들 공산주의자들은 끽해봐야 수도 카불 일대, 그리고 아프간 제2의 도시인 칸다하르까지의 교통로 정도를 장악했을 뿐 아프간 전역을 통치할 역량도 깜냥도 없었는데, 홀연히 천조국과 그 제후들이 수십만 대군을 이끌고 쳐들어왔다.

"먼저 카불과 칸다하르를 잿더미로 만들어야 합니다."

"수도 카불을 점령하고 민주 정권을 선포한 뒤 재건 사업을 진행하면 되겠군요."

"파키스탄이 땅을 떼어 달라고……."

"이란이 자국 영토를 지나가는 대가로 반드시 시아파 신앙의 자유가 보장되어야 한다고 했습니다."

"끄응. 우리 유권자의 피를 흘리는 일은 최대한 회피해야 하는 게 당연하지만, 아무리 봐도 저놈들이 제 잇속만 차리는 것 같은데……."

새롭게 취임한 존 F. 케네디는 형의 정책을 그대로 계승했다. 그리고 그는 예정했던 것보다 더욱 미군의 숫자를 줄이고, 그 대신 타국에 더 많은 병력을 파병할 것을 요청했다. NATO군 또한 이 요청에 응해 병력을 내어 줬다.

이토록 많은 수십 개국에서 똘똘 뭉쳐 군을 파병해준 이유는 간단했다.

'미국이 질 리가 없잖아?'

'꽁승이니까 당연히 여기선 미국에 빚을 지워 놔야지.'

그리고 이들은 처절하게 실패했다. '제국의 무덤'은 침략자의 국적을 가리지 않고 평등하게 그들을 맞이했다.

* * *

1965년 10월 5일. 미군을 위시한 연합군이 마침내 국경을 넘었다.

1965년 12월 22일. 아프가니스탄의 수도 카불이 함락되었다.

아프가니스탄 사회주의 공화국은 그 짧은 역사를 마감하였고, 얼마 뒤 망명한 재야 인사들을 중심으로 설립된 신정권은 '아프가니스탄 이슬람민주공화국'을 건국했다. 미군은 철수 준비에 박차를 가했고, 연합군은 각기 흩어져 아프간 곳곳에 통제력을 확보하고 민주주의의 상징 총선거를 시행하기 위해 산지사방으로 퍼져나갔다.

그리고 4년이 지나.

"알라――!!!"

"위대한 이맘 마르크스의 이름으로!!"

"알―스탈린의 이름으로 침략자를 몰아내자!!"

"또! 또또! 또 게릴라야!"

"이 미친 아편장수 새끼들, 전부 죽여!"

아프간은 빨개지고 있었다. 조금 이상하게.

니가가라 아프간 2

소련을 비롯한 공산권 국가들이 똘똘 뭉쳐 반대했음에도 불구하고, 블루팀은 아프가니스탄을 침공해 단숨에 점령했다.

하지만 불행하게도 아직 '제국의 무덤'은 그 실력을 제대로 선보이지 못한, 요컨대 저평가된 우량주. 한번 붙들리면 독수리든 불곰이든 손모가지 한 짝은 날아가는 희대의 단두대─덫이었지만, 안타깝게도 가장 최근에 이 함정에 손을 댄 이들은 원조 혐성 제국주의를 자랑하는 영국인들. 그 영국인들의 성적이 생각보다 나쁘지 않았기에, 합리적인 이들조차 당연한 결론에 도달했었다.

'설마 자유세계가 총력을 다해 아프가니스탄을 침공하는데 문제가 생기겠는가?'

이게 더 상식적인 발상이었다.

문제가 있다면 외부 변수를 고려하지 않았다는 것뿐. 애당초 영국인들이 저 건질 건 아무것도 없는 산투성이 땅에 쳐들어간 이유. 그건 바로 러시아를 막을 지형지물이 필요했기 때문 아닌가.

마찬가지 의미에서, 미국과 그 졸개들이 아프간에 해처리를 펴고 눌러앉는다면 심기가 대단히 불편해질 분들이 저 크렘린 빨간 궁전에서 인간 테트리스를 즐기며 살고 있었다. 크렘린의 수괴 흐루쇼프는 케네디가 부랄을 덜렁덜렁거리며 돌아다니는 꼬락서니를 가만히 지켜만 보고 있을 생각은 전혀 없었다. 이번 기회에 부랄 하나쯤은 커팅해 짝부랄로 만들어주겠다는 게 그의 목표였다.

"아프간의 동무들에게 모든 물자를 지원해주시오."

"그들이 주체적으로 침략자들을 격퇴할 수 있도록 모든 노력을 아끼지 마시오!"

―아프가니스탄의 동지들이여! 투쟁하시오!

물론 아프간이 평화를 되찾고 반공 전사로 거듭난다면 모든 것이 황이다. 연합군이 밀려들자 현지 빨갱이들은 당연히 소련의 지령을 요청했고, '그냥 수도 따위 버리고 게릴라나 하지 그래?'라는 조언을 받은 뒤 곧장 런.

그리고 1년 만에 아프간은 지옥이 되었다.

"햣하! 나님 등장!!"

"미국이 우리 편이다! 이웃 부족을 약탈하자!"

"남자는 죽이고 여자는 겁탈해라!"

"지금 이게 무슨 짓이오! 이 미친 짓을 당장 멈춰!!"

"그게 무슨 소립니까? 이자들은 빨갱이들입니다. 우리는 공산주의에 맞서느라 이 부족에게 어마어마한 핍박을 받았으니 이제 복수를 해야 합니다."

"그… 그런가?"

가장 먼저, 빨갱이 사냥 붐이 일었다. 연합군과 끈을 댄 부족들은 기회는 이때뿐이라는 듯 열심히 설치고 다녔다. 정말 공산 정권 치하에서 억울한 일을 겪었는지 여부는 사실 그리 중요하지 않았다. 지금 내 옆에 짱센 놈이 있는데 본전은 뽑아야 하지 않겠나?

여기에 영토 욕심이 그득그득 차오른 파키스탄군이 끼어들었다.

"어차피 다 같은 파슈툰족이니 우리 파키스탄이 이 동네를 다스리는 편이 너희들에게도 좋지 않나?"

"지랄 좀 하지 말고 꺼져라!"

"어어? 빨갱이로부터 너희를 지켜주는 우리보고 욕을 해? 네 이놈, 빨갱이로구나!"

파키스탄과의 접경지역, 특히 남부 아프가니스탄은 이 굴러들어 온 돌들에 의해 아프가니스탄 민족주의가 불붙기 시작했다.

그리고 결정타.

"아프가니스탄 정부군을 해체합니다."

"혹시 미치셨습니까?"

"그놈들 전부 빨갱이잖소. 아예 싹 날려버리고 새로 자유의 소중함을 아는 이들로 신생 아프간 군대를 육성하는 편이 더 낫습니다."

미국에 의지하는 신정권은 기존 아프간 정부군을 전혀 신뢰하지 못했다. 아프간 공산 정권은 자신들이 타도한 왕국군을 사실상 고스란히 계승했었는데, 이들은 하루아침에 빨갱이 부역자로 낙인찍혀 실업자 신세가 되었다. 그러니까, 8만 명에 달하는 정규 훈련받은 군인들이 일제히 FA 시장에 풀렸고.

"침략자들을 몰아냅시다!"

"당신들은 착취당하고 있습니다. 저 자본가들은 이 나라의 전통과 신앙을 파괴할 겁니다!"

"미국이 아프간을 파키스탄과 이란에 팔았다!"

"서쪽 땅에서는 시아파가 아니면 모조리 죽여버린다더라!"

"소련은 이 땅에 어떠한 야심도 없고, 이슬람을 지켜준다고 약속했다."

"사실 스탈린은 무슬림인데……."

소련이 그들의 손에 무기와 탄약을 쥐여주었다.

독수리 덫이 가동되는 순간이었다.

* * *

4년이 지났다.

"대체 언제쯤 저 좆같은 '알라후 아크바르' 소리에서 벗어날 수 있지?"

"몰라, 니미."

수도 카불에 남겨 둔 소수를 제외한 채 완전 철군했던 미군은 만 2년이 지나 다시 돌아와야만 했다.

그리고 이 2년 동안 소련과 KGB는 그야말로 이 땅을 울긋불긋 빨갱이 동산으로 싹 바꿔 놓는 데 성공했다. 혁명정신이고 나발이고 이번에야말로 기필코 미국에 거하게 엿을 처먹이지 못하면 정말 소련이 망할지도 모른다는 두려움. 바로 그 두려움 때문에 이들은 '삐슝빠슝, 사실 쿠란과 하디스에도 공산주의 낙원에 대한 예언이 있다?!'라든가 '쿠란에는 자본주의가 간통보다 36배 더 사악하다고 적혀 있다?' 같은 온갖 프로파간다를 거침없이 뿌려댔고, 이 이슬람—공산주의라는 궁극의 최면병기는 순식간에 아프간 최고의 히트 상품이 되었다.

"대체! 도대체 왜! 이 빌어먹을 촌 동네 새끼들이 무슨 짓을 하고 살건 그거에 왜 시비를 걸어!"

"정말로 우리가 이 땅에 자유와 대의를 위해 온 게 맞습니까?"

"당연하지!"

이 난국을 타개해야 할 아프간 신정권은 무능과 부패로 점철되어 있었고, 연합군 사령부는 연일 노성과 정치질로 가득할 뿐.

일본 파병군의 대표라 할 수 있는 나카무라 중장은 어이가 없다는 듯 너털웃음을 터뜨려댔다.

"미국인 여러분들은 상황 파악이 잘 안 되시나본데, 여기 놈들은 그냥 개좆같은 놈들이란 말입니다."

"그러니까 그놈들이 개좆같이 살든 말든 빨갱이만 안 믿으면 되는 일 아닙니까."

"이 동네 놈들이 뭐로 먹고사는 줄은 알고 떠들어 대십니까? 양귀비 재배해서 아편 팔아먹고 삽니다. 여기 애들이 뭐 하고 노는지 아십니까? 귀엽게 생긴 남자애들을 여장시켜서 성노예로 부리는 게 이 동네 풍습이에요. 이걸 내버려 두고 지금 자유의 군대라고 할 수 있겠냐 이 새꺄!"

"이봐요들. 이 산동네 사는 새끼들이 호모 짓을 하건 말건 어쩌란 겁니까? 우리는 '킴 플랜'에 의거해 현지인들이 뭘 하건 빨갱이들만 막아주면……."

이제 막 아프간에 도착해 멋도 모르는 미국인 관료는 자신이 한마디 내뱉자마자 주변 공기의 온도가 몇 도는 뚝 떨어진 것만 같다는 느낌이 들었다.

"나카무라 장군. 거기까지 하시는 게 어떻겠소?"

"이 머리에 피도 안 마른 양복쟁이가 아시아 성전(聖戰)의 대의를 깔아뭉개고 있잖습니까! 킴 장군께서 저 개소리를 들으셨다간 저 새끼 배때기 기름으로도 탱크가 굴러가나 몸소 테스트해보셨을 겁니다!"

"어차피 이 친구들은 알아먹지도 못할걸."

"이보십쇼. 도대체 뭔데 이럽니까?!"

파병 한국군 사령관 윤동주(尹東柱)가 손사래를 치며 이 논쟁을 적당히 매듭짓고자 했지만, 오히려 국무부 엘리트 나리께서 단단히 골이 나버린 모양새. 그는 결국 중재를 포기한 채 대뜸 툭하고 말의 포화를 날렸다.

"자꾸 채근하시니 솔직히 말씀드리리다. 우리 모두는 아시아의 자유를 지키고 아프간인들을 구습과 구태 대신 문명개화의 반열로 나아가게끔 하고자 이 땅에 왔소. 그런 혈기 넘치는 이들더러 '저놈들이 남색을 하건 아편을 피우건 내버려 둬라.'라고 하면 군율과 사기가 유지될 것 같습니까?"

"…그게 그렇게 된단 말입니까."

"병사들더러 격분하지 말라고 말하는 건 쉽지요. 하지만 이미 상호 간에 호의보단 적개심이 가득한 판국에선 어떨지 모르겠습니다."

이 땅은 실로 개같은 땅이었다. 배에 기름칠 좀 하려고 진지 내에서 삼겹살 구웠더니 폭동을 일으키는 호로새끼들 주제에 남자아이를 희롱하고 남색을 저지르는 건 아무렇지도 않게 여긴다. 휴가 중인 병사들이 소주 한잔하는 걸 보고 격분해서 칼로 난자하는 개놈들 주제에 정작 자신들은 그 지랄맞은 아편을 뻑뻑 피워댄다.

"위아래 전부 다 똑같은 생각입니다. 이놈들을 위해 싸워야 할 이유도 없고, 싸울 가치도 못 느끼겠다 이 말입니다."

"우리 미합중국은 동맹국 장병들의 크나큰 희생에 경의와 감사를 품고 있습니다. 여러분의… 의견은 제가 꼭 워싱턴에 보고드리겠습니다."

"하하. 그러시오. 우리가 이 말을 한 지는 이미 한참 됐소만, 딱히 현황이 바뀌진 않았거든."

산세 험악한 곳에서 자빠져 주검조차 수습하지 못한 채 새와 벌레에게 뜯어 먹히는 신세로 전락한 전우들이며, 팔다리 한 짝씩 소련 놈들 무기에 내어주고 상이용사 되어 돌아가는 젊은 나라의 기둥들. 이딴 곳에서 몇 년간 싸우고 돌아간 장병들의 정신머리가 온전할 리가 없었다.

이곳은 하늘도 바람도 별도 하나같이 썩어빠진 아편과 빨갱이 내음에 찌들어 있었다.

* * *

〈아프간에서 돌아온 김 상사〉 노래가 한때 한국 가요계의 히트곡으로 떠올랐다가 시들해질 무렵. 서울과 평양을 위시한 한국 대도시의 골목이란 골목은 하나같이 최루탄 내음으로 찌들고 있었다.

"근로기준법을 준수하라!!"

"우리는 기계가 아니다!!"

—아아. 너희들은 지금 아프간에 파병된 용사들이 벌어온 귀중한 외화와 일자리를 헛되이 하고 있다. 지금 즉시 작업에 복귀하라.

"일요일에는 휴식을 달라!! 우리는 기계가 아니다!!"

—이 빨갱이들아. 너흰 때려치울 자유가 있다니까? 누가 공장에서 일하라고 협박했어?! 너희가 파업이다 데모다 하는 동안에 쪽발이들은 나날이 경제성장을 이루고 있는데, 호국영령들께 부끄럽지 않으려면…….

블루 팀의 리더라 할 수 있는 미합중국이 아프간 산자락에 대가리를 처박고 불경기에 골골댄 결과, 자연스럽게 세계 경제 또한 점차 악화되기 시작했다.

모두가 다 함께 잘 사는 호경기 때는 어지간한 문제도 하하호호 넘기기 마련이지만, 불경기 때는 모두가 하나같이 양보와 타협이 어려워지는 법. 집권여당인 사회민주당이 분열되어 두 쪽으로 나뉘는 혼돈 속에서 점차 거세지는 노동운동의 열기와 농촌 등지에서 대놓고 본색을 드러내기 시작한 마오이스트들의 난동, 귀환 장병들의 처우 문제까지 겹쳐지자 60년대 말 대한민국은 그야말로 한 치 앞을 알 수 없는 상태에 접어들었다.

"최루탄 발포해! 싹 해산시켜!!"

"쏜다! 경찰들이 쏜다!!"

"전부 다 쥐어패!"

이날 평양 거리 한복판에서 벌어진 시위 또한 늘 그렇듯 경찰의 무력 진압으로 마무리되었지만, 저번과 다르게 이번에는 불발탄에 맞아 사망자가 발생했다. 그리고 이 유혈 사태로 인해 대한민국 노동운동사의 한 페이지가 이상한 방향으로 넘어가게 되는데.

"아이고, 아이고!!"

"어르신. 이러다 다 죽게 생겼습니다. 이놈의 조선 땅에 노동자를 위한다는 새끼들은 어째 빨갱이 빼곤 아무도 없는 겁니까?"

"거, 나는 원래 정치 같은 건 잘 몰라서……."

"저 새끼들은 정치로 될 놈들이 아닙니다. 몽양 선생 이름 팔아먹던 사민당 놈들, 아예 대놓고 배때기에 기름 낀 공장주 편들겠다고 당명도 갈아버리지 않았습니까. 우린 선생님이 필요합니다!"

"어르신이 손자처럼 아끼던 애가 경찰 새끼들 손에 이승을 하직했습니다. 가만히만 계시렵니까?"

"…애들 다 모아봐. 내가 좋게좋게 서장이랑 이야기해볼 테니까."

며칠 후. 새롭게 결성된 '서북노동자총연맹' 회장으로 취임한 약산 김원봉은 백주대낮에 평양경찰서를 폭파시키며 자신의 이직 사실을 만천하에 알렸다.

혁명의 시대 1

아프간 파병군 사령관 윤동주 중장의 인생이 별 헤는 시인 윤동주와 광년 단위로 달라져버린 것은 사실 그가 태어나고 얼마 되지도 않아서였다.

그가 태어난 곳은 북간도 한인촌. 그 당시 간도까지 올라간 한인들 상당수가 그러하듯 그는 애국과 항일을 기치로 하는 민족주의적 가풍 아래에서 자라났고, 주변인들 또한 이러한 가치를 공유하는 환경에서 컸다. 그리고 갓 태어난 윤동주가 엉금엉금 기어 다닐 무렵.

"미국 사관학교 입학하였던 조선 남아가 그 나라 장군 되었기로 구주(歐洲)에 나아가 독일군을 대파하였다!"

"김유진 장군이 무적 독일군을 물리치다니, 영국과 프랑스마저 맥을 못 추고 쩔쩔매던 독일군을 조선인이 으깨버렸다!!"

프랑스 아미앵에서 역사가 바뀌었다. 그리고 또 한참 뒤, 그가 진학하였던 평양 숭실중학교가 일제의 압력에 휴교할 무렵.

"실례합니다. 윤동주 군 맞습니까?"

"네? 그런데 누구십니까."

"우리는 YMCA에서 일하고 있습니다. 윤 군을 동양인재발전기금 장학생으로 선발하고자……."

"세상에, 세상에!!"

본래라면 다시 간도로 돌아가고, 일본 유학길에 올랐다가 두 번 다시 조선 땅을 밟지 못하고 스러졌을 삶.

"아니, 어떻게 윤동주를 넘길 수가 있어. 크헤헤헤."거리는 이상한 놈의 손길에 의해 젊은 청년은 난데없이 미국행 여객선에 오르게 되었다. 하지만 얻는 게 있으면 잃는 게 있는 법.

"조선 땅에 필요한 건 무엇인가? 오늘날 세계의 흐름은 바로 자본주의에 있고, 일본인들은 식산흥업에 성공했기에 자본주의라는 흐름에 올라타 아시아를 떡 주무르듯 만질 수 있었습니다. 이 김유신이 단언컨대, 일찍이 유대인들이 그러했듯 기술을 익히고 기업을 일으키는 것이야말로 조국과 민족을 번영케 할 가장 빠른 수단입니다."

"나라 잃은 조선인은 모든 분야에서 전방위적인 침탈을 받고 있습니다. 학문도, 법률도, 문학도, 예술도 마찬가지입니다. 따라서 우리말과 우리글을 살려 민족에 이바지하겠다는 말은 결코 틀리지 않은, 아주 자랑스러운 말이라고 생각합니다. 하지만… 결국 나라를 되찾으면 해결되는 문제 아닐까요?"

청운의 품을 꿈은 무수한 젊은이들과 마찬가지로, 젊은 윤동주 또한 김가의 차남과 삼남이 양쪽에서 서라운드로 속삭이는 말에 홀라당 넘어가버려 문과가 아닌 이과 테크트리를 탔다. 이미 달라진 인생역정은 여기서 한 번 더 또 급커브를 틀게 되는데, 바야흐로 진주만 기습이 그 반환점이었다.

"때가 되었다! 복수의 시간이!"

"미군에 입대해 민족의 원수를 갚으세!"

"군복 차림으로 늠름하게 한반도에 돌아갈 시간이 왔습니다!"

미국에서 대학을 다니던 청년 윤동주는 개전 직후 곧장 자원입대하였고, 이후 미국 시민권 대신 자유대한군단 입대를 거쳐 총 한 자루 꼬나쥐고 조선 땅으로 되돌아왔다.

해방 후, 대부분의 젊은이들은 군문을 나와 자유를 되찾은 조국에서 저마다 새로운 직장을 갖게 되었다. 아시아 최고의 고등 교육을 받은 동발 출신 인재들이 군에 얽매여 있는 것 또한 사회적 낭비 아니겠는가. 하지만 윤동주는 그대로 군에 남았고, 다시 미국으로 돌아가 미 육군의 교육을 이수해 그대로 신생 대한민국 국군의 중핵으로 자리매김했다.

"대대장님께선 동발 출신 아니십니까? 왜 전역 안 하시고 군대에 말뚝 박으셨습니까?"

"내 집이 압록강 건너에 있거든."

일시적으로 탈환했지만 결국 모택동 일당의 손아귀에 떨어지고만 땅. 참으로 원통했지만, 조국이 힘이 약하니 어쩔 수 없는 노릇이었다.

하지만 이 지옥 같은 아프간은 뭐란 말인가. 여기 어디에 자유가 있고 민족이 있고 정의가 있단 말인가.

"철군한다! 정부가 파병 축소를 결정했으니 일단 이 좆같은 동네에서 뜰 궁리부터 하자고!"

"폭동이 나기 전에 결정이 나서 다행입니다."

"그렇지. 시발. 이제 누굴 먼저 보낼지 결정하는 거로 머리털 다 빠지게 생겼군."

가장 반공의 대의에 충실한 PATO 국가들조차 이 지옥을 버티지 못했다. 거대한 후폭풍이 몰아닥치고 있었다.

* * *

미국의 손길을 거쳐 새롭게 태어난 대한민국. 당연한 이야기지만, 신생 대한민국이 알파고의 철인통치를 받고 있는 게 아닌 이상 현세에 강림한 지상락원일 리는 없었다.

"나라가 참 혼란스럽구만."

"못 배운 놈들이 빨간 물이 드는 건 어쩔 수 없는 일이지."

"우리 때는 말이지, 피를 흘려 가면서 쪽발이들이랑 맞서서 자유와 모든 권리를 쟁취했는데. 요즘 어린놈들은 매사에 불만만 많아가지고… 에잉!"

"나 때는 군대 가면 사람이 돼서 돌아왔는데, 요즘 것들은 얼마나 나약한지 아프간까지 가도 사람이 덜돼서 돌아오더라고. 얼빠진 놈들."

"지금 일본은 하루가 다르게 성장하는데! 여기서 성장 멈추고 이조시대 양반들처럼 공자 왈 맹자 왈 하면서 살란 말이냐? 혹시 느그 애비 함자가 이완용 되시냐?!"

대한민국은 소련과 중공이라는 초거대 국가로부터 살아남기 위해 '선 성장 후 분배'를 모토로 경제성장에 총력을 기울었고, 그 과정에서 자연스럽게 품을 수밖에 없는 국민의 불만은 반공주의와 민족주의를 통해 억눌렀다.

하지만 사골을 20년씩이나 끓여 먹었으니 그것도 이제 한계. 산업혁명 이래 고도성장기에 돌입한 여느 나라들이 다 그랬듯, 한국 또한 쉽고 빠른데다 전례까지 풍부한 수단을 채택할 수밖에 없었다. 바로 불만분자의 불만을 물리적으로 해소해주는 것.

"야, 이 새끼야. 빨리 여기 지장 좀 찍어. 우리도 퇴근 좀 하자. '나는 북경의 사주를 받고 대한민국 적화를 위해 불법노동조합을 설립했습니다.' 틀린 말도 아니잖아?"

"으, 으으. 아님… 니다. 저는, 공장주들이, 여공들을 희롱해서……."

"이 새끼 이거 아직 정신 못 차렸네. 김 형사, 이 새끼 입에서 자백 나올 때까지 물은 답을 알고 있다 한번 보여드려."

"사려주에오! 사려주에오! 죽이지 마에오!!"

평양을 비롯해 전국 팔도 곳곳에 숨겨진 이 '행복의 방'은 무려 FBI의 자문까지 받아 가며 지은 최적화 만점 건물. 그 어떤 극악무도한 빨갱이라

할지라도 놓치지 않고 교화하고자 하는 숭고한 의지에서 준비된 곳이지만, 안타깝게도 지독하기로는 으뜸가던 일본제국과의 투쟁으로 단련된 전직 아나키스트에겐 이러한 교화가 딱히 먹히지 않았다.

"이야, 이 새끼들 봐라? 내가 지금 대한민국 경찰을 보는지, 미와 경부를 만나러 왔는지 구분이 안 가네?"

"뭐, 뭐야! 당신 누구야!"

바닥에 나뒹구는 이빨 하나를 구둣발로 걷어찬 그의 입에선 절로 구수한 쌍욕이 쏟아져 나왔다.

"내 이름은 지옥에서 도조 히노끼한테 물어봐, 이 인간말종 새끼들아."

시밤—쾅.

하루걸러 하루씩 뒷구멍으로 시신이 빠져나간다고 악명이 자자하던 평양경찰서가 단숨에 콩가루가 되었고, 달러 좀 쥐여주면 아무나 물고를 내준다고 그 이름 드높던 서장은 제 첩실과 나란히 수십 발의 총알을 맞고 벌집팟자가 되었다.

"감히 누가 대한민국 사법에 도전한단 말입니까! 백주대낮에 경찰서를 폭파시키고 서장을 죽여요? 대체 이게 뭐 하자는 겁니까!"

"그, 의열단 하던, 약산 김원봉이 수괴라고 합니다."

"…네? 김원봉? 그 사람이 아직 살아 있었다고요?"

대통령조차 자신이 혹 잘못 들었나 고민하게 되는 이야기. 그들이 황당해하는 와중에도 수십 년 만에 방구석 늙은이 생활을 청산한 김원봉은 무시무시한 행동력을 선보였다. 구 조선의용대 시절 전우들을 다시 소집한 그는 북삼(北三)도 평안, 황해, 함경 일대를 시작으로 전국을 종횡무진 하며 피와 죽음, 그리고 폭발의 삼종신기를 전파하고 다녔다.

정부는 이들을 공산당 반역자들로 규정하였으나, 김원봉은 그런 그들을 비웃듯 동에 번쩍 서에 번쩍하며 각지를 휘저었다.

"죽여! 무슨 수를 써서라도 죽여!"

"우리 군의 기강이 이토록 개판이 됐다고? 내가 지리산에서 빨치산 토벌하던 시절보다 지금 못하단 게야?!"

"각하. 정예한 병사들은 전부 아프간에 가 있으니 병력이 부족합니다."

"그거 차라리 잘됐군. 이번 기회에 향토예비군을 법제화합시다."

효과는 실로 탁월했다. 제아무리 조선팔도를 홍길동처럼 휘저었던 약산 일지언정, 전역하고도 도로 군대로 끌려와 독기 품은 무당개구리처럼 이를 빠득빠득 가는 예비군 앞에선 그도 오래가지 못했다.

2년을 채 넘기지 못하고 그의 새로운 직장 생활은 그 끝을 고했고.

"약산 김원봉! 대한민국 국체를 뒤흔들고 무분별한 살인, 방화, 폭력을 자행한 무장공비 수괴! 네게 양심이 남아 있다면 즉각 무장을 해제하고 밖으로 나와 항복하라!"

"지랄들을 해라 아주. 내가 흔든 건 이 나라의 국체가 아니다! 돈에 미쳐 동족의 고혈을 짜내는 너희 개자식들의 머리통이지!"

대구 근방의 야산에서 군경에게 포위된 채 스스로 목숨을 끊으며 파란만장한 생애가 끝났다. 다만, 김원봉의 목숨을 끊었다 해서 그가 뿌린 씨앗도 모두 끊기지는 않았다.

"자. 요로코롬 이거랑 이걸 섞어주면 '펑一' 하고 터지는 기라."

"못 살겠다고 말만 꺼냈다 하면 빨갱이라고 마빡에 곤봉을 때려 박는데, 이게 무슨 민주주의냐? 왜정 2호기지."

고물가, 저임금, 고강도 노동의 삼중고에 쥐어짜이는 건 한중일 노동자가 모두 동일.

"중국에 진정으로 민주주의를 이식할 방법은 오직 하나! 장개석 머리통에 총알을 박아 넣어주는 것뿐이다!"

"내가 태평양 낙도에서 간신히 살아 돌아왔는데 우리 아들은 왜 또 아프간에 끌려가야 하냔 말이다! 너희가 삿쵸 번벌 놈들과 다른 게 무어냐?!"

"우리끼리 뭉쳐야 한다! 저 적폐 카르텔 놈들도 저들끼리 붙어먹는데 동양 노동자들도 뭉쳐야만 산다!"

그 어느 때보다 정치적, 경제적으로 긴밀한 동양 삼국답게, 각지에서 버섯처럼 퍼져나가던 반정부, 반체제 운동 또한 순식간에 국제 네트워크를 구축해 조직적인 투쟁 양상을 보이기 시작했다.

그리고 점점 격해져만 가는 사회 분위기는 그 반작용 또한 불러일으켰으니.

"정치인들이 무능하기 짝이 없습니다."

"우리 각하께서는 데모하는 애새끼들한테 질질 끌려다니기만 하고 뭐 하는 건지 모르겠군."

가장 격조 높고 은밀하다 명성 자자한 서울의 한 요정. 이곳에 모인 이들은 하나같이 어깨에 별이 찬란한 인사들이었다.

"이러다가 정말 정치인들이 어어 하는 사이에 대한민국이 적화될지도 모릅니다."

"원내에 공산당이 진입하는 게 말이나 되는 일입니까? 언제부터 이 나라 헌법에 빨갱이에게 인권이 있다고 적어놨습니까?!"

"우리 군인들의 임무가 뭡니까. 나라를 지키는 것 아닙니까? 독일 군부가 히틀러를 일찌감치 날려버렸으면 독일이 동서로 찢어지지도 않았을 겁니다."

"하모요, 하모요. 박정희 금마는 원래부터 새빨간 놈 아니었습니까. 크렘린 지령을 받았을지도 몰라요."

"어떻게, 우리라도 나서서 이 나라를… 지켜야 하지 않을지?"

산해진미가 그득그득 깔린 테이블이지만 누구도 젓가락을 손에 들고 있지 않았다. 자리에 앉은 이들이 서로 눈치만 보며 '구국의 결단'을 고민할 무렵.

"실례합니다."

"뭐야!"

"지배인입니다. 손님분들께 전화가 와서 전달드리고자 합니다."

모두가 당혹스러워하는 동안, 검버섯이 자글자글한 노인이 들어와 그들 앞에 전화기를 내려놓고는 조용히 밖으로 나갔다. 개중 짬밥이 딸리고 전화기에 가장 가까이 있던 이가 천천히 수화기를 들었다.

"여보세요."

—아아, 거기 누군가?

"실례지만 누구신지 먼저 밝혀주시겠습니까."

—음. 이 목소리면, 노재승인가? 5사단장?

"누군지 밝히지 않으면 끊겠습니다."

—나? 김유진.

"누구, 시라고요?"

—김유진이라니까, 나도 안 먹은 가는귀가 먹었나. 그래, 재밌는 이야기들 하니까 막 신나고 두근두근하지? 그냥 깔려 있는 회나 맛있게들 먹고 집에 들어가서 발 닦고 잠이나 자. 내가 말년에 너희들 대갈통 날려버리러 그 머나먼 한국까지 가야겠어?

"자, 잠시. 잠시만 기다려주십시오. 부디 저희의 애국충정을, 장군님? 김장군님?!"

딸깍 하는 소리와 함께 전화가 끊겼고, 얼마 지나지 않아 넋이 나간 군인들은 조용히 자리에서 일어나 저마다 자택으로 귀가했다. 그 모습을 멀리서 지켜보던 지배인, 이봉창은 준비해 놓은 그리스건을 다시 분해해 숨겨놓았다.

오늘도 아무 일 없었다.

혁명의 시대 2

세상에 영원한 왕은 없는 법.

베를린에서 히틀러 시체를 전차 주포에 걸고 질질 끌고 돌아다닌 이래, 이 나라 미합중국은 세계의 왕으로 군림했었다. 감히 미제의 패권에 도전한답시고 덤벼들던 빨갱이들과 아직도 제 시대인 줄 착각하는 식민 열강을 모조리 때려잡으며 얼추 20년쯤 해먹었으니, 이제 맛탱이가 가서 흔들리는 시즌이 오더라도 전혀 이상하지 않다.

20년이면 한 세대가 은퇴하고 갓 태어난 아기가 어른이 될 시기 아닌가. 지금 젊은 친구들은 미국의 영광이 절정에 이른 시기만 보고 살아온 셈이다. 이런데 맛이 안 가면 그건 사기다.

나라가 요상한 방향으로 가는데 나는 뭐 했냐고? 옛날 같았으면 '싫은데 에베벱' 정신으로 단단히 무장하고 대통령이고 나발이고 모가지를 댕강댕강 분질러버리며 내가 옳다고 믿는 방향으로 나아갔겠지만, 제발 내 나이 좀 생각해봐라. 내가 한창 이름 떨치던 때가 몇십 년 전이다. 내가 무슨 말을 하든 치매 온 노인네 발언으로 취급당하는 시대가 온 셈이다.

날 아는 사람들일수록 이상하게 자주 하는 오해가 있는데, 나는 절대 절대 세상의 편견에 맞서 싸우는 투사 타입 인간이 아니다. 상식적으로 그런 인간이 왜 상명하복 끝판왕인 군대를 갔겠어?

다만, 그, 뭐냐. 19세기나 20세기나 내가 가만히 상명하복만 했다간 어느 햇볕 좋은 촌구석 해안포대에서 인생이 좋났을 확률이 99%인지라 약간 과도하게 설쳤을 뿐이다. 그 와중에 약간의 사리사욕은 MSG였고.

참으로 다행스럽게도, 이 나라는 그래도 엄연히 민주주의 국가다. 설령 국민들의 의지로 인해 시궁창에 꼬라박더라도 다시금 사회를 추스르는 것 또한 민주주의 국가의 저력, 자정작용 아니던가. 소련처럼 미래에 나라가 망하는 게 예정되어 있지도 않은데 내가 구태여 개입할 필요가 없다. 오히려 나 또한 시민 중 한 명으로서 내 목소리를 내는 게 딱 적당한 수준이겠지.

그동안 도대체 세상에선 무슨 일이 벌어졌는가.

우선 미국의 텃밭 중남미는 늘 그렇듯 어그로가 튀고 있다. 틀림없이 내가 장관 하던 시절에 CIA가 해치운 줄 알았던 카스트로는 어느새 홀연히 나타나서는 쿠바를 무너뜨렸다. 역시 세계 최고의 부활 주문 '해치웠나'는 그 효과가 실로 탁월했다. 아니, 애초에 카스트로를 암살한다는 것 자체가 이 지구에선 불가능한 일이었을지도.

부패하고 무능한 기존 정권은 몰락했고, 쿠바 빨갱이들은 소련의 참관 하에 번개처럼 선거를 시행해 정권을 장악했다. 당연히 미국은 부정선거라며 길길이 날뛰었지만, 남의 앞마당인 아프간에서 탱크 부릉부릉을 하고 있는 지금 소련이 그 말을 귓등으로라도 들을 이유는 없었다. 불행 중 다행히 아직 쿠바에 핵미사일 기지가 지어지진 않았다.

중동에서는 아프간에서 유래된 끔찍한 혼종, 이슬람-맑시즘이 퍼져나가고 있었다.

"일찍이 알라께서는 그분의 사도 무함마드에게 천사 지브릴을 보내사 계시하시었고, 무함마드께서 이르시길 '너희는 결코 투기꾼이 되지 말고 이자놀이를 하지 말라.'라고 하셨습니다. 저 영국과 프랑스를 위시한 식민 지배자들의 자본주의야말로! 알라께서 금한 샤이탄(사탄)의 악행인 것입니다!"

"인샬라!"

"알-마르크스의 가르침대로! 최후의 심판이란 모든 이들이 자본주의의 사슬에서 벗어났을 때! 모든 이들이 욕망을 벗어나 오직 올바른 신앙인으로 거듭났을 때 오는 법입니다!"

"대체 저게 무슨 미친 소리야? 당장 때려잡아! 때려잡으라고!!"

나세르는 미국에 딸랑거리고 실업자를 해외로 던져버리겠다는 발상에서 많은 아랍 젊은이들을 아프간으로 보냈다.

그러나 이집트군이 언제부터 제대로 된 군대였던가? 패튼조차 지옥으로 돌아간 시점에서 이집트군은 늘 그랬듯 당나라 군대 본연의 모습으로 초기화되어 있었다. 낯선 아프간 땅에서 목숨 걸고 개고생하다 같은 편인 서방 군대에겐 인종차별까지 당한 이들 중 상당수는 이 새로운 복음, 빨간맛이라는 강렬한 마약에 중독되었고.

"나세르는 물러나라!!"

"자유 선거 시행하라!!"

"우리는 빵을 원한다!!"

"일자리를 마련하지 못하는 무능한 나세르는 사퇴하라!!"

중동 곳곳엔 이슬람-공산혁명의 기운이 감돌기 시작했고, 나세르는 살아남기 위해서라도 이 악물고 미제 코인을 타야만 했다. 이게 대체 무슨 끔찍한 혼종이냐.

하지만 나는 국제 문제에 관해 따로 코멘트를 하진 않았다. 이미 내가 아는 지구-1과는 너무 다른걸. 유감스럽게도 이제 나와 이 망할 시대는 서로 헤어져야 할 시간. 머리에 털 나고 2회차를 자각해버린 이래, 단 한 번도 이 야만의 시대에서 안락한 느낌을 받은 적이 없다.

영문도 모르고 21세기에서 사출당해 19세기로 날아왔고, 오직 살아남기 위해 꾸역꾸역 버텨야만 했다. 결과적으로 잘 해내긴 했지만, 해야 했으니까 한 거고 할 수 있으니까 한 거지. 만약 '21세기에서 태블릿 동영상 켜놓고 치킨 뜯기 vs 19세기로 가서 역사 바꾸기 도전 승부존' 이딴 걸 누가 물어봤다면 무조건 전자를 골랐으리라.

이런 내게 마지막으로 해야 할 일이 하나 남아 있다면.

"대체 언제까지 이 나라는 피부색으로 시민의 권리를 제약받아야 합니까."

"50년 전입니다, 50년 전. 내가 성조기를 휘날리며 아미앵에서 저들과 어깨를 나란히 하고 싸운 게 50년 전이라고요. 어째서 50년이 지난 지금까지 우리는 보답받지 못한 겁니까?"

빚을 갚는 일뿐이리라.

* * *

50년 전.

〈아마겟돈 레포트〉의 신묘한 힘으로 소령 계급장 달고 유럽으로 건너온 내게 기회이자 위기가 찾아왔다.

'93사단에 빈자리가 많더군. 킴 중령은 그곳으로 발령내겠네.'

'흑인들의 전투 능력이 엉망진창이라고 하지만, 아직 그들에게 제대로 된 기회를 준 적이 없었네.'

'우리가 가용할 수 있는 최고의 인재를 쥐여줬음에도 성과가 시원찮다면, 그 즉시 부대를 해산하고 비전투 노동력으로 사용하지.'

캉브레에서 살아 돌아온 내게 퍼싱 장군이 직접 던진 제안. 그게 바로 93사단으로의 전출 명령이었다. 퍼싱은 웨스트포인트에 입학하기 전 흑인 어린이들을 위한 교사로 일했었고, 장교가 된 뒤에도 흑인 기병대 지휘관으로 복무하는 등 유색인종과 많은 연이 있었다. 아무 생각 없이 던져준 보직일 리가 없지 않은가.

그리고 나는 제안을 받아들이긴커녕 몇 배로 튀겨 사단장직을 요구했고, 아미앵에서 그 결과를 선보였다. 그날 이후 나와 흑인들은 일종의 운명 공동체가 되었다. 재미 한인, 아시아인들은 그야말로 한 줌도 채 되지 않았으니 나로서는 그들과 손잡는 게 대단히 매력적인 선택이었고, 실제로 그 관계를 통해 몇십 년에 걸쳐 짭짤한 이득을 얻었다.

받은 게 있으면 돌려줘야 하는 법.

"언제까지 주의 권리라는 명분으로 인종차별을 정당화해야 합니까? 빨갱이들이 심심하면 '미국인들은 유색인종을 사람으로 보지 않는다.'라고 선동해댑니다. 저들의 선동을 막으려면 국내의 인종차별을 없애야 합니다."

"어째서 전쟁터에 내보낼 땐 다 같은 미국인이라고 떠들어댔으면서 그 채무를 갚는 건 두려워합니까? 이제 갚아야 합니다. 정말 흑인들이 공산주의 봉기를 일으키는 꼴을 보고 싶습니까?"

은퇴한 뒤, 나는 주로 앞마당에서 인류의 평화를 위협하는 감자제국과 치열한 싸움을 벌였지만 한편으로는 평화나 인권, 반전 운동 등을 테마로 한 기고문을 내며 소일했었다.

FDR, 월레스, 맥아더, 아이크, 그리고 케네디 브라더스에 이르기까지 이 나라 행정부는 항상 유색인종 인권 문제에 대해 점진적으로나마 개선을 도모했었지만… 백인이 아닌 내가 봤을 땐 항상 갑갑한 느낌이 있었다. 하물며 나처럼 사회 최상부에 오르지도 못한 사람들에겐 얼마나 좆같았겠는가?

하지만 나는 마지막 한 걸음을 쉽게 내디디지 못했다. 그냥 이대로 존경받는 원로로 살다가 눈 감고 싶다는 졸렬한 발상. 괜히 적극적으로 유색인종 민권 어쩌고를 떠들고 다니다 내 자식들에게 피해가 갈지도 모른다는 두려움.

"네? 아버지가 그런 걸 고민하신다구요?"

"내가 너희 걱정을 안 하면 뭘 걱정하겠니?"

하지만 내 솔직한 고민을 들은 못난 아들놈들은 팽 하고 코웃음을 쳤다.

"히틀러가 우리 집에 불 지른 거 기억 안 나요?"

"그… 그랬던가. 그거 히틀러가 지른 게……."

"빨리 돌아가시기 전에 뭐라도 좀 하세요. 제가 밀러 얼굴 보기 부끄럽잖아요."

"그렇지. 아빠가 흑인들 써먹고 그냥 깨꼬닥하면 나중에 '뻐킹 김치맨들이 우리 흑인을 이용하고 버렸다!' 하면서 욕할지도 모르잖아요. 말년에 일하는 셈 치고 좀 도와줘요."

"못난 놈들. 이 애비가 위험에 처할지도 모르는데 그런 말이 나와?!"

대체 누굴 닮아서 겉과 속이 저리 다르단 말인가. 자식 헛 가르쳤다. 전쟁터까지 다녀온 사내새끼들이 새초롬하기 짝이 없어 가지곤.

나는 자식놈들의 적극적인 찬성 아래, 본격적으로 목소리를 높이기 시작했다. 이게 아마, 내 자손들이 살아갈 이 나라를 위한 마지막 일이겠지.

* * *

1971년, 워싱턴 D.C. 마틴 루터 킹 목사가 주도하는 대규모 행진에 유진 킴 대원수가 함께 참여한다는 언론 기사가 배포되었다.

"이 늙은이가 여러분들과 마지막을 함께할 수 있어 참으로 기쁘기 그지없습니다."

한때 8백만 대군을 호령하던 이로는 보이지 않는 깡마른 노인은 지팡이에 몸을 의지한 채 힘겹게 마이크에 대고 말했다.

"이곳 뒤편에 있는 알링턴 국립묘지에 여러분의 친지들이 영면해 있습니다. 그들은 제 전우였으며, 소중한 스승이었고, 저 대신 먼저 떠난 이들입니다. 이 늙은이가 연설을 하기에 앞서서 저들을 위해 잠시 기도하겠습니다."

이 자리엔 수천수만 명의 사람들이 모여 있었다. 단순히 흑인들만 있는 것이 아니었다. 아시아인, 그리고 히스패닉. 여기에 더불어 인종차별이 사라져야 한다고 믿는 백인들까지.

"…저는 말했습니다. 미래를 열어주겠노라고. 이 나라는 우리들이 흘린 피에 보답해 줄 것이라고. 하지만, 오늘날의 실정이 과연 무수히 프랑스 어드메에서 죽어 나간 이들의 희생에 상응하는 보답이라 할 수 있겠습니까?

저 축축한 참호에서 생명의 불꽃이 꺼지던 이들이 자신의 아들딸과 손자, 손녀가 학교 입학을 거부당하고, 진료를 거부당하며 재수가 없으면 구타당하고 살해당하는 이런 나라를 원해서 죽음을 맞이했겠습니까?"

하지만 점차 대원수의 목소리 힘이 실리면서, 어느새 그는 다시 카리스마 넘치던 제국의 파괴자로 돌아가 있었다.

"저는 이 자리에서 저 대신 죽은 이들의 몫까지 당당하게 말씀드리겠습니다. 내 전우들이 흘린 핏값을 단돈 10센트 대신 우리가 처음 들었던 바로 그 가격, 깜둥이가 아닌 사람으로 대우받을 수 있는 권리! 눈 째진 원숭이가 아니라 같은 사람으로 대우받을 수 있는 권리! 바로 그 권리를 지금이라도 달라고 요청하겠습니다!!"

군중들이 일제히 환호하길 몇 분. 모두의 함성이 잦아들고 다시금 킴의 말을 듣기 위해 정적이 깔렸다.

"마태복음에 이르기를 악한 이에게 맞서지 말라 하였습니다. 오른뺨을 맞거든 왼뺨을 내밀고, 나를 고소해 속옷을 빼앗으려 하는 이에게는 겉옷까지 내주라고 하였습니……!"

"닥쳐! 아시안은 중국으로 돌아가!!"

"?!"

한 남자가 벌떡 튀어나와 연단을 향해 달려나왔다. 그리고 그의 손엔 햇

빛을 머금은 권총 한 자루가 있었다.

모두가 얼어붙은 그 순간.

"너희 나라로 썩……."

"대가리에 피도 안 마른 애새끼가!"

타앙!

불길한 총성과 함께, 한 사람이 피를 힘차게 내뿜으며 그 자리에서 고꾸라졌다.

"……."

"…마태, 마태복음에. 어. 음."

늙은 장군은 모락모락 연기를 뿜어내는 지팡이를 대강 옆으로 휙 던진 채 마이크를 더듬거렸다. 지팡이가 없어도 그는 두 다리로 잘만 서 있었다.

곧이어 달려온 경찰과 구급대원은 폭도가 되기 일보 직전의 군중들 한가운데에서 오른팔이 날아간 암살 미수범을 병원으로 후송해야만 했다.

* * *

암살 미수로부터 얼마 지나지 않은 1971년 10월 16일.

그는 침대에서 일어나지 않았다.

5장
양철 나무꾼

환송

　암살 미수 사건을 겪은 유진 킴은 연단에서 내려온 뒤, 즉각 호텔로 향해 사실상 연금되어야만 했다. 며칠간 호텔과 병원을 왕복하며 온갖 검진을 받았고, 건강에 문제가 없다는 판정을 받은 뒤엔 당연한 말이지만 사람을 샷건으로 갈긴 데 대한 법적 책임 문제를 감당해야만 했다.

　물론 당연하게도, 유진은 그런 문제에 대해 고민할 틈조차 없었다. 그가 병실에 누워 도로시에게 연신 투덜거리는 사이 FBI는 앨리스가 지휘하는 샌-프랑코의 법률가 군단과 맞닥뜨려 끝없는 스무고개를 해야만 했으니.

　한편 심장에 안 좋다는 이유로 TV는 물론 라디오 청취마저 금지당해 잔뜩 골이 오른 유진은, 며칠 뒤 반가운지 아닌지 본인조차 긴가민가한 손님을 만나게 되었다.

　"그, 아직 안 죽고 살아 계셨소?"

　"그, 아직도 은퇴 안 했소? 사람이 해먹을 만큼 해먹었으면 좀 집에 가야지."

　"이 나라를 빨갱이들의 손에서 지키려면 나 같은 사람이 희생해야지."

　"혹시 나한테 암살범 보냈소?"

에드거 후버 종신 FBI 국장은 대원수의 말에 담긴 뼈를 느끼고는 정색했다.

"그러니까 빨갱이 놀음에 끼어드니 저런 놈팽이가 달려드는 것 아니오."

"빨갱이 놀음?"

"민권운동 말이오. 그게 다 빨갱이들이 이 나라를 안에서……."

"내가 요즘 가는귀가 먹어서 그런데, 혹시 나한테 권총 들고 달려오던 애새끼가 뭐라고 고함쳤는지 다시 한번 말씀해주시겠소?"

"…그건."

천하의 후버라 한들 유진 앞에서 구태여 '아시안은 중국으로 돌아가!'라고 말할 깡은 없었다. 유진이 그를 쏴 죽여버리든, 홧병이 오른 유진이 깩하고 죽어버리든 아무튼 후버 그 자신 또한 엿되는 것 아니겠나.

결국 후버의 입이 조개껍데기 저리 가라 할 만큼 꽉 다물어졌고, 흥이 오른 유진은 신나게 나불댔다.

"돌아가라고 하지 않았던가? 흠, 역시 내 평생을 다한 헌신이 보답받으려면 비상한 수단을 좀 동원해야만 하는 게 아닌가……."

"내가 사소한 말실수를 한 듯한데 사과하리다. 그리고 그놈은 미치광이요. 제정신 박힌 놈이 아니다 그 말이오."

"그야 제정신인 놈일 리가 없겠지."

"그는 정신이상자요. 의학적인 용어로."

유진은 잠시 고민했고, 그 틈을 타 후버가 파일 하나를 내밀었다.

"당신을 중국으로 돌려보내면 무하마드 알리가 회개해서 하나님의 품으로 돌아온다는 계시를 받았다더군."

"알리? 그, 권투 선수? 나비처럼 날아서 벌처럼?"

침대에 누운 채 상체만 세우고 이리저리 복싱 자세를 취하는 노인네를 보고도 후버는 나직이 고개만 가볍게 끄덕였다.

"아잇, 씨발. 이건 또 무슨 뽀삐 부랄 따는… 도대체 누가?"

"성령이 자기한테 속삭인다는군. FBI와 샌-프랑코가 그 말씀을 훔쳐 들으려고 자기 귀에 도청장치를 달았다는데. 아무튼 핵심은 그 친구의 변호사가 '살해 의도가 없었다.'라고 아가릴 털기 시작했단 사실이오. 미칠 노릇이지."

산 넘어 산. 유진은 어이가 없는지 머리를 감싸 쥐었다. 빵에 가기 싫어서 헛소리하는 게 아니라면 그야말로 그림 같은 정신질환자 아닌가.

"그래서, 나는 언제까지 여기 붙잡아 두려고?"

"바로 그 말을 하려고 여기 왔소. 집으로 돌아가서 적당히 서면 조사나 받고 그, 감자나 마음껏 기르시구려. 부탁이니 제발 말년에 이런 험한 곳에 나오다 총에 맞진 말고."

"감자는 나중에 한 포대 보내주리다. 그리고 미안하지만, 나는 죽을 때까지 이러고 살 생각이오. 우리 종신-국장 나리께서도 이제 그만 이 친구들이 빨갱이가 아니라 사람이란 사실을 좀 받아들이면 어떻겠소?"

"…하여간 남 속 긁는 재미로 사는 인간 아니랄까봐. 푹 쉬시오."

후버가 한숨을 푹 내쉬며 병실을 빠져나가는 모습을 지켜보며, 유진은 문득 오랜만에 담배가 그립다는 느낌을 받았다.

* * *

유진 킴의 연금 상태는 끝났다. 하지만 법의 굴레에서 풀리자마자 그는 곧장 자식들에게 보쌈을 당해 캘리포니아 저택으로 배송당해야만 했다.

"아니. 마당에 내놓은 화분에 물 줘야 하는데……."

"시끄러워, 이 화상아!"

"제가 전화해서 아주머니한테 말해 놓을 테니까 일단 가요. 아빠, 모르겠어요? 죽을 뻔했다고요!"

"헨리야. 아빠 아직 귀 안 먹었다. 그러니까 목소리 좀."

"아빠! 아빠아아. 흐어어엉―"

"막내 운다! 막내 좀 달래봐라!!"

개인 소유 비행기에서 김가 식구들이 우르르 내리고 가장 마지막에 휠체어에 탄 유진이 내릴 시간. 악착같이 소문을 차단했음에도 불구하고 기자들이 개떼처럼 모여 있다니. 이래서야 플랜 B로 갈 수밖에 없잖은가.

그는 재빨리 기력을 모두 잃고 실의 가득한 표정을 얼굴 가득 머금었다. 누가 봐도 크나큰 정신적 충격을 받아 얼이 빠진 노인 그 자체였다.

"킴 장군님, 이번 사건에 대해 어떻게 생각하십니까?"

"실로 안타까운 일이라고 생각합니다."

"범인은 킴 장군이 공산주의에 심취했다고 주장하던데……."

"죽은 스탈린이 들었다면 웃다가 두 번째로 숨이 넘어갔겠군요. 어쩌면 스탈린이 성령이 되어 그에게 계시를 전했을지도 모르겠습니다."

"건강엔 이상이 없으십니까?"

"보시다시피 앉은뱅이의 정령 루즈벨트가 절 가호하고 있으니 쉽게 죽진 않을 듯합니다. 오래 사니까 별꼴을 다 당하는군요."

피해자 코스프레. 결과적으로 보면 미친 청년은 팔 한 짝이 날아가 병실에서 죽을랑말랑 하고, 유진은 딱총나무 지팡이로 아브라카다브라(물리)를 하지 않았는가. 여리여리 착하던 유진 킴의 이미지에 갑자기 화약 냄새가 배면 이게 얼마나 어마어마한 국가적, 세계적 손실이겠는가?

저택에 도착한 그는 그날부로 침대에 얌전히 짱박혔고, 두둑한 떡값을 챙긴 기자들은 열심히 기사를 써갈기기 시작했다.

[킴 대원수의 절박한 심경 토로!]

[평생 조국을 위해 헌신한 이는 어떻게 배신당했는가.]

[우리 사회에 만연한 암살과 폭력… 이대로 괜찮은가?]

기사들을 보며 낄낄댄 것도 잠시. 꾀병을 위해 침대에 드러누웠던 유진은 얼마 지나지 않아 정말 일어나지 못하게 되었다.

                                    * * *

1971년 10월 16일.

"때가 온 것 같아."

"무슨 때?"

"아무래도, 나는 여기까지인 것 같아."

아침에 눈을 뜬 도로시는 늘 그렇듯 또 몹쓸 농담인 줄 알고 웃어넘기려 했지만, 그의 남편은 그 어느 때보다 진지한 모습이었다.

"…의사 부를까?"

"아니. 몸이, 잘, 말을 안 듣는 게. 그냥 느껴져. 왜인지는 모르겠는데… 이제 정말 내게 남은 시간이 얼마 남지 않았다는 확신이 들고 있어. 애들 좀 불러줘."

"잠깐. 잠깐 기다려. 아주머니! 아주머니!!"

도로시는 무시무시할 만큼의 침착함으로 가정부를 부르고, 저택에서 자고 있던 아이들을 모았다.

"유신이도 불러주고, 또."

"이미 불렀어. 누구 더 불러? 의사, 의사."

"아니. 됐어. 정치인이니 기자니… 가족이면 됐지. 방해받고 싶지 않아."

불행 중 다행으로 최근 며칠간 유진의 자녀들은 모두 저택에 모여 있는 상태였고, 몇 분 지나지 않아 유신이 사색이 된 채 달려왔다.

"형, 대체 무슨 소리야?"

"나는 여기까진가보다. 유인이랑 어머니 좀 잘 부탁한다."

"형. 어머니보다 먼저 가면 안 되지. 충격받고 쓰러지면 어떡해? 응? 장난이면 대성공이니까 헛소리 때려치우고……."

"미안하다. 어머니껜 비밀로 해도 좋아."

"그게 가능하면 했지. 이 멍청한 인간아."

천하의 유진 킴이 죽었다는 소식을 도대체 어떻게 다 차단한단 말인가. 유신은 이를 악문 채 조용히 뒤로 물러났고, 그러자 유진의 자식들이 기다렸다는 듯 침대에 달라붙었다.

"아빠. 지금이라도 안 늦었으니까 의사 불러요. 그냥 요즘 일이 하도 많아서 기력이 쇠해진 거라니까요?"

"내가 어디 보통 사람이니? 나같이 비범하고 잘난 놈은 다 죽을 때도 어련히 눈치채는 법이란다."

그는 고개를 돌리려 잠시 힘을 줬지만 이내 포기하고, 눈만 조용히 돌려 자식들을 보았다.

"내가 심심하면 위스키로 병나발을 불어대고 하루에 담배를 다섯 갑씩 피워댔더니 명을 깎아먹은 것 같구나. 너희는 아빠처럼 몸 막 굴리지 말고, 항상 건강하게 살아야 한다."

"…네."

"가족끼리 싸우지 마라. 이 남의 땅에서 결국 손잡을 수 있는 건 가족뿐이니까. 아니, 싸우는 건 상관없지만 싸울 땐 싸우더라도 뒤끝만 남겨두지 말거라. 절대 남보다 못한 원수가 되는 일만큼은 피해야 한다. 나를 연개소문으로 만들진 말거라."

유진은 잠시 눈을 지그시 감고 무언가를 생각하더니, 다시 입을 열었다.

"다른 유색인종을 멸시해선 안 된다. 우리는 그들과 손잡은 상태에서만 힘을 얻을 수 있다. 한국의 동포들, 그리고 아시아인들의 존중과 애정을 지킬 수 있도록 노력하고 그들과 미국 사이의 가교로 자리매김한다면 집안을 말아먹는 일이 있더라도 최소 한 번쯤은 다시 일어날 수 있을 게다."

"아버지……."

"하고 싶은 말은 많지만, 시간이 없구나. 다들 미안하고……."

그는 달달 떨리는 오른팔을 뻗어 천천히 아이들의 머리를 쓰다듬은 후, 도로시의 손을 꽉 붙들었다.

"사랑한다."

"당신, 당신!"

"아빠!"

모든 말을 마친 뒤, 마치 이 말만은 남기고 싶었다는 듯 그는 곧장 숨이 멎고 말았다.

기나긴 생애였다.

* * *

이상이 유진 킴의 사망에 대한 공식 발표, 그리고 저 유명한 《김유진 평전》에 적힌 내용이지만 김가의 자식들 사이에서 구전으로 전해지는 이야기는 이와는 살짝 다르다.

"…이상하다."

"뭐가?"

"아니, 진짜 죽을 때가 된 것 같았는데……?"

폼나게 '사랑한다.'까지 했음에도 숨이 멈추질 않았다. 이래서야 굉장히 구질구질해지지 않나. 유진은 슬슬 자신의 사망 원인이 수치사(死)가 되는 건 아닐지 고민하기 시작했다.

"어."

"음?"

"일어나지네?"

"…휴. 별일 아니었나보네."

"아씨, 사람 간 떨어지게 하고 있어."

"솔직히 말해봐요, 아빠. 우리 놀리려고 그런 거였죠?"

무수히 쏟아지는 비난의 화살에 유진은 입을 삐죽거리며 몸을 일으켰다. 아까 틀림없이 꿈쩍도 안 할 땐 아 죽는구나 싶었는데, 이게 뭔가.

"티비 좀 틀어봐. 야구 좀 보자."

"방금 전까지 죽는다고 난리를 쳤으면서 야구를 보겠다고? 심장에 안 좋지 않아?"

"반대야. 야구를 안 보니까 몸 상태가 안 좋아진 거라고. 독일, 일본, 소련을 수술한 이 전문의 유진 킴의 소견으로는 여기서 처방은 딱 세 글자. M, L, B지. 음, 그렇고말고."

유신은 싸늘하게 식은 눈으로 소파에 앉아 담배를 피우기 시작했고, 헨리는 샌드위치라도 만들어 오겠다며 밖으로 나갔다.

"네 남편 빠따 치는 거 좀 보자."

"언제까지 사위라고 안 하고 '네 남편'이라고 할 거예요?"

"나는 그 빠따쟁이 사위로 인정 못 한다! 남의 딸내미 귀한 줄 모르고……."

"내가 꼬셨어! 내가 꼬셨다고! 내가 그 인간 근처 맴도는 날파리 털어낸다고 얼마나 노력했는데!"

셜리의 투덜거림을 한 귀로 듣고 한 귀로 흘리며 유진은 월드 시리즈 경기, 볼티모어와 샌프란시스코의 대결을 눈이 빠지라 지켜보기 시작했다.

―월드 시리즈 400번째 경기인 오늘, 볼티모어 메모리얼 스타디움에서 맞이하는 월드 시리즈 6회전도 벌써 마지막, 9회입니다.

―샌프란시스코 자이언츠. 1사 만루. 역전의 기회 잡았습니다. 이번 경기에서 패하면 월드 시리즈 우승 바로 직전에 고배를 마시는 만큼, 여기서 점수를 크게 따내 달아나야 합니다. 경기는 볼티모어 쪽으로 기울고……!

―타석의 중압감이 엄청나 보입니다.

"앨리. 네 사위는 언제 아프간에서 돌아온다냐."

"그러게요."

그리고 그 순간.

―따아악!!

—아, 아아아!

　—이게 뭡니까! 아아아아!

　—병살, 병살입니다! 볼티모어의 우승이 확정되는 순간입니다!!

　"카아아악!!"

　"아빠? 아빠?!"

　"형!!"

　"개좆같은, 자이언츠, 시발, 자이언츠 이름 단 새끼들은 다 병신인 걸, 언제쯤, 끄아아악……."

　"의사 불러!! 당장!!!"

　잠시 후 허겁지겁 달려온 주치의는 침통한 표정으로 유진 킴이 사망했음을 선고해야만 했다. 다행히 도로시가 의사가 오기 전 티비를 껐기 때문에 대원수의 사망 원인은 노환과 과로, 그리고 암살 미수의 극심한 스트레스로 결론 날 수 있었다.

　당연한 말이지만, 이 일화를 진심으로 믿는 김가 사람들은 없었다.

　믿거나 말거나.

이 새끼 웃는데요

김유진 대원수, 사망.

한 시대의 끝을 알리는 듯한 사망 소식은 매스미디어의 도움을 받아 전 세계로, 서울로, 동경으로, 모스크바로 퍼져나갔다. 세상사가 항상 그러하 듯, 거대한 파도가 퍼져 쓰나미처럼 몰아닥치는데 아무런 일이 없지 않을 수는 없었다.

가장 먼저 미국이었다.

—어제저녁, 유진 킴 장군이 세상을 떠났습니다.

—두 번의 세계대전에서 활약한 전쟁영웅이자 전직 국무장관인 유진 킴 이 영면에 들었습니다. 케네디 대통령은 즉시 조의를 표하며 이 위대한 군 인의 장례를 국장으로 치를 것을 주문했습니다. 대통령이 아니면서 국장을 치렀던 마지막 인물이 퍼싱 대원수였단 사실을 고려한다면…….

여기까지는 지극히 정상적이었다. 하지만 바로 다음부터가 문제.

"킴의 죽음과 얼마 전 암살 미수엔 관련이 있습니까?"

"모릅니다."

백악관은 당연히 모른다. 사실 그들이 수십 년 전 은퇴한 노인의 건강 문제에 대해 아는 게 훨씬 더 이상한 문제 아닌가? 하지만 사람들, 특히 콕 집어서 말하자면 특종에 미친 언론은 전혀 다르게 받아들였다.

"모른다니! 미국 최고의 영웅이 총에 맞을 뻔했는데 지금 모른다는 말이 나옵니까?"

"아니, 그는 우리 정부와 연관 없는 개인에 불과합니……."

"연관이 없다니! 킴이 없었다면 오늘날의 자유가 과연 우리에게 존재했겠습니까?"

"민주당 놈들이 유진 킴을 부정하고 있구만!"

"잠시 진정해 주십시오. 그는 분명 위대한 미국인이지만, 오래전 은퇴한 이입니다. 유족이 부검을 거부한 시점에서 정확한 사실을 규명하기엔……."

"뭐? 유진 킴을 부검하자고?"

"이 버르장머리없는 놈들!! 망인의 시신을 훼손하려 하다니, 너희 빌어처먹을 놈들에겐 역시 삼강행실의 신비를 알려줘야겠구나!!"

"세상에, 대강 국장이나 치르고 덮어버리려 하다니. 역시 음모가 도사리고 있는 게 틀림없어."

그냥 밋밋한 '백악관 조의를 표하다.' 헤드라인은 아무런 가치가 없다. 그러니 이들 기자들이 써갈기는 원고는 그야말로 뻔할 뻔 자.

[유진 킴, 암살 충격으로 사망!]

[한 발의 총성, 노장의 숨을 끊다.]

[위대한 영웅의 헌신은 어떻게 보답받았는가?]

['아시안은 집에 가라' 쏟아진 혐오의 총탄, 킴을 꿰뚫다.]

언론들은 누가 먼저라 할 것도 없이 최선을 다해 기사를 뿌려댔다. 이들이 그다음으로 달려간 곳은 당연히 캘리포니아.

"킴 여사님! 한 말씀 부탁드립니다!"

"…평생을 함께해 온 남편을 잃은 내게 무슨 말을 해달란 말입니까?"

"킴 장군은 어떻게 돌아가셨습니까? 부디!"

"그이는 마지막까지 괜찮다고 했지만, 누가 봐도 충격이 커 보였습니다. 나치도, 공산주의자도 아니고 지키기 위해 평생을 다 바친 미국인에게 습격을 당하다니 너무… 비참하잖아요, 이건."

2남 2녀를 훌륭히 키워낸 킴 여사가 소리 없이 흘리는 눈물 앞에서, 제 아무리 피라냐 같은 기자라 할지라도 더욱 거칠게 물어뜯지는 못했다. '울어서 어쩔 건데?'라고 생각하는 피도 눈물도 없는 가장 악랄한 기자가 없지는 않았지만, 그들은 김가 저택을 둘러싼 채 눈을 희번덕거리는 군중들을 보고 살아서 이곳을 빠져나가고 싶다는 생존 욕구에 굴복해야만 했다.

그리고 기사가 뿌려지면서.

"미친 딕시들이 미국의 영웅을 죽였다!"

"징집도 회피한 새파란 애송이가 대원수를 살해하다니, 이게 말이 되는 이야기입니까?"

"죽여! 전부 죽여!"

"핫하! 불태워라!!"

미국 각지가 순식간에 폭동으로 불타오르기 시작했다.

이 혼란은 킹 목사를 위시한 이들이 나서 자제를 호소하고, 다급히 다시금 유족들이 '유진 킴은 자신이 지킨 나라가 이리 분열되는 모습을 결코 바라지 않았을 것.'이라는 내용의 인터뷰를 한 이후 진정되었고, 시련과 고통을 겪은 케네디 행정부는 성대하게 국장을 거행했다.

"…이 거인의 마지막 길을 애도하며, 우리는 다시 한번 우리의 고결한 가치를 되새기게 됩니다. 지치고 가난한, 자유를 갈망하는 이들. 이들이 미국의 기치에 왔었기에 우리는 고인과 같은 위대한 인물들을 품을 수 있었습니다. 앞으로 미합중국은, 그 어떠한 경우에도 피부색이 차별의 근거가 되지 못할 것입니다. 모두가 시민으로서의 권리를 훼손당하지 않는 나라야말로……."

케네디 형제의 숙원사업 중 하나였던 민권(民權)법. 민주당 내에서 가장 진보적이었던 이들은 '공화당에게 진보적 아젠다를 내주면 딕시들과 함께 가라앉을 뿐'이라고 강력히 주장하는 세력에 속했다. JFK는 형의 죽음을 계기로 이미 집권 초 민권법을 통과시켰었지만, 대원수의 죽음은 다시 한번 더욱 강력한 민권법 개정안을 통과시킬 원동력이 되었다.

"아무리 민권법이 중하다지만 깜둥이들에게 대체 어디까지 권리를 허용할 셈이냐?"

"아잇, 씨발. 니들이 주의 권리랍시고 꼴리는 대로 하게 냅둔 결과가 6성 장군이 총 맞고 죽는 꼬락서니인데 아직도 불만입니까 휴먼? 너 간첩이지?"

"킴은 암살이 아닌데……."

여기까진 좋았다. 당장 내전이라도 터질 것만 같던 유색인종들은 그들의 권리 신장을 위해 노년기를 모조리 불태운 대원수를 추모하기 위해 삼삼오오 거리에서 Je-Sa를 지냈다. 붉으락푸르락해져 '이 나라를 좀먹는 남부 놈들을 모두 전차로 뭉개버려야 합니다!'라며 길길이 날뛰던 군부 또한 간신히 진정시킬 수 있었다.

하지만 그들이 생각한 것보다도 유진 킴이란 거인의 영향력은 훨씬 광대하게 뻗어 있었으니.

"양키 고 홈!"

"미국은 아시아에서 물러나라!"

"미국인들이 이토록 비열하고 무도하기 짝이 없습니다. 어떻게 자신들의 나라를 위해 평생 공헌한 사람을 백주대낮에 쏴 죽일 수가 있단 말입니까?"

"당장 정부는 장군님의 유해를 송환받아야 합니다!"

케네디 행정부가 간신히 숨돌릴 때쯤, 아시아가 화끈하게 불타오르기 시작했다. 아직 세계구급 방송이 드물고, 정보의 전파 속도가 21세기에 비하면 훨씬 뒤떨어지던 시기. 유진 킴 암살 미수 소식은 약간의 텀을 거쳐 아시아에 당도했다.

"킴 장군님이 광인에게 습격당했다지만 생명엔 지장이 없다는군."

"정신 나간 놈들은 어쩔 수 없지. 이건 천재지변 아닌가."

"아무리 그래도 장군님께서 어떤 분인데 제대로 된 경호 하나 없었다고? 에잉……."

처음 동양 대중들이 접한 보도는 어디까지나 단신, 그것도 외교 관계 악화를 우려한 여러 사람들의 개입으로 굉장히 심플하게 다듬어진 보도였다.

하지만 열흘도 채 지나지 않아 부고가 떴다.

"아이고오오오!!"

"장군님이 이리 가실 리가 없습니다. 장군님은 천년만년 대한을 보살펴 주셔야 합니다!"

"코쟁이들 땅에서 김치도 제대로 못 드시고 제삿밥도 못 얻어드실 텐데 이를 어쩝니까."

그리고 당연하게도, 소문은 점차 와전되었다. 해외 특파원들은 최선을 다해 현지의 기사를 베꼈고, 당연한 시장 원리에 따라 가장 자극적이고 매운맛 강렬한 기사들이 태평양 건너 동양 삼국에 퍼져나갔다.

어느새 김유진이 사악한 백인우월주의자의 총에 맞아 연단 위에서 살해당했다는 이야기가 떠돌았고, 미국 정부가 그의 암살을 방조했다거나 혹은 배후에 케네디가 있다는 낭설이 퍼져나갔다.

"대원수님의 죽음은 실로 애통한 일이지만, 유언비어에 속아넘어가 사회의 안정을 해치는 일은 결코 용납되어서는 안 됩니다. 호시탐탐 중공 괴뢰도당들이 대한을 적화시키기 위해 흉계를 꾸미는 오늘날……."

"박정희 정부도 한패다!"

"정부가 장군님을 팔아넘겼다! 대통령이 한패다!!"

한국 정부는 늘 그랬듯 이러한 유언비어와 괴담을 엄히 단속하고 불만분자를 때려잡으려 했지만, 이번에는 달랐다.

"조니 팍은 장군님의 은혜에 힘입어 입신양명할 수 있었음에도 불구하고 어찌 눈치 보기에 급급한가! 네놈이 그러고도 정녕 대한의 장부라 할 수 있겠느냐!"

"미국에 진상규명을 요구하고 그 시신을 인도받지는 못할망정 옳은 말을 하는 이들을 탄압하다니!"

"케네디가 박정희의 아들을 후히 쓰는 대가로 이번 암살극에서 한국 민심의 단속을 요구했다더라!"

한국뿐만이 아니었다. 이미 군벌들과 한차례 푸닥거리를 하며 자신이 그나마 선녀라는 사실을 입증한 장개석을 제외하고, 권위주의와 애국심, 반공주의 등으로 지탱해 온 한국과 일본은 나이더스 커널 깨지듯 동시에 기점으로 누적된 국민들의 분노를 감당해야만 했다.

물론 오보는 정정되었지만, 이미 오보는 더 이상 중요하지 않았다. 유럽과 아시아에서 일제히 기성세대, 구체제의 억압에 반발하는 거대한 외침이 터져나오면서, 역사는 다시 한번 진보를 향해…….

* * *

·

·

·

* * *

삐이이이!

약품 냄새가 은은히 배어 있는 병실 한쪽, 기계가 요란하게 비프음을 내뱉었다.

"무슨 일이야?"

"아, 죄송해요. 환자 손가락에서 측정기 빠졌나봐요."

"그래? 얼른 다시 끼워."

선임의 차가운 말에 신참 간호사는 얼른 다가가 의식을 잃은 환자의 손가락에 산소포화도 측정기를 다시 매달았다.

"저, 선배님."

"왜?"

"환자분, 웃고 있는데요?"

"환자는 웃으면 안 돼? 냅둬. 대원수 된 꿈이라도 꾸나보지."

군복 벗고 집에 갈 일만 남은 사람이 차에 치였으니 얼마나 억울하겠나. 아니지, 제대한다고 생각하니 무의식중에도 웃음이 나온 건가.

그 순간, 누워 있던 환자가 번쩍 하고 눈을 떴다.

"윽, 윽, 머리. 머리가……."

"괜찮으세요? 눈에 인공 눈물 좀 넣어드릴게요. 잠깐 눈 감고 계세요. 어디 불편한 곳 없으시고요?"

"나, 나, 나는, 죽었는, 데. 여긴 어딥니, 까?"

환자는 다 갈라진 목소리로 몇 마디를 토했고, 간호사 한 명이 가볍게 입을 축일 만큼 소량의 물을 주었다.

"지금 누가 당직이지? 당직의 호출해. 환자분, 여기는 수도통합병원이에요. 환자분 본인 성함 기억나세요?"

"내, 이름……."

"환자분께선 어린아이를 구하려다 차에 치이셨어요. 사흘 만에 지금 의식을 차리셨구요."

환자는 잠시 눈만 끔뻑끔뻑거리며 병실 이곳저곳을 두리번거리더니, 더듬거리며 다시 입을 열었다.

"내 이름이, 뭐였죠?"

"기억이 안 나세요?"

"내 이름이 뭡니까."

"김조윤 대위… 어맛!!"

환자는 한쪽 다리를 절뚝거리면서도 링거 스탠드를 지팡이 삼아 자리에서 벌떡 일어나 밖으로 빠져나갔다.

"환자분, 환자분?!"

"아씨발꿈이라고? 80년 가까운 인생이 싹 다 꿈이었다고?? 아무리 2회차가 말이 안 돼도 그렇지 아씨발꿈은 어디 말이 되는 스토리야? 그딴 건 소설로 팔아도 돌 맞아 죽어!"

다리 부러진 사람이라곤 도무지 믿기 어려운 속도로 바깥으로 뛰쳐나간 그. 간호사는 다급히 시큐리티를 호출했지만, 이미 눈이 돌아간 환자는 저 멀리 휘적휘적 걸어나가고 있었다.

한편 환자의 머릿속은 터질 것만 같았다.

"이게 말이 돼? 지금 이게 말이야 당나귀야? 내일모레 팔순이던 김유진 인생이 전부 모르핀 맞고 꾼 뽕쟁이 망상이라고? 이 빌어먹을, 그러면 도대체, 내가 뭘 먼저……."

돌아버릴 것만 같다.

그 모든 것들이 이토록 생생한데.

그 무수한 시련이, 그 무수한 기쁨이, 칼날 위를 걸으면서도 함께했기에 소중했던 그 모든 순간이 바로 엊그제 일처럼 선명한데.

바로 그 순간 남자의 눈에 낯설지만 낯익은 무언가가 보였다.

환자복을 입은 이들이 돌아다니는 작은 공원 한가운데, 우뚝 솟아 있는 거대한 동상. 위엄에 찬 모습으로 부상당한 병사들을 내려다보는 거인.

'장관님, 어떻습니까! 이제 이범석 의원이라고 불러주시죠!'

'저건 대체… 뭡니까?'

'보시다시피 장군님 동상입니다!'

마치 귓전에 울리는 듯한 목소리.

남자는 입을 꽉 깨물고 다리에서부터 올라오는 통증을 버텨내며, 거대한 동상 바로 아래로 다가갔다.

[대한 겨레의 국부 김유진 대원수께서 사재를 출연하여
본 수도통합병원을 설립함.]

"하, 하하."

웃음이 흘러나왔다.

그리고 어느 순간 폭발 같은 환희가 터져나왔다.

"하하하! 하하하하하!! 그래야지!! 이게 맞지! 보고 있나, 짝불랄! 내 헌신에 대한 보답 좀 봐라! 존나게 화끈하잖아! 흐하하하하!! 알겠냐!! 크헤헤헤! 크헤헤헤헤!"

시큐리티가 달려와 그를 붙잡을 때까지, 남자는 눈물을 줄줄 흘리며 웃고 또 웃었다.

집에 가는 길

　─저는 아빠가 역겨워요.

　중고등학생쯤 되어 보이는 소년이 눈앞의 중년 남자를 향해 차갑게 말했다. 아우, 베일 것 같네. 베일 것 같아.

　─아빠는 대체 진실이 뭐예요? 내가 평생 아빠라고 생각한 사람의 진짜 이름이 프란츠 슈미트래요. 그럼 내 성은 이제 슈미트예요?

　─다 거짓말이다. 다 거짓말이야! 나는 프란츠 슈미트가 누군지도 모른다. 애야. 이 애비는 유대인이다. 히틀러에게 모질게 탄압받고 모두가 죽이려 날뛰던 그 유대인이란 말이다.

　중년인은 도살장의 소처럼, 당장이라도 펑펑 울 것 같은 맑은 눈으로 아이를 응시했다. 연기 진짜 잘하는구만.

　─모두가 히틀러와 손잡고 유대인을 가스실로 못 보내 안달이던 인간들이, 이젠 이 애비가 유대인 주제에 조금 잘나가니 음해하려고 온갖 구역질나는 이야기를 지어내는 것뿐이란다. 절대, 절대 아니야. 너희만큼은 제발 아빠를 믿어다오.

　─…알았어요. 저는 믿지 않아요.

하지만 얼마 뒤.

―거기서 살아남은 사람들이 전부 아빠가 그 사람 맞다고 하잖아요! 이제 더 이상 못 믿어요. 제발, 제발 부탁이에요.

중년 배우의 얼굴이 와락 일그러지는데, 그야말로 절절한 비통함이 묻어나왔다. 내가 내 아들한테 저런 소릴 들으면 억장이 무너질 만도 하지.

―어떻게 그동안 아무렇지도 않게 우릴 키우셨어요? 아빠가 죽인 사람들 중에 제 또래도 많았다면서요. 저를 품에 끌어안으면서 그 아이들이 눈에 떠오른 적은 없었어요?

―들어보렴. 부탁이다. 제발. 그 시대는 그랬다고. 그러니…….

―그 시대에도 아빠처럼 사람을 죽이고 다닌 사람은 얼마 없잖아요!! 어떻게! 어떻게 마지막까지 우리한테 그렇게 거짓말을!!

나는 잠시 영화가 흘러나오고 있는 티비에서 시선을 떼고 핸드폰으로 '프란츠 슈미트'를 검색했다. 시발, 세상이 바뀐 건 좋은데 내가 알지도 못하는 사람들이 사방에 널렸어. 프란츠는 또 뭐 하는 놈이냐고.

[인권운동가의 추악한 정체.]

['모허이의 어린 학살마'와 '유대인 인권운동가', 야누스의 두 얼굴.]

['모허이 학살마' 프란츠 슈미트 암살… 모사드 소행으로 추정, 이스라엘―아르헨티나 관계 '급냉각'.]

뭐지. 역겨워. 역사의 한 페이지를 차지할 만한 싸이코 아닌가. 찾아보니 정말 레전드가 따로 없네. 이런 새끼를 원 역사에서 듣지 못했다는 게 더 신기하다.

알베르트 괴링의 폭로로 존경받던 인권운동가에서 인간쓰레기로 순식간에 몰락한 프란츠 슈미트. 그는 가족이고 뭐고 다 내팽개친 채 남미로 도주했지만, 전설적인 나치 사냥꾼 아두이노 로렌초가 그를 법정에 보내기 위해 집요하게 추적을… 아, 이건 헐리우드 애들이 지어낸 거였군. 그렇지. 아두이노 로렌초가 찰스 폰지라는 건 감독의 창작이었구만. 내가 아는 그 폰지의 말년이라기엔 너무 다른데.

—이봐, 프란츠. 슈미트 씨와 네 매형이 안부 좀 전해달라는군.

—말해줬으면! 내 친부가 유대인이라고 말해줬으면!! 말해줬으면 입대 안 하고 얌전히 살았을 거 아냐!!! 당신들이 날 이렇게 만든 거야! 당신들이 내 인생을 처음부터 쓰레기통에 처넣은 거라고!!

—친위대원 중에서도 팔순 노인 쏴 죽이고 그 시체 옆에서 손녀 강간한 새끼는 너뿐이야, 이 미친놈아. 네놈에겐 아무래도… 동양의 삼강오륜이 좀 필요하겠어.

어째서 삼강오륜이라는 게 지팡이로 총을 쏴대는 게 된 거냐, 이 몰개성한 놈들아.

티비에서 배우들이 후끈후끈 열연하고 서라운드 스피커로 생생한 총성이 튀어나오는 동안, 나는 삐걱대는 고철 로봇처럼 천천히 핸드폰도 티비도 아닌 내 옆자리로 끼기긱끼긱 고개를 꺾었다. 그곳엔 한 나이 지긋하고 위엄 넘치는 남자가 대단히 심오한 표정으로… 사과를 깎고 있었다.

내가 꼭 가로수 은행나무에서 은행 열매라도 따다 먹은 것처럼 뭐 씹은 표정을 하고 있어서였을까, 사과 깎던 이는 잠시 나를 힐끗 바라보더니 다시 사과로 시선을 옮겼다. 양어깨에 각각 4개의 별을 늠름하게 붙이고 있는 이 중년 남자.

"요즘 MZ 세대들인가 그 친구들은 사과를 토끼 모양으로 깎는다며?"

"아니요."

MZ는 무슨 얼어죽을 MZ냐. 아니, 그보다 그 끔찍한 용어가 이 세계에도 돌아다니고 있다니.

"장군님."

"왜 갑자기 장군님이라고 하냐. 언제부터 니가 그랬다고 소름돋게시리. 군용차에 치이더니 갑자기 군인정신이라도 주입됐어? 효과 좋네. 신병교육대에 레토나 도입해야 하나."

가슴께에 적혀 있는 이름, [조 범 석] 석 자를 보니 참으로 내 기분이 미묘해졌다.

원래는 4스타가 아니라 3스타였다. 원래는 수통에서 사과를 깎는 대신 감방에 있어야 했다. 원래는.

나는 나도 모르게 중얼거리듯 말을 흘렸다.

"혹시 구국의 결단 같은 생각 해본 적… 악!"

"미친놈 아냐 이거. 나 군복 벗기고 싶어졌어? 응?"

솔직히 쫄았다. 과도 들고 있는 오른손으로 사람 머리 찍지 말란 말입니다. 그대로 푹푹 찔려서 3회차 인생 끝나는 줄 알았네!

"이래서 옛날 선현께서 검은머리 짐승 거두지 말라는 말을 하셨구나. 아이고오, 아이고. 세상 다 죽어가는 표정으로 살던 놈 내 새끼처럼 키워놨더니 이제 내 군복을 벗기려고 하네. 아이고오!"

"아니, 그, 제가 말하려던 그런 게… 읍읍!"

내가 막 뭐라고 해명하려던 찰나, 그는 과도 끄트머리로 사과 하나를 콕 찍어서는 내 입에 쑤셔 넣었다. 아씨, 군바리 아니랄까봐 거 큼직큼직하게도 썰었네.

"아무튼 너 당분간 여기서 푹 쉬고 있어라. 군대 팅커벨보다 더 독한 게 기레기 놈들이야. 괜히 그 뭐냐. SNS인가 뭔가에 글 싸재껴서 일 키우지 말고. 알았지?"

"예에."

죄송합니다만 저는 지금 제가 어떤 상황인지도 전혀 모르걸랑요. 혹시 좀 알려주시면 안 될까요?

"거, 황금씨족 김가의 자손도 더럽게 피곤하긴 피곤하구만. 사지 멀쩡하고 대가리도 안 다친 것 같으니 나는 가보마."

"아니, 잠깐. 벌써 가시려고요?"

"얘는 지금 뭔 소리냐. 내가 그렇게 한가한 것 같아?"

와서 티비 보고 사과나 깎으신 걸 보면 한가한 것 같은데요, 라는 말이 목구멍까지 끓었지만 유감스럽게도 나는 아직 이 바뀐 세상을 잘 모르겠다. 서로 이런 드립을 치고 살았는지 긴가민가하다구요.

그는 내 머리를 쓱 한번 손으로 쓰다듬고는 자리에서 일어났다. 기분이 참 묘했다. 나는 조 장군이 새로 사다 준 스마트폰을 매만지며 잠시 생각에 잠겼다. 유감스럽게도 기존 폰은 레토나에 깔아뭉개져서 유심칩이고 복구고 그딴 거 없이 즉사했다더라고. 샌-프랑코 브랜드 로고가 박힌 폰은 참으로 낯설었지만, 실실 흘러나오는 웃음은 어쩔 수 없었다.

* * *

오늘 오전 10시, '김유진 장군 바로 알리기 협회' 회원들과 '역사의 진실을 파헤치는 모임' 회원들이 대치한 채 이루어진 시위는 집단 난투극으로 막을 내렸습니다.

—김화숙('역진모' 사무처장): 김유진은 어디까지나 미국인에 불과합니다. 세상의 그 어떤 국가가 외국인을 국부로 떠받들면서 신성시합니까? 동발을 비롯해 김유진 신화를 원하는 사회 적폐 세력들을 모두 몰아내야 대한민국 사회가 보다 건전해질 수 있습니다.

—오지훈('김알협' 홍보처장): 옛날옛적부터 항상 입만 열면 사회 불순분자들이 김 장군님을 음해하는 첫 마디가 김 장군님이 외국인이라는 겁니다. 정말 그분이 외국인이었다면 대체 한국에 왜 그렇게 관심을 기울였겠습니까? 우리가 김유진이 한국인 맞냐 아니냐로 싸울 동안 일본이 호시탐탐 '킨유진은 자랑스러운 일본인'이라고 전 세계에 떠들어대고 있는데, 김씨 발음 하나 똑바로 못 하는 게다짝 새…….

딸깍.

삐슝빠슝— 오늘 〈성령TV〉에서는 김유진 장군님의 신앙에
대해 알아보도록 하겠습니다.
대체 김유진 장군님은 어떻게 독일군을 무너뜨릴 수 있었는
가? 정답은 바로 매일같이 성경을 읽으며 하나님의 말씀을
따랐기 때문인데요. 죽기 직전 유언으로 '내가 승리한 것은
오직 신앙심 때문이니, 너희도 지옥 가기 싫으면 모두 십일조
를 부지런히 납부해야 한다.'라고……

[점프]

실제로 김 장군님께서는 항상 소련 공산주의자들을 향해 '성
령이 내게 임했으니 어찌 너희 불신자들이 그분의 검을 피하
랴?'라고 일갈한 적이 있습니다.
김 장군님이 장관 시절 소련의 외무 장관이었던 몰로토프는
죽기 직전 '하나님 대신 레닌을 숭배했더니 그분께서 김유진
을 미국에 내려보내셨다.'라고 통탄했고, '꼼라드콜라' 창업
주로도 유명한 주코프 원수는 '스탈린이 그냥 신부를 했으면
신앙의 힘으로 전쟁에서 이겼을 것.'이라고…….

딸깍.

금일, NBS(Nippon Broadcasting System) 창사 특집 다큐멘터리에
서는 아시아의 대영웅이자 세계적으로도 그 명성을 떨친 킴
유진 장군의 새로운 면에 대해 다루고자 합니다.

킨 장군을 다른 군인들과 비교할 수 없는 특별한 인물로 만든 것은 바로 민주주의와 아시아주의에 대한 흔들리지 않는 신념, 그리고 지평선 너머 저 멀리 바라보는 탁월한 통찰력이라 할 수 있습니다.

우리는 이쯤에서 의문을 가질 수 있습니다. 킨 장군은 대체 어디서, 어떻게 이러한 능력을 배양할 수 있었던 걸까요?

―가네야마 유지로(前동양발전연구소장): 당시 아시아의 지식인 사이에서는 아시아주의가 폭넓은 공감을 얻고 있었습니다. 실제로 조선의 안중근이 이토를 쏜 것 또한 아시아주의를 내세웠던 일본제국이 그 모든 기대를 배신하고 서구 열강과 똑같은 침략 근성을 내보였기 때문입니다.

―하지만 킨 장군은 미국에서 출생한 인물 아닌가? 아시아주의와는 다소 거리가 있는 것 같습니다만.

―가네야마: 그렇지 않습니다. 킨 장군의 부친께서 바로 이러한 1세대 아시아주의자라고 할 수 있습니다.

죽헌 김상준. 연구에 따르면, 킨 장군의 일가는 일본과도 결코 멀리 떨어지지 않은 경상도에 있었으며, 이들 가문은 상공업의 진흥을 요구하다 임금에 의해 탄압당했다고 합니다. 이미 가문의 DNA에서부터 진취적이고 근대적인 정신이 흐르던 셈입니다.

젊은 나이에 가문을 물려받은 김상준은 일본을 통해 유입되는 서양 문물에 크게 감명받았고, 조속한 개혁과 개방을 요구하는 개화당이라는 조직에 투신했습니다. 비록 개화당은 수구파와 청나라에 의해 패배해 해산당했지만, 김상준은 조선 왕의 추적을 피해 미국으로 밀항하는 데 성공했습니다. 그는 이미 이때부터 일본에 대한 큰 호감을 품고 있었고, 나아가 킨 장군 또한…….

딸깍.

딸깍.

어지럽네, 시발.

다음 연관 동영상으로 〈유진 킴과 히틀러의 은밀한…〉 어쩌고가 뜨는 것을 보고 눈을 세척한 뒤 얼른 검색어 칸에 적힌 '김유진'을 지우고 '김조윤'을 써넣었다. 그러자 바로 기다렸다는 듯이 검색 포털에 내 얼굴이 뜨는 게 아닌가. 이제 보니 셀럽이셨네 나.

[김조윤

1992년생.

대한민국 육군 대위.

김유진의 현손이자 김현리의 증손.]

그리고 그 아래엔 내가 애를 구하려다가 대신 차에 치였다는 기사가 빼곡하니 떴고, 한참 더 열심히 액정을 밀어 재꼈더니 [김씨 일가의 참극.]이라는 이름으로 내 부모님이 돌아가셨지만 천우신조라 외아들 김조윤이 살아남았단 기사가 있었다. 적어도 번개탄 엔딩은 아니었으니 불행 중 다행인가.

멍하니 떠오르지도 않는 부모님과의 기억을 되새기려 용쓰길 잠시. 나는 얼른 폰을 다시 부여잡고… 은행 앱을 켰다. 딴 거보다 이거 먼저 좀 확인했어야 했어.

"캬아."

음. 내 헌신 페이백 정말 확실하구만. 헨리가 이상한 짓 하다가 꼬라박지는 않은 모양이네.

찍혀 있는 현금 자릿수만 봐도 척추에서부터 찌르르 하는 느낌이 샘솟고, 증권이나 다른 금융 앱을 눌러보니 그 현금은 아무것도 아니라는 결론이 도출되었다. 세상에, 이렇게 행복할 수가. 내가 평생 놀고먹어도 아무 문제가 없다는 결론에 도달하자, 남는 건 당연히 '도대체 김유진이 죽은 후 세상이 뭐 어떻게 바뀌었는가?'라는 행복한 고민뿐.

며칠 뒤 나는 목발을 짚은 채 허겁지겁 퇴원했다.

대원수고 나발이고 짬밥은 끔찍했다. 시발, 조 장군님. 폰도 좋지만 사복을 좀 사주셨어야죠.

에필로그 1

전역한 직후, 나는 빡빡머리를 감출 모자 하나를 뒤집어쓴 채 곧장 해외로 출국했다. 단순히 생각한다면 가장 먼저 가야 할 곳은 당연히 샌프란시스코나 캔자스겠지만, 막상 티케팅을 하려는 순간 나도 모르게 파리 샤를드골 공항으로 향하는 편도 티켓을 끊게 되었다.

그리고 내 발걸음이 향하는 대로 내버려 두니, 어느새 나는 아미앵에 도착해 있었다.

"…하."

두 번의 대전쟁에서 나와 지긋지긋한 연을 맺었던 곳. 그곳은 놀랍도록 발전해 있었고, 내가 기억하던 전쟁의 참극은 어디에도 보이지 않았다. 1918년, 나와 93사단이 사령부를 설치했던 바로 그 언덕에 도착했음에도 전쟁이 할퀴고 간 흔적은 보이지도 않았다. 곳곳엔 풀이 우거져 있고, 비바람을 쐰 위령비만이 나를 기다리고 있을 뿐.

"초상화 하나 그리겠소?"

그때, 모자를 푹 눌러쓴 화가 한 명이 불쑥 나를 향해 물어봤다. 아니, 왜 한국말을 하세요. 두유노김치도 아니고 이렇게 정확한 한국어를 구사하면 또 약해지는데.

"괜찮습니다."

"돈 안 받을 테니 그냥 앉으시오. 금방 그려줄 테니."

앗. 무료라면 어쩔 수 없지. 나는 잘생긴 피사체를 그리고 싶다는 예술혼으로 불타는 이 화가가 더 이상 무안해하지 않도록 얼른 의자에 대강 걸터앉았고, 그는 내가 앉는 모습을 지켜본 뒤 느긋하게 이젤을 세팅하기 시작했다.

"이곳엔 왜 왔소?"

"그냥, 관광입니다."

"이 촌구석에?"

"나름대로 의미가 있는 땅이라서요."

"그렇지. 그럼그럼. 의미 있고말고."

화가는 거침없이 팔레트에 담긴 갈색과 검은색 물감을 붓에 가득 묻혔고, 마치 도화지가 부모의 원수라도 되는 것처럼 혼신의 힘을 다해 물감을 칠해나갔다.

"나는 초상화는 도무지 손에 익지 않아 풍경화를 주로 그렸지만, 어쩐지 귀하는 그릴 수 있을 것 같더군."

화가의 붓질이 멈췄다. 그는 천천히 고개를 들어, 이젤 너머에 있는 나를 응시했다.

"이번 생에도 미대에는 합격하지 못했소. 이만하면 3차대전을 일으켜도 괜찮겠지, 위버멘쉬여?"

* * *

"우아아아아아아악!! 갸아아아악!! 키아악!!"

씨발. 씨바알!!

어찌나 깜짝 놀랐는지 다리 근육이 확 오므라들면서 쥐가 나버렸다. 침대에서 벌떡 일어난 나는 외발도깨비의 자세를 취한 채 팔짝팔짝 한쪽 다리로 점프해 더듬더듬 냉장고로 다가가 곧장 냉수를 벌컥벌컥 들이켰다.

오메, 등 축축한 것 좀 보소. 그 어떤 공포영화보다도 더 무서웠다, 와, 히틀러! 네가 여기서 왜 나와? 끔찍한 시간을 경험하고 싶냐? 와!

당연한 말이지만, 히틀러가 지옥을 탈출해 이승으로 돌아올 일은 없다. 그놈은 지금도 피부 미용과 정신개조에 특효인 뜨끈뜨끈 유황불 온천욕을 즐기고 있을 게 뻔하잖은가. 유황불은 딱 봐도 시뻘거니까 당연히 그런 곳에서 사는 지옥의 악마들도 빨갱이임이 틀림없다. 지옥―볼셰비키가 가득한 그곳이야말로 시클그루버 씨에겐 진정 지옥이리라…….

엄지발가락으로 컴퓨터 본체 버튼을 툭 건드리자 기다렸다는 듯 PC가 부팅된다. 아니, 80년 만에 타자기 말고 키보드를 만지니까 막 눈물이 나더라니까? 게다가 당연한 건지 우연인지는 모르겠지만 레토나에 치이기 전 김조윤 씨가 열심히 직박구리 폴더에 모아 놓은 미디어 자료의 취향은 참으로 격조 있고 고아하기 그지없었다. 역시 나야. 대단해.

하지만 지금은 이 새로운 세상의 훌륭한 미디어 컨텐츠를 즐기는 것보다 먼저 해야 할 일이 있었다. 꿈에서 나온 것처럼 대뜸 해외로 출국할 수 있을 리가 없잖아. 끽해봐야 뉴스와 라디오, 티비가 전부고 그 이상은 CIA 비밀 문건이라도 뒤져봐야 정보를 입수하던 시절과는 달리, 이 빛나는 21세기는 인터넷이란 신묘한 힘이 있다. 내 족보를 찾는 것도 몇 분간의 클릭이면 뚝딱이고 얼마나 좋아.

유진 킴의 장남, 헨리 드와이트 킴. 그 헨리 킴의 장남, 유진 킴 주니어. 이 유진 킴 주니어가 다시 또 3남 2녀를 두었는데, 그중 삼남이 바로 내 부친 되시겠다.

내가 죽은 뒤 유신이와 유인이, 그리고 헨리는 집안을 새롭게 개편했다.

[자식 놈들에게 재산은 나눠주겠다.]

[대신 집안에서의 힘을 원한다면… 군대 가라.]

그 결과 미군에서 복무하던 아버지가 한국으로 건너왔고, 결혼하고 어어 하다가 말뚝을 박으셨다고 한다. 무슨 김가의 영향력 강화네, 김유인계를 배제하려는 김유진계의 음모네… 이런 어이없는 이야긴 일단 넘어가자.

아무튼 원래 역사의 내 부모님은 다단계 사기에 걸려서 번개탄을 피웠지만, 이 바뀐 세상의 부모님은 헬기 추락 사고로 돌아가셨다. 돌아가신 건 어쩔 수 없다만 그래도 개인용 헬기를 타고 돌아다니던 우아한 삶이었으니 원 역사보단 좀 더 행복하지 않았을까, 라고 생각할 따름이다.

그 뒤 우리 김조윤 씨는 무슨 생각에서인지 미국으로 돌아가 삼촌들에게 얹혀사는 대신 그냥 여기 남았고, 얼마 뒤엔 조 장군이 후견인이 된 모양인데… 틀림없이 '내' 행적이지만 나는 이해가 잘 안 된다. 왜지?

하지만 내 부지런한 검색과 인터넷 서핑은 갑작스러운 암초를 만나 좌초되고 말았는데.

[소련 ―신(新)소련 협력 관계 강화 선언.]

[PATO 긴급 총회 소집.]

[방산 테마주 일제 급등? 합리적 투자 필요한 시점.]

아니, 시발롬들아. 도대체 무슨 짓을 하면 소련이 하나도 아니고 2개로 증식을 하냐고? 응?

* * *

1970년대, 자유민주 국가들이 대대적인 혁명의 열기로 불타오르고 있을 때 이슬람 세계 또한 같이 불타올랐습니다.
제3차 중동전쟁에서 이스라엘을 격파하고 아랍의 국부로까지 떠오른 이집트의 독재자 나세르는 터키와 이란과 대립구도를 조성했고, 예멘 내전에 개입했으며, 나아가 아프가니스탄 전쟁에도 참전했습니다…….

[점프]

그 결과, 한번 퍼지기 시작한 이슬람—공산주의의 물결은 KGB의 지원을 받는 괴뢰 공산주의 도당들, 그리고 아프간에서 빨간 물이 들어 돌아온 귀환병들을 중핵으로 온 아랍 세계에 퍼져나갔습니다.

나세르는 이를 강경하게 진압하려 했으나, 경제 위기와 패전으로 인한 위신 실추로 인해 결국 대대적인 혁명이 터지며 몰락하게 됩니다. 아랍 공산 혁명은 둑이 터지듯 단번에 사방으로 확대되었으며, 이집트, 아라비아, 시리아, 리비아 등이 순차적으로 무너졌습니다.

아프간전의 충격에서 벗어나지 못한 미국은 직접 개입 대신 이란과 터키, 이스라엘을 지원해주며 군사 개입을 시도했으나, 아랍 공산주의 세력은 '소비에트 이슬람공화국 연방'의 성립을 선언하고 소련이 이들을 후원하면서 제4차 중동전쟁이 발발하였습니다. 여러분들도 많이 들어보셨을 자유 여단, 그리고 유명한 조범석 장군이 바로 이 전쟁에서 전설을 쓰면서 K—DNA를 세계에 다시 한번 과시하게 되는데요…….

그래. 우리 나세르가 결국엔 대형 사고를 쳤구나. 자신의 몸을 불태워 세계 적화에 앞장서다니, 그야말로 독재자의 귀감이 아닐 수 없다. 가만히 눈을 감고 있기만 해도 지옥에 있을 흐루쇼프가 흐흐흐거리며 웃는 소리가 들린다. 아프간에서 미국과 그 똘마니들 발목 하나 자른 것만으로도 행복해 죽을 맛일 텐데 중동이 시뻘게진다? 이거 못 참거든.

저 이름만 들어도 아스트랄해지는 소비에트… 이슬람 연방, 일명 신소련이 성립되자 소련은 그야말로 미친놈처럼 퍼주기를 하고 핵우산까지 씌워주면서 미국을 엿먹이는 데 최선을 다한 모양.

거기다 설상가상으로 아랍이 빨개지자 자연스럽게 저 유명한 석유파동, 오일쇼크가 터지고 만다. 이미 아프간전의 충격으로 시름하던 세계 경제에 오일쇼크까지 겹치니 경제는 나락으로 떨어졌고, 정말 빨갱이 대승리 엔딩이 뜨는 게 아닌가 하는 예상까지 나오던 찰나.

그로부터 몇 년 뒤.

"참된 공산주의는 오직 알라의 뜻을 받든 이슬람-공산주의뿐이며, 무신론-공산주의는 인간의 마음을 헤아리지 못하니 실패할 수밖에 없다.."

"소비에트연방은 공산주의 종주국을 자칭하나 실제로는 헝가리, 폴란드, 동독 등지에서 무자비한 폭정을 자행했다. 그들에겐 신앙심이 없기 때문에 결국 가짜 공산주의, 러시아 제국주의를 면피하려는 수단으로서 공산주의를 동원했을 뿐이다.."

"크렘린의 배불뚝이들은 항상 노동자가 해방되어야 한다고 주장한다. 하지만 알고 있는가? 우리 중동엔 노동자가 없다. 당신들 유럽인들이 우릴 짓밟았기에 공장이 없기 때문이다."

소련은 역대급 통수를 맞고 만다. 겉으로는 이슬람-공산주의와 오리지널 공산주의의 결코 넘어설 수 없는 차이 때문으로 보였지만.

"사회주의 동지들이라 봤자 러시아랑 우리가 무슨 동지 사이냐?"

"내가 계산해봤는데 석유 판 돈을 아랍인들끼리만 쓰면 공산주의 지상락원 충분히 만들 수 있음."

"소련 놈들도 대놓고 미국이랑 무역하는데 왜 우린 못 함? 어 열받네?"

신소련 연방의 최고 지도자와 미국의 닉슨 대통령이 환하게 웃으며 악수하는 사진이 있는 이상 그딴 건 다 핑계라는 사실을 모두가 알 수 있었다. 그리고 미국은 베네수엘라 유전과 북해 유전을 대대적으로 개발하며 신소련마저 깔끔하게 엿먹였다.

나는 저런 인성질 가르쳐준 적 없는데. 하여간 나쁜 건 다들 빨리 배운
단 말이지.

* * *

전역한 뒤의 삶은 실로 완벽했다.

어마어마한 돈이 통장에 꽂혀 있었고, 서울의 내 집도 감히 서울이라고
는 생각할 수 없을 정도로 널찍했으며, 심지어 자차까지 있었다. 매번 느끼
는 거지만 착하게 살았더니 복을 일시불로 지급받는구나.

그리고 이 드넓은 집에서, 나는 치킨을 뜯고 있었다. 크어. 뻑 예. 반반무
마니의 아름다운 전통이 남아 있다니, 역시 옳은 일은 언제든 필연적으로
벌어지기 마련이다. 하지만 콜라는 조금 달랐다. 대체 꼼라드콜라는 또 뭐
냐. 북진멸공의 나라 대한민국에서 치킨을 주문했는데 왜 메이드 인 소비
에트 유니온 콜라가 같이 따라오냐고.

[소련을 구원한 주코프 원수.]

[소련에 만연한 알코올 중독에 맞서 싸우는 꼼라드콜라에 인민
영웅…….]

[한-소 수교가 성립된 이후, 제1호 수입품목으로 소련의 명물 꼼라드콜
라가 나진항을 통해 들어오면서 북방 민간 무역의 시대가 도래했습니다. 꼼
라드콜라인민공사 측은 성명문에서 '꼼라드콜라는 일찍이 유진 킴 장군이
극찬한 러시아의 정수.'라고 밝히면서, 본 무역이 평화의 시금석이 되기를
희망한다고 밝혔습니다.]

콜라에 미친 아저씨가 기어이 세상을 바꾸다니. 어지럽구만. 정말 난 건
든 게 아무것도 없는데 이게 대체 무슨 일이다냐. 애초에 주코프가 콜라 회
사를 차렸다는 이야긴 숨이 멎었던 그 날까지 들은 적도 없다!

진짜 온갖 놈들이 입만 열면 김유진 이름 석 자를 팔아먹고 있으니 정신이 혼미해진다. 도대체 나는 뭐라고 알려져 있던 거냐.

제목: 김유진은 국부 자격이 없다

(환하게 웃는 '킴즈펭귄' 캐릭터 이미지)

내용: 아들내미가 민트초코를 전 세계에 살포함
 └ 먹는 거로 장난치는 게 김씨 집안 종특임
 └ 오늘의 상식) 2차대전은 전 세계에 스팸과 칠면조를 뿌리고 싶었던 김유진이 배후조종해서 일으켰다
 └ 대원수 각하, 보고 계십니까? 당신 덕택에 해방기념일만 되면 전 장병이 악으로 깡으로 칠면조를 먹고 있습니다…….
 └ 류큐처럼 숨만 쉬어도 칠면조 냄새가 허파로 들어오진 않으니 감사하십시오
 └ 국민여러분… 이나라정부는… 동발카르텔과… 금산김가… 그림자정부의 지배를… 받고있읍니다…!!
 └ 업보가 마리아나 해구를 채울 만큼 깊어서 죽어서도 평양만화축제에 매번 끌려나오는 대원수 각하… 흑흑 불쌍해

나는 결국 폰을 집어 던졌다.
치킨이나 뜯자. 하…….

에필로그 2

자, 수업 계속합시다. 이제 설명할 부분은 무조건 수능에 최소 한 문제는 출제될 거예요. 동발장학생 희망하는 친구들은 특히나 제대로 사건의 흐름을 파악해 놔야 합니다. 제 강의를 수강하시는 분들 중에 '우리의 주적은?' 같은 아이스 브레이킹 질문에 '미국이요.'라고 대답해서 떨어지는 분이 있으면 안 되겠지요?

제2차 국공내전, '5일 전쟁'에서 우리나라는 졌어요. 아주 박살이 났어요. 사소한 찐빠일 뿐이라고 백날 정신승리를 해도 소용없습니다. PATO는 이름값 한다고 파토날랑말랑 하다가 어금니가 날아갔고, 미국이 개입 여부를 고민하던 그 짧은 시간 동안 중공은 연합국의 약점을 정확히 찔러 그들이 얻고자 했던 것 거의 모두를 얻을 수 있었습니다. 솔직히 미국 애들도 이해는 하는 게, 수십만 대군이 움직이는데 '국지적 충돌'이라고 하는 동아시아를 보면 좀 정신이 이상해질 거예요.

그뿐만이 아니죠? 전 세계의 이목이 남경에 쏠려 있는 동안,

등소평의 진짜 목적, 바로 모스크바 장악마저 달성했습니다. 명색이 미국에 맞서던 초강대국이었던 구소련을 하루아침에 굶주림과 죽음이 가득한 땅으로 만들었던 보리스 옐친은 서방 간첩이라는 죄목으로 북경에 끌려왔고, 밀려났던 공산당이 돌아왔습니다. 소련이 부활한 겁니다.

겨우 몇십 년 전만 해도 모택동이 소련군에 붙들려 끌려가고 소련 원조 받아먹기 급급했었는데 그사이 세상이 이렇게 변했어요. '소련이고 신소련이고 전부 등신이고 우리 중화인민공화국이 최고다! 내가 레드팀 수장이다!'라고 전 세계에 선언한 셈입니다.

여하간, 당장 수능을 앞둔 여러분들은 이것만 외워 두시면 됩니다. 대한민국의 72혁명은 여기서 끝이라고. 자유도 좋고, 인권도 좋고, 빈부격차가 해소되고 성장에 미쳐 날뛰는 대신 국민도 좀 돌아보는 좋은 나라를 만들긴 했는데… 전쟁 졌잖아? 어떻게 됐겠습니까. 반동. 대대적인 보수화.

백두산 꼭대기에 시뻘건 오성홍기가 꽃히고 천지 구경 가려면 비자 받아야 하는 세상이 왔으니, 지금보다 훨씬 민족주의가 강렬하던 그 시대에는 말도 아니었습니다. 21세기 기준으로 봐도 '와, 이건 좀~' 싶은 일들이 벌어졌죠. 외워 놓읍시다. 우선 대대적인 군제 개편. 똥별들이 줄줄이 짤리고, 횡령과 야합이 판치던 군납이 개선됐죠. 당장 여러분들도 익히 알 제93기계화보병사단이 이때 창설됐습니다. 사회적으로도 이때…….

[점프]

…그렇게 공산 국가들과 최일선에서 맞서던 한국, 일본, 이란 삼국이 핵개발에 합의했습니다. 이란이 핵실험 부지를 제공하고 한일이 돈을 대 프랑스에서 기술을 사들였죠.

영화요? 아, 스파이가 훔쳐온 거로 나오는 그거요? 에이, 그걸 누가 믿습니까. 애초에 여러분 머릿속엔 꼭 대한민국은 조약을 준수하는 비핵 국가라고 박아놓으셔야 합니다. 국산 핵미사일 '대원수 1호' 같은 건 존재하지 않습니다. 전부 빨갱이들의 음모라니까. 어어, 웃지들 말고.

이렇게 칼을 갈았으니 어떻게 되겠습니까. 전 국민이 합심해서 저놈들 뚝배기를 깨버리자 벼르던 찰나에 3.18이 터지면서 3차 국공내전이 일어납니다. 지난번관 달리 이번에는 전쟁 발발과 동시에 북진을 개시하면서 초전부터 아주 강냉이를 그냥…….

"야."

"예?"

동영상 사이트에 올라온 근현대사 강의. 이게 의외로 물건이었다. 내 지식의 수준이 하얀 A4 용지 수준이라는 점에서 이런 강의를 듣는 수험생들과 별 차이가 없으니 말이다. 당장 강의 제목조차 〈도전, 수능 100일 전사〉라는 참으로 아방가르드한, 싱싱한 날것 그 자체 아닌가.

"낚싯대 안 보고 뭐 하냐."

"잘 안 들림다."

"막힌 건 귓구녕인데 왜 눈깔도 막힌 것처럼 구냐! 낚싯대! 낚싯대 흔들리는 거 보라고!!"

나는 뭐라 고함 지르는 조 장군을 보며 블루투스 이어폰을 빼다 말고 얼른 낚싯대를 번쩍 들어 올렸다. 하지만 낚싯대엔 아무것도, 심지어 걸어놨던 지렁이마저 사라져 있었다.

"에그, 등신. 놓쳤구만. 시식 코너만 깔아줬네."

"아니, 뭐. 그럴 수도 있죠. 혹시 압니까? 방금 그 물고기도 전역의 기쁨을 누리기 직전에 갑자기 인간 놈의 바늘에 붙들려 세상 하직할 뻔했을지."

"물고기가 복무할 부대면 해군 아니면 해병대잖아. 그럼 죽어도 괜찮아."

"그거 해병 멸시 아닙니까?"

"《스타 스트러글》이 왜 세계 명작 도서로 꼽히는 줄 알아? 세상에서 해병이 가장 많이 죽는 소설이라 그래."

실로 무지막지한 폭언을 늘어놓는 이 사람. 그런데 당신 보직이 그러면 안 되는 자리잖아. 거기다가 이 몸뚱아리의 고조부 중에서는 그… 성격 더러운 물개도 있거든?

"합참의장이 그러셔도 됩니까."

"괜찮아. 꼬우면 육방부에 따지라고 해. 진짜 내가 군복 벗었는데 장관 자리 던져주는 날엔 그날이 청와대 피바다 찍는 날이다."

조범석 씨는 입에 문 막대사탕을 마치 정치인이라도 씹는 것처럼 꽈득 꽈드득 박살 내며 투덜거렸다. 그러고 보니 이 양반, 나도 합참의장 해봐서 아는데 낚시나 나올 짬이 안 날 텐데?

"왜 그렇게 화가 났어요."

"이 레쟈스포츠 하는 놈들이 날 열받게 하고 있거든."

내가 수능 인강을 보며 나와 이 지구－2와의 거리감을 조절하고 있는 사이, 조 장군은 폰으로 그놈의 야구를 보고 있었다.

사악한 김유인이와 그 졸개들이 이 나라에 야구라는 아름다운 문물을 탄압해서 생전에 얼마나 눈시울을 붉혔던가. 하지만 보라. 그 대머리가 퍼뜨리고 싶어 했던 미식축구는 흔적조차 남기지 못했지만, 야구는 이렇게 번성한 것을.

"어느 팀 응원하셨죠?"

"자이언츠. 대전에서 오래 살았으니까."

"……."

자이언츠라는 이름이 대관절 왜 대전 구단에 붙었냐. 치킨스 어디 갔어? 내 억장이 무너지는 와중에도 그는 연신 투덜거림을 멈추지 않고 있었다.

"빌어먹을 내 인생. 돈 좀 더 준다고 해서 파병을 가는 게 아니었는데."

"그거랑 그거랑 무슨 관계 있습니까?"

"몰라서 묻… 크흠."

전역하고 며칠 뒤, 나는 결국 자백했었다. 내가 사실 이 몸의 고조부인 김유진인데… 같은 소릴 하면 당연히 [레토나에 치여 미쳐버린 비운의 황금씨족의 말예.] 같은 헤드라인으로 기사가 나갈 테니, 기억이 단편적으로 드문드문하다고.

조 장군은 그 이야기를 듣고 매우 심각하게 고민하더니, 그날부터 전역한 사람을 붙잡고 여기저기를 돌아다니기 시작했다. 추억이 남은 곳에 가면 기억이 돌아올지도 모른다고 의사가 그랬다나.

확실히 이 낚시터에 오니 기억이 새록새록 떠오르긴 하는데, 그… 이 지구의 기억이 아니걸랑요. 미안해라. 근데 당신은 이 지구나 저 지구나 가는 데가 똑같아요. 무슨 인간이 이다지도 소나무냐고.

"내가 이라크에서 죽을 고생 끝에 살아 나왔는데, 정훈 쪽 등신들이 캉브레의 재림이네, 제2의 김유진이네 하면서 용비어천가를 오질라게 싸질렀잖냐. 내가 숨만 쉬어도 김유진식 호흡법이라고 지랄하는 새끼들인데… 어우."

나는 슬그머니 스마트폰으로 브라우저를 켜 검색을 돌렸고, 〈조범석 장군과 93사단—아미앵의 재림〉이라는 항목이 최상단에 있는 걸 확인했다. 업로더 계정명을 슥 보니 '대한민국 국방TV'. 세금값 잘하는구만.

"뭐 보냐."

"아뇨, 그냥 뭐."

"이 새끼. 슬슬 숨기는 거 보니까 여자 생겼냐? 능력도 좋아."

방심을 못 하겠네. 손가락 까딱거리지 마시고, 이 변태 노인네야. 체통 좀 지켜요. 내가 며칠 전까지 팔순 노인이었는데 여자는 무슨 여잡니까.

아니, 그, 살짝만 몸에 힘주면 뼈에 금 갈까 조심하던 게 엊그제 같은데 도무지 적응이 안 된다니까. 물줄기 수압만으로 소변기에 금 갈까 무섭다구. 호에엥. 유진이는 활력이 넘쳐… 아니, 내가 나를 부르는 주어를 뭐로 해야 할지도 아직 대혼돈의 멀티버스다.

"김 대위. 아니지, 조윤아."

"예에."

"그, 기억이 날지 모르겠지만, 조만간 너네 친척들 모이는 행사가 있어."

"솔직히 기억은 안 나는데 인터넷에서 봤어요. 쿠릴타이라고 떠들던데."

"너는 그놈의 인터넷 좀 끊어. 이러다 세상을 인터넷으로 배운 놈이 되면 어쩌려고 그러냐."

그치만 80년 만에 21세기 문명의 총아를 만지고 있다고. 이 감촉, 이 압도적 전능감이 얼마나 그리웠는지 알아? 라… 때는… 말이야… 무전기가 없어서… 1차대전 때… 전서구를 날렸는데…! 요즘 젊은 것들은… 비둘기야 먹자… 구구구구구!!

나를 병신 보는 듯한 저 눈빛 좀 보라지. 내가 죽기 전 말년에는 암만 병신 같은 짓을 해도 다들 '유진 킴의 심모원려가 틀림없다!' 하면서 지들끼리 알아서 북 치고 장구 치고 문학평론급 해설과 비평을 덧대기 바쁘던데, 저런 날것의 시선은 대체 몇십 년 만에 받아보는 거람.

"그래. 니가 넌데 내가 걱정을 해서 뭐 하겠냐. 잘 다녀와라."

"거기서 뭐 하는 거예요? 세계를 암중에서 조종하는 그림자 정부라도 된답니까?"

"아니. 그냥 친척들 만나서 떠들고 오는 거라던데. 솔직히 우리나라 놈들만 유달리 유난 떠는 거지."

갑자기 불안해졌다. 도대체 나와 동생들의 후손이란 놈들은 뭔 짓을 하고 사는 걸까.

얼마 뒤, 나는 두려움에 달달 떠는 오징어 한 마리가 되어 샌프란시스코로 향했다.

* * *

…다음 소식입니다. '유진 킴의 날'을 맞이하여 백악관 대변인은 오늘 '전체주의와 인종 차별에 맞서 평생을 싸워온 위대한 거인'이라고 논평하며 오늘날 한미 관계가 얼마나 큰 결실을 보았는지 극찬했습니다.

— 유진 킴의 날인데 왜 한미관계 이야기가 나옴?
  └ 갈!! 감히 태조 김유진을 모독하다니, 너 중공놈이지?
    얼마 받고 댓글 다냐?
  └ 아니 시발 궁금해서 물어만 봐도 지랄이네
  └ 종토방에 질문글 싸면서 정상적인 대답을 바라냐?

— 명심해라 신입들… 김 장군님이 보우하시는 한 샌—프랑코
  주식은 언제나 우상향이다…….
  └ 개새끼들아 그래서 샌—프랑코 딥 스페이스 언제 구조
    선 오냐고 점심나가서먹을거같애점심나가서먹을거같애
    김가놈들이 스타스트러글 실현한다고 해서 믿었는데 대
    사기극이었다고 달기지 지어서 헬륨 캔다며 시발롬들아
  └ 여러분 제 귀에 도청장치가 있습니다 FBI가 제게 생체실

험을 했는데 김유진은 또 누구야 북한은 어디 가고 소련
은 왜 남아있어 국정원이 도청장치를

└ 그치만 퍼시픽재팬미디어 기어이 따상해버렸죠? 귀하의
헌신에 칼같이 보답하니까 10년만 더 존버하면 구조선
오겠쥬?

—동조선 김가는 좀… 좀 많이 미친 거 같은데…….

└ '회사 망한다고 읍소하니까 꿈에 할아버지가 나와서 김
유진을 팔아먹으라 했다' 〈← 손자가 실제로 한 말

└ 근데 김가라는 게 실존하는 거 맞냐? 피부색부터 이미
흑백황 총천연색이고 성도 김, 킨, 킴인데 이게 어딜 봐
서 하나의 집안임?

└ 응 김가는 피부색이 아니라 재단 지분 유무로 정해지는
거야 꼬우면 쿠릴타이 참여해~

└ 병먹금

└ 아따 느그 집 뽀삐도 길에서 동양발전재단 지분 주워버
리면 그날로 성이 김씨가 되는 거여

└ 이번에 김조윤 대위 전역했던데 걔도 그럼 샌프란시스코
가냐?

└ 솔직히 비행기 추락 사고 난다고 해도 그러려니 할 것 같
은데

에필로그 3

〈팝니다: 골동품, 수집품 카테고리〉
'5일 전쟁' 당시 인민해방군이 모스크바에 입성할 때 탑승했던 대련발 모스크바행 시베리아횡단철도 티켓이다.
진품이며, 우편 거래 또는 유고슬라비아 사라예보에서 직거래 가능하다. 우편 거래 시 파손 또는 도난은 책임지지 않는다.

—당신은 이 물건을 어떤 연유로 소유하고 있습니까? 진품임
  을 입증할 증거가 있습니까?
  └ 우리 아버지는 당시 파병된 군인이었다. 나는 군번줄을 위
    시해 그의 병역 사항을 입증할 다른 물건들 또한 보유하고
    있으나, 이건 아버지의 유품으로 보관하기 위해 팔지 않을
    생각이다.

—정말 중공군이 〈붉은 늑대군단〉에서 묘사되는 것처럼 열차

를 하이재킹하고 생환율 1%의 대작전에 돌입한 겁니까?

└ 부친의 말씀에 따르면 '바르샤바 조약기구 상호방위 조항
에 따라 반란분자 옐친을 잡으러 간다.'라고 하니 승객들
이 앞다투어 보드카와 콜라, 감자를 나눠주며 응원해주었
다고 한다. 거기서 나온 것 같은 교전이나 생명의 위기는
없었던 듯하다.

—당신 부친은 북중국 군인이란 뜻인데 어째서 당신은 사라
예보에 거주하고 있습니까?

└ 우연히 어머니를 만나 반해버린 아버지가 귀국하는 대
신 탈영했다고 한다. 내 어머니를 포함해 외가 일가 모두
뛰어난 학자 집안이었다고 하지만, 소련이 망하고 옐친이
그들 일가 모두를 굶겨 죽였다. 본래 두 분은 화교가 많
이 사는 이스라엘로 가려고 했지만 그대로 여기 눌러앉
게 되었다.

—어째서 중화민국으로는 가지 않았는가? 공산주의의 손길
을 뿌리쳤다면 당연히 중화민국으로 귀국해야 하지 않겠
는가?

└ 나는 한족과 러시아인의 피를 반반씩 이었을 뿐 유고슬
라비아인이다. 북중국도 남중국도 내 조국은 아니다.

└ 비열한 기회주의 한간 같으니. 네 애비애미는 이스라엘
로 건너가서 거기 유대인들이랑 같이 신소련 샌드니거들
손에 비닌〈혐오, 비하 발언을 감지한 봇에 의해 삭제되
었습니다.〉

└ 유고도 정치가 개판이긴 하지만 적어도 여기 정치인들

은 자국민 머리 위에 핵을 쏘진 않는다 :D

└ 핵은 미국인들이 쏜 거야, 이 무식한 빨갱아.

└ 그런데 왜 당신들은 미국 똥꼬를 그리 빨고 있습니까? 학살범 드럼을 빨아대는 남중국인은 거세된 돼지라더니 사실이었군 :)

└ 거세된 돼지라는 표현은 실례라고. 남중국인을 가리키는 말로는 '초나라 원숭이'라는 유구한 단어가 있다.

└ 니들이 쳐들어왔으니까 쐈지, 이 거지 빨갱아. 정의로운 협객들이 네 머리통을 으깨버릴 거다.

└ 분자요리를 뛰어넘은 원자요리의 창시자 드럼 장군님이 좆으로 보이냐?

└ 드럼이 눈 딱 감고 북경수비드를 했으면 이 새끼 태어나지도 못했을 텐데.

└ 왜. 태어났을 수도 있지. 눈이 세 개고 다리는 하나였겠지만.

—어차피 망명자 신분이라면 차라리 동독이 괜찮지 않아? 유고는 신소련 때문에 무슬림 난민이 쏟아져 들어온다고 들었는데

└ 빨갱이들 세뇌는 세월이 흘러도 도무지 풀리질 않네. 그 잘난 소련은 IMF에 구걸한 끝에 비참하게 폭발해버렸다고? 도대체 21세기 공산 국가에 공산주의가 뭐가 남아 있지? 스탈린 초상화? 레닌 티셔츠?

└ 중국이 빨개진 게 아니다. 러시아가 〈중화의 덕〉을 익힌 것이다 멍청이들

└ 공산당 쫓아내고 컵라면 익을 시간도 지나기 전에 귀신

같이 다시 공산당을 불러다 주인님으로 모시는 로스케
들… 지능이 처참하다. 그 누구도 이 새끼들을 알콜중
독에서 구원하진 못했다.

└ 그건 러시아인의 잘못이 아냐. 신소련 가맹국인 요르단
은 왕가를 무너뜨렸다. 그리고 지금 요르단인들은 10년
에 한 번 선거를 시행해 옛 임금을 서기장으로 선출하고
있다. 이게 딱 빨갱이 능지 평균이라고.

└ 이 게시글 KGB에 신고했다. 빨갱이들 딱 대라. 아스가르
드 VPN이 니들의 불순한 사상을 커버해주진 않아.

└ 요즘 KGB는 중고장터 게시글도 확인합니까?

└ 명심해라. KGB는 자이언츠를 매수해 예브게니 킴의 억
장을 터뜨려 암살 미션에 성공한 세계 최강의 첩보조
직…… 니가 인터넷에 싼 똥글은 당연히 그들의 매의 눈
에 추적되고 있다.

└ 빨갱이 새끼들은 어떻게 농담도 지들 처먹는 메탄올처
럼 유통기한 지난 거만 처먹냐. 엘비스 프레슬리가 살아
있다고는 안 해?

└ 씨발 내 판 매 글 에 서 꺼 져 미친놈들아 알람 울리다가
배터리 나갔잖아

.

.

.

〈게시글이 블라인드 처리되었습니다.〉

* * *

나는 태평양을 건너 샌프란시스코로 향하고 있었다.

"더 필요하신 것 있으신가요?"

"아니오."

전용기라니. 그것도 오직 나 하나를 실어다 나르기 위해 뜨는 비행기라니. 얼떨떨하구만.

내가 전생엔 신나게 전용기를 타고 다니긴 했지만, 그건 엄밀히 따지면 전용기라기보다는 '관용기'에 더 가까웠잖나. 그리고 그 시절 날틀은 솔직히 그다지 쾌적하지도 않았다. 딱 하나 그 시절이 더 좋았던 점이 있다면 기내에서 담배를 뻑뻑 피울 수 있다는 점 정도려나.

"흡연하지 않으신다면 재떨이는 치워드리겠습니다."

"…네, 치워주세요. 제가 금연 중이라."

"아. 그러시군요. 즉시 치워드리겠습니다."

취소. 전용기라 그런지 그냥 쿨하게 담배 피워도 된다고 하네. 내가 담배를 끊은 지가 벌써 얼마나 됐는데… 라고 말하고 싶지만, 유감스럽게도 21세기를 사는 김조윤 씨의 육신은 니코틴과 타르로 쩔어 있었다.

솔직히 자백하겠다. 수통에서 깨어나고 며칠간, 나는 원인을 알 수 없는 갑갑함과 짜증, 손떨림, 불만과 스트레스, 불면 증세에 시달렸다. 하지만 의사한테 물어볼 수도 없잖은가.

'아, 제가 원래 김유진 대원수로 80년을 살다가 이제 막 복귀해서요. 그러고 보니 역사가 개변되면서 김조윤을 구성하는 유전자와 DNA도 조금 바뀐 것 같은데요.'

'그렇군요. 환자분의 우려 이해하고 있습니다. 김조윤… 대위… 비대한 자아… 외상에 따른 뇌질환 우려……'

그리고 곧장 머리 MRI를 찍은 뒤 정신병원으로 끌려가겠지. 안 봐도 훤하다.

그래서 그냥 진통제를 까먹다 버렸고, 집에 돌아온 나는 내 책상 위에 다소곳이 기다리고 있는 담배와 라이터를 본 후에야 비로소 내 증상이 빌어먹을 니코틴 금단증상이라는 걸 깨달았다.

아니 세상에. 이게 바로 그 쾌락 없는 책임인가 뭔가 하는 그거구만. 어떻게, 어떻게 한 번 금연에 성공한 사람이 또다시 금연의 고통을 몸으로 때워야 하지? 세상의 악의가 막 팍팍 느껴지지 않는가?

솔직히 처음에는 다시 피울까 말까 고민도 했었다. 당장 내가 레토나에 치인 것도 그놈의 담배 피운답시고 바깥 어정거리다 그리된 것 아닌가. 결과적으로 대한민국 담배인삼공사가 나를 살해한 셈이니, 내가 세상의 흉악한 담배를 열심히 불태워야 하지 않을까?

하지만 결국 나는 금연을 선택했다. 기껏 이 청정 프레쉬한 몸으로 돌아왔는데 덜컥 암이라도 걸리면 어떡하나.

내 이러한 번뇌를 아는지 모르는지, 승무원님들의 황송한 서비스는 여기서 멈추지 않았다.

"당근스틱 준비해 드릴까요?"

"당근스틱이요?"

"네."

내가 얼떨떨하게 고개만 끄덕이자, 잠시 후 승무원이 럭키 스트라이크 로고가 그려진 담뱃갑 하나를 건네주었다. 열어보자 참으로 익숙한 모양새로 가지런히 잘려 있는 친구들이 '안녕? 나는 당근이야!'를 외치고 있었다.

하나 꺼내 입에 물어보니 참으로 신선한 당근. 도로시가 잘라주던 그 사이즈 그대로다. 아니, 무슨 애플파이도 아니고 당근 스틱 레시피? 설계도? 마저 물려져 내려온 건가. 이래 봬도 내가 한세월을 당근스틱과 함께 보낸 몸. 어떠한 양념도 소스도 없이 순수한 신선도, 그리고 입에 착 감기는 적당한 사이즈만으로 승부하는 만큼… 아니, 이게 아닌데.

"저는 괜찮으니 볼일 보시면 될 것 같습니다."

"음료 준비해 드릴까요?"

"아뇨, 딱히 목이 마르지는……."

"본 비행기에는 현재 다음과 같은 주류가 비치되어 있습니다."

"캐나디안 클럽. 살짝 맛만, 진짜 살짝 맛만 좀 볼게요."

"알겠습니다."

더러운 자본주의 세상 같으니. 레닌재림 만마앙복이다, 이 자식들아. 별들이 제자리로 돌아오고 영묘에 잠든 그분께서 깨어나는 날 너희 실크햇 쓴 배불뚝이들은 모두 인민의 죽창 앞에 도륙나리라… 아니지, 지금은 내가 그 배불뚝이잖아.

위스키 맛은 그다지 바뀌지 않은 듯했다. 음, 이 향긋한 금주법 스멜.

나는 태블릿에 띄워져 있던 메뉴판을 치우고 인터넷을 켰다. 놀랍게도 전용기 안에선 와이파이가 터졌다. 역시 세상은 돈이 최고다. 스탈린도 이쯤 하면 공산주의의 패배를 받아들이고 성불했으리.

신나게 와인과 위스키를 물처럼 들이켜고 사이사이 기내식을 아기 새처럼 받아먹길 약 10시간 하고도 조금 더.

"오."

창문 너머로 어둠이 내려앉아 그 야경을 마음껏 반짝이는 캘리포니아가 보이고 있었다.

"저건 또 뭐야."

"곧 있으면 결승전이니까요. 옛날엔 불꽃놀이를 쏴 올렸다는데 요즘은 드론으로 대체했대요."

"어지럽네, 진짜."

무수한 드론이 날아다니며 그 불빛으로… 어떤 전설의 딱지쟁이 휠체어맨을 그리기 시작했다.

내가 생각해도 참 골때리는 세상이었다.

* * *

제목: 전승절 기념! 전쟁영웅들의 이름을 딴 무기를 알아보아요~

안녕하세요~

다들 지난 전승절 휴일 즐겁게 보내셨나요? 금요일까지 쉬고 월요일 출근하려니 너무 힘들지만 다들 화이팅하도록 해요~

많은 서양의 자유 진영 국가들의 무기에는 사람 이름이 별명으로 붙은 경우가 많은데요, 이번에는 그 이름들의 유래를 살펴볼 거예요~

먼저 미국의 항공모함부터 볼 텐데요, 지금 부산에 있는 미국 항공모함 '더글라스 맥아더'는 김유진 대원수님과의 우정으로 유명한 맥아더 전 대통령의 이름을 따서 만들어진 배라고 해요.

그리고 우리가 잘 아는 김유진 장군님은 지금도 미국의 탱크 이름에 붙어서 그 명성을 드높이고 있습니다. 장군님께서 육해공을 통틀어 너무나도 업적이 많기 때문인데요. 무려 미국의 탄도 미사일 이름에도 그 이름이 붙었고, 현재 최신형 미사일인 '피스메이커' 또한 김 장군님의 행적을 본떴다고 해요. 왜 항공모함에 맥아더 대통령의 이름을 따고 미사일이나 탱크에 김 장군님의 이름을 땄을까요?

여러분도 장래에 훌륭한 인물이 돼서 이름을 남길 수 있는 사람이 되면 좋겠습니다!

오늘도 좋은 정보 나눌 수 있어서 즐거웠습니다. 다음에도 알
찬 정보로 돌아올게요~

(따봉 이모티콘)

─이 새끼들 요즘 블로그식 문체에 맛들렸나
─씨발 그래서 왜 김유진 이름이 하필 핵무기에 붙었냐고
─그래도 대원수 1호에 비하면 피스메이커 정도면 양반
 아님?
  └ 대원수 1호라니 이 새끼 북중국 첩자네 그런 게 있을 리
   가 없잖음
  └ 애초에 피스메이커가 국무장관 김유진에서 따왔다는 거
   부터가 그냥 추측이고 공식 발표한 적은 없음. 노벨평화
   상 수상자 이름을 핵미사일에 붙이면 그거 완전 티배깅
   아님?
─탱크는 괜찮고 미사일은 안 된다는 건 굉장히 육군중심주
 의적 마인드 아닐까??
─근데 퍼싱 미사일 다음이 킴벌리 미사일이고 그다음이 피
 스메이커면 빼박이지
  └ 킴벌리가 누군데 씹덕아 유한킴벌리는 아는데 휴지 미
   사일임?
  └ 몰라 시발
─김 장군님의 사문이 점창파였기 때문에 그분의 고절한 美
 사일검법을 기념해 미사일에 이름을 붙였음
  └ 진짜임?
  └ 그걸 믿냐 ㅂㅅ야

└ 무틀딱 새끼들 지들만 아는 거로 웃는 거 좀 봐라
—팩트) 해군과 맥통령은 사이가 존나존나 개차반이었기 때
　문에 해군은 절대 맥아더의 이름을 항모에 붙이지 않으려
　고 했다. 하지만 소련이 터지고 예산이 궁해지자 '봐라 해군
　과 사이가 나쁘던 맥아더조차 우리의 필요성을 인정했다.'
　라고 똥꼬쑈하기 위해 맥통령의 이름으로 항모를 뽑았다.
—고마워요 ○○(106.102)님!
　└ 저새끼 그냥 알못임 항모 이름은 의회가 붙이는 거지 해
　　군이 붙이는 게 아냐
　└ 위에 댓글 쓴 새끼가 알못이고 해군이 붙이는 거 맞다
　└ 맞(X) 맡(O)
—그래서 왜 무기에 사람 이름 붙이는지 좀 알려줄 사람??

6장
에메랄드 시티

에필로그 4

'쿠릴타이'. 솔직히 처음 인터넷에서 접했을 땐 웃음만 나왔다. 황금씨족에 쿠릴타이 드립이라니. 역시 김치맨들도 드립치는 재주가 보통이 아니야. 인터넷은 이래서 위대하다. 제대로 된 민주 국가에 인터넷이 깔려 있으면 누구나 사람의 마음에 파고드는 촌철살인의 재능을 펼 수 있지 않은가.

당장 이 세상에서 전무후무한 악업을 쌓고 지옥으로 떠난 짝부랄을 생각해보라. 그 인간이 21세기 대한민국에서 태어났으면 어디 완장 차고 총통을 해먹었겠나? 방구석 야짤쟁이로 살지 않았을까.

물론 이상한 극단적 성향의 커뮤니티 같은 곳에 지박령으로 살면서 유대인 대신 또 다른 누군가를 다 죽여버려야 한다며 온갖 증오와 혐오 발언을 늘어놓을 것 같다는 생각이 들긴 하지만… 그래도 인류 역사에 길이 남을 학살자보단 방구석 여포가 낫잖아? 본인을 위해서든, 이 세상을 위해서든 말이다.

아무튼 쿠릴타이는 어디까지나 대한민국 일부 인터넷 커뮤니티에서나 거론되는 단어지, 실제로는 그냥 단순한 집안 행사에 불과하다. 내가 혹시나 싶어서 다른 나라 언어로도 열심히 인터넷 검색을 해보긴 했는데… 타

언어권 커뮤니티에선 그냥 '그런 게 있다.' 정도로 그쳤다. 김가의 영향력이 알게 모르게 남아 있는 한국과 일본에서나 조금 검색에 잡히는 게 있고, 당장 미국에서도 그렇게 크게 주목받는 행사는 아닌 셈.

아무튼 이 집안 행사는 '우리가 비록 세계 각지에 흩어져 있지만 우리의 뿌리를 기억하고 서로 안면은 익히고 지내세.'라는 의미를 지닌 지극히 미국스러운 일. 보다 공식적으로 말하자면, 제사.

"김조윤 님 도착 확인했습니다. 모셔다드리겠습니다."

"예, 옙."

그렇다. 돌아가신 선조들, 김상준, 김유진, 김유신, 김유인 4인의 제사를 지낸다는 명목으로 모인다. 이게 그 불천위(不遷位)인가 그거구만.

다만 그러면 또 문제가 생긴다. 잘생기고, 지적이며, 인덕이 넘치는 데다가 위대한 업적까지 남긴 김유진 대원수는 캘리포니아에서는 억만 광년 떨어진 워싱턴 D.C.의 알링턴 국립묘지에 잠들어 있고, 유신이 일가는 캘리포니아의 가족 묘지에 자녀들과 함께 쉬고 있다. 여기에 죽헌 김상준 옹과 이신영 여사, 김유인 부부는 대한민국 현충원에 세트로 나란히 영면을 취하고 있다. 이렇게 세 갈래로 무슨 드래곤볼처럼 찢어져 있는데, 대관절 무슨 수로 제사를 지내는가?

이런 나의 의문에, 나와 함께 리무진에 탑승한 재단 직원이 답해주었다.

"그야 물론 위패를 모시지요."

"아, 그렇습니까."

"묘가 어디에 있든 괜찮습니다. 제사는 모름지기 정성이니, 구태여 묘까지 찾아가지 않더라도 우리가 제사상을 차리면 천국과 블루투스 연동이 되는 셈입니다."

"그런… 가?"

"하나님께서는 전 세계 그 어떤 곳에서 기도를 올려도 우리의 메시지를 잘만 전송받으십니다. 그러니 하나님 거하는 천국에 계시는 조상들께서도 그깟 묘의 위치 같은 것에 구애받지 않으시겠지요. 한국인은 저희보다 공자님 말씀을 더 잘 알아야 하지 않습니까?"

아냐, 이 자식들아. 공자님은 2G 세대라 블루투스도 와이파이도 없었다고! 공자께서 가장 폰이 싼 성지를 찾기 위해 중원을 돌아다니시긴 했지만 그분은 햅틱이니 초콜릿폰이니 이런 거 쓰던 분이시란 말이다.

"하지만 저희도 정성을 다하기 위해, 1년마다 한 번, 서울ㅡ캘리포니아ㅡ워싱턴을 돌아가며 제사를 지냅니다."

직원은 '정말 이걸 몰라? 진짜?'라고 얼굴에 써놓은 채 내게 설명을 해주었다. 미안합니다. 내 육신은 사실 워싱턴에 묻혀 있어서 싱크로가 잘 안 되네. 전파가 좀 약합니다. 죽은 자 소생은 저도 처음이거든요.

잠시 후 차가 멈춰 서고, 나는 직원을 계속해서 따라가 제사식장……? 으로 향했는데.

"김조윤 님께서는 체류하시는 동안 이 방을 써주시면 됩니다."

"감사합니다."

우리가 도착한 곳은 큼지막하고 딱 봐도 비싸 보이는 특급 호텔. 하긴, 사람들이 제법 많이 모이는데 그 사람들 다 어디서 재울 거야. 생각해보니 당연히 호텔이다. 내 기준으로 봐도 제법 부티가 나 보이는 널찍한 방. 혼자 쓰기엔 꽤 넓다.

"여기에 일정표가 있으니 참고해주시면 감사하겠습니다."

"그렇군요. 어, 음. 저기, 이거 좀 물어볼 수 있을까요?"

"네. 말씀하십시오."

"식장이, 그랜드볼룸으로 적혀 있는데요. 여기 혹시 연회장 아닙니까."

"네. 뭔가 문제가 있으신지?"

엉망진창으로 복잡해진 머리가 제대로 된 출력을 뱉어내지 못했고, 우물쭈물하던 나는 그냥 알았다고 고개만 끄덕였다. 생각해보니 저런 연회장이 아니면 수용 공간이 안 되겠구만.

그리고 정해진 시각보다 조금 일찍 호텔 연회장으로 내려간 나는, 보고야 말았다.

—생전 고인의 전무후무한 무공과 영웅적 업적을 기리며, 우리는 자유세계를 파시즘과 전체주의의 손길에서 지켜낸 유진 킴의 거룩한 업적을 항상 가슴에 품고 있어야 할 것입니다…….

한쪽 벽면을 가득 채운 채 열심히 돌아가고 있는 동영상. 그리고 그 동영상 화면 위에 붙어 있는 우리 네 사람의 참으로 큼지막한 영정. 하나같이 빵글빵글 웃고 있는 사진인 게, 어째 원래 지구에서 봤던 북조선 왕조 김씨 일가 같지만 이건 내 과민반응임이 틀림없다.

저 '고인의 생전 개쩌는 GOAT 플레이를 보시겠습니다!' 류의 다큐멘터리야 그러려니 한다. 사실 유튜브에서 심심하면 보이는 게 저런 물건이니까.

하지만.

"아니. 아니."

내 업보.

"마셔라, 마셔라! 마셔라! 마셔라!"

"술이 들어간다! 쭉쭉 쭉쭉쭉!!"

"대원수 폭격주 들어갑니다! 원샷! 원샤아앗!"

이거 그냥…….

"500 받고 1,000 더."

"1,000 받고 2,000 더."

"오픈. 2 원 페어."

"Q 탑. 이걸 안 속네. 빌어먹을."

그러니까 그, 제사라는 게.

"오레노 턴! 드로오오! 나는 궁극완전체 그레이트 휠체어맨을 소환하고……!"

"키에에에엑!"

우보크였구나.

시발. 이게 뭐야.

내가 미안해, 후손들아…….

* * *

"오, 드디어 왔군!"

"걱정 많이 했었어. 이리 오렴."

"아, 아, 안녕하세요."

"오. 내 얼굴 기억 안 나겠구나. 하긴. 엄청 어렸을 때 봤었으니. 내가 네 삼촌이란다. 너희 아버지의 형이야."

"자. 여기 전부 네 큰아버지, 큰어머니 들이야."

"와! 드디어 마지막 사촌이 왔군!"

"조-윤도 전역했으니 집안일에 낄 자격이 생겼구만. 또 시끄러워지 겠어."

김유진의 맏손자, 유진 주니어 밑에서 태어난 3남 2녀. 그리고 그 슬하 11명의 아이들. 내 사촌이 10명씩 있다. 어지러워 죽겠다. 심지어 인종부터 다 제각각이잖아. 이름 외우기도 버거워 죽겠네.

나는 처음 본 내 사촌 남매들에게 반쯤 질질 끌려다니다시피 하며 드넓 은 회장 이곳저곳을 오가며 사람들에게 자기소개를 하기 시작했다.

"자, 빨리 와. 빨리. 일단 기억하기 헷갈릴 테니까 카테고리별로 만나자 고. 여기 이 영감님은 킨 신지 씨. 아저씨, 여긴 이번에 처음 온 김조윤이 에요!"

"오, 조윤 군. 반가워요. 오랜 병역을 끝내고 듬직한 남자가 된 걸 축하합 니다."

"감사합니다."

"이분은 일본에서 의원직을 맡고 계셔."

시작부터 좀 세잖아.

"이분은 캘리포니아 하원의원, 저기 저분은 한국 국회의원이⋯⋯."

"잠깐잠깐."

"응, 왜?"

"여기 무슨 정치인 모임이었어요?"

"무슨 소리야. 조금만 있으면 저분들은 인파에 파묻힐 거라 미리 소개해준 거야. 대충 돌았지? 그러면 저기 돈 많은 기업인 카테고리로 건너가야하는데. 아씨, 저긴 이미 사람 드글드글하네."

확실한 건, 오늘 내내 여길 돌아도 인사 다 안 끝난단 사실이었다.

* * *

제사⋯ 아니, 이건 더 이상 제사가 아니다. 현지화가 완료된 Je-Sa 이틀째.

나는 카드게임과 가챠의 창시자로서 위풍당당하게 김가네 듀얼 대회에 출전했고, 예선에서 광탈했다. 절대 내가 게임 못하는 놈이라 그런 게 아니다. 내가 죽고 수십 년간 메타가 너무 바뀌어서 그렇다. 아니, 이런 사기 카드를 자꾸 꺼내 팔다니. 제정신인가? 나는 샌-프랑코에 이런 근시안적인 짓을 하라고 말한 적이 없건만!

아무튼 내가 관뚜껑 덮을 때까지만 해도 이제 사양세인 줄 알았던 이놈의 카드게임은 복고 열풍, 그리고 모바일화라는 빅 이벤트를 타고 다시 한번 떡상했다. 하긴, 저번에 케이블 채널에서 틀어주는 영화 보니까 마피아들이 우보크에서 입에 시가 물고 듀얼하고 있더라고. 이쯤되면 이미 전통놀이의 반열에 올라버린 셈.

그리고 사흘째.

"2,000 받고 4,000 더."

"이보게, 조윤이라고 했나? 도대체 뭘 들고 있길래 이러나?"

"크헤헤헤! 쫄리면 뒤지시지요."

"그런 말 들으면 궁금해서라도 까봐야지. 못 먹어도 아미앵 가는 거야. 콜. 오픈해보시지."

아. 깨달아버렸다.

여기 이 자리의 대다수는 우리 삼형제의 피를 물려받은 놈들. 그 말인즉슨… 사고회로가 대충 그놈이 그놈이라는 뜻. 그리고 대강의 사고회로를 파악해버린 순간, 이 세계구급 야매심리학의 대가 유진 킴이 등쳐먹지 못할 리가 없잖아?

"올인!! 내가 오링이라니, 이런 말도 안 되는!"

"아니, 이 집안 사람들은 어째 속 한번 긁어주면 발끈하고 다 따라붙네."

"시시껄렁한 일에 죽어라 달려드는 건 핏줄 내력 아닌가."

나는 여든 가까이 살면서 그런 적 한 번도 없는데. 음… 이제 보니 이분은 유인이 자손인가 보군. 소소한 데 집착하다 모발까지 결국 다 잃어버린 건 우리 집안에 개밖에 없거든. 내 야매심리학은 실패였나.

내가 차례차례 눈앞의 적수들을 개털로 만드는 동안, 다른 곳에서도 하나둘 승패가 가려지면서 서서히 테이블이 줄어들기 시작했다.

"안녕하세요. 저는 에릭 스미스 밀러라고 합니다."

"반갑습니다. 김조윤입니다. 이 제사… 에 참여한 건 이번이 처음입니다."

"알고 있습니다. 원래 처음 오는 사람이 있으면 별도 안내를 다 받거든요. 제 소개를 간략하게 드리자면 친가 쪽으로는 대대로 93사단에 복무한 밀러 집안이고, 외가는 킴 패밀리의 일원입니다."

"이제 보니 황족이셨군요."

"하하, 그렇습니까? 저도 제 핏줄이 자랑스럽긴 합니다."

성은 밀러인데 외모에선 흑인 소울이 이목구비에서만 살짝 느껴지지 피부색은 전혀 흑인이 아니다. 하긴, 흑인 김가도 있는데 색이 좀 바뀔 수도 있지.

"안 그래도 다들 말은 안 하고 있지만 조윤이 참석한다고 해서 다들 궁금해할 겁니다."

"저를요?"

내가 왜?

"소문 난 망나니라고 해서 다들 긴장했거든요. 역시 가십과 루머라는 것 중에 맞는 말이 하나도 없습니다. 하하하!"

"쿨럭, 쿨럭!!"

나는 바른 생활 어린이로 쭉 컸었다고. 대체 이 지구의 김조윤은 얼마나 질풍노도의 세월을 험악하게 보냈던 거냐.

"제너럴 조가 사람 만들겠다고 데려갔다는 말을 듣긴 했었는데."

"자네는 사람이 너무 착해서 탈이야."

그는 이내 숫제 눈시울을 붉히며 울먹이기 시작했고, 옆에서 같이 카드를 쥐고 있던 다른 사람들이 그의 어깨를 토닥여줬다. 아니. 뭐야. 진짜로 그 정도 개망나니였어?

"크흠. 크흠흠. 제가 조금 오해가 있었던 것 같습니다만, 정말 지금은 아닙니다. 조상님들과 부모님께 결코 부끄럽지 않은 아들이 되기로 마음먹었습니다."

"그래, 그래. 장하다. 부모님께서도 천국에서 지켜보고 계실 게다."

"조실부모했는데 얼마나 가슴이 휑했겠어요. 그럴 수도 있지."

"왈왈!!"

내가 낸 개소리가 아니다. 정말 멍멍이 짖는 소리였다. 나는 갑자기 내 옆에서 들리는 소리에 무심코 테이블 아래를 바라봤다. 딱 봐도 정성 가득한 손길로 털이 손질된 견공 한 마리가 내 신발에 착 달라붙어 있는 게 아닌가.

"이 강아지는 누구……?"

"뽀삐야, 이리온. 우쭈쭈."

"왈!"

"쟤는 김가에서 기르던 강아지의 먼 후손이에요. 신기하게 이 집안 사람들만 보면 애교를 부리는데, 저것 좀 봐. 혼자서 재롱떠네. 안아달라고 저러나본데?"

"허참. 누가 보면 장군님이라도 살아 돌아온 줄 알겠어. 쟤 저렇게까지 하는 거 처음 봐."

나는 이 머나먼 후손 뽀삐를 번쩍 들어 내 무릎에 앉혔다. 전혀 짖지 않고 얌전히 털뭉치처럼 몸을 오므리는 것이, '얼른 나를 격렬하게 쓰다듬지 않을까!'라고 온몸으로 시위하는 듯했다.

나는 뽀삐의 가호 아래 밀러를 비롯한 모든 이들을 순식간에 개털로 만들었고, 포커 대회 우승자로서 1등상, 순금으로 만들어진 딱지를 받았다.

그리고 나흘째.

"이제 일 이야기를 하지."

분위기가 바뀌었다.

에필로그 5

엄밀히 따지면 김가라는 건 존재하지 않습니다. 음모론자들이 제멋대로 떠들어대는 김가란 전 세계 곳곳에 퍼져 정, 관, 재계를 주무르는 거대한 비밀결사에 가깝지만, 그들은 정작 유진 킴 장군이 맨손으로 세상의 편견과 대적하며 무에서 유를 창조해야 했다는 당연한 사실, 그러면서도 평생 재물에 초연한 사람이었다는 것에 대해서는 애써 외면하고 있습니다.

킴 장군은 전설적인 명장으로 그 이름을 떨쳤고 오늘날에는 인권운동가이자 일평생 차별에 맞선 선구자적 인물로 역사에 기록되어 있지만, 그의 진짜 능력은 바로 7년간의 국무장관 시절에 발휘되었다고 말해도 과언이 아닙니다. 그 기간 동안 그는 제3차 세계대전의 위기에서 세계를 구원하면서 동시에 세계 각지에 민주주의의 씨앗을 뿌렸습니다.

오늘날 범 김가라는 이름으로 뭉뚱그려져 불리는 이들은 어디까지나 거인이 뿌린 씨앗이 열매를 맺은 결과일 뿐입니다. 식민 지배와 제국주의에 의해 일그러진 나라들이 성장하기 위해 가장 필요했던 것, 경제 발전과 잘 교육받은 인재. 킴은 공허한 말 대신 행동, 그리고 불타는 의지로 자신의 의견을 입증해낸 셈입니다.

토요일 저녁 8시, 〈히스토리 채널〉에서 가장 긴박했던 동유럽 위기 최후의 1주일을 만나보십시오!

.
.
.

유진 킴은 렙틸리언입니다. 자명한 사실입니다.

렙틸리언들은 인간으로 의태한 채 세상 곳곳에 개입하며 세계 지배를 위한 음모를 꾸미고 있습니다. 그리고 이 음모의 결정체가 바로 김가이며, 그의 자손들은 오늘날에도 세계를 배후에서 조종하며 김가를 통한 세계 지배라는 거대한 목표를 위해 암약하고 있지요.

김가의 저택 양식을 보면 피라미드에서부터 따온 황금비가 적용되어 있습니다. 프리메이슨이 이 1:1.618의 비율을 철저히 지키면서 자신들의 건축물을 짓는다는 점을 고려한다면 프리메이슨이 외계 렙틸리언을 소환했고, 유진 킴으로 대변되는 이들 렙틸리언 집단은 금단의 지식과 미래를 내다보는 권능을 허락함으로써 미국, 나아가 세계를 프리메이슨을 통해 지배하는 첫걸음을 떼게 되었습니다.

동양교육발전기금은 바로 이 지배자들의 원활한 세계 통치를 위한 새로운 비밀결사이며…….

수요일 새벽 2시, 최후의 프리메이슨과 지구의 이면에서 암약하는 외계인들의 숨겨진 비밀을 〈히스토리 채널〉에서 만나보십시오.

* * *

암전. 그리고 곳곳에서 울려 퍼지는 박수 소리.

"으음, 참으로 감동적이야."

"올해도 가슴이 웅장해지는 다큐멘터리입니다."

나의 후손들이여. 나든 내 동생들이든 아무튼 혈중 김씨 농도 1% 넘는 인간들이여. 어째서 이 돈을 처발라 놓은 듯한 비싼 특급호텔에 최고급 정장 빼입고 모여서 하는 일이… 저만 끔찍한 다큐멘터리를 다 함께 시청하는 거냐. 도당체 어째서? 왜? 니들, 그렇게 렙틸리언이 되고 싶었어? 응?

"최근 음모론의 트렌드를 반영해, '유진 킴은 화성인'과 '유진 킴은 그레이' 같은 종래의 구시대적 음모론 대신 새롭게 다시 떠오르는 렙틸리언 음모론을 대대적으로 반영했습니다."

"〈엑스파일〉 시절이 참 달달했는데."

"〈유진 킴과 에어리어 51〉 시리즈 팔아먹을 때 주가가 2배로 튀지 않았습니까?"

"2배는 무슨. 그러다 고발당했잖아. 수량 적게 생산한다고."

"카드 게임에 일루미나티 로고가 박혀 있다는 음모론은 또 신선하군요. 다음에 홍보용으로 써먹어야겠습니다."

하지만 이 미치광이들은 조상님의 어이가 가출하고 있음에도 불구하고 너무나 태연스럽게 떠들어대는 게 아닌가. 내가 변온동물이 되고 있다고, 이 자식들아!!

뭐, 대충… 논리는 이해했다.

'이놈의 미친 음모론자들은 심심하면 별의별 창의력을 발휘해 우리 집안에 대해 개소리를 늘어놓는다. 백인이 성공하면 인간 승리고 아시안이 성

공하면 외계인의 음모냐?'

그래. 여기까진 이해하겠다고.

"남중국의 공장에서 렙틸리언 유진 킴 인형 발주량이 대폭 늘었답니다."

"버려지는 달걀 껍데기를 렙틸리언 알 화석이라고 팔아먹었더니 매출이 이만큼 나왔답니다."

"애완 돌멩이보다 더 괜찮은데?"

그런데 거기서 '우리가 대신 더욱 고퀄리티의 음모론을 뿌리고 그거로 한몫 두둑하게 벌어먹자. 캬, 달다 달아.'라는 발상은 대체 어느 자낳괴가 알려준 발상이냐. 김유신이 틀림없다. 김유신 네 이놈! 김유신이 우물에 독을 풀었다!

나잇살 잡술 만큼 잡순 이들 집안 어른들의 '일 이야기'는 유감스럽게도 고작 여기서 그치지 않았다.

"너도… 이제… 사내새끼가… 군대를 나왔으면… 장가를… 가야지……!!"

"아니, 제 나이가 아직 서른도 안 됐는데 무슨 말씀이십니까."

"김유진 장군님께서는… 네 나이 때… 애가… 둘이었어!!"

저편에서는 나이 지긋이 먹고 갓과 두루마기를 걸친 금발의 어르신께서 어린놈 하나에게 훈계를 베풀고 계셨고.

"인석들아. 공부 열심히 해서 좋은 대학교를 나오면 여자친구는 다 알아서 생기게 되어 있어. 나 때는 말이야, 동발 커트라인도 더럽게 높은데 집에서는 동발 합격 못 하면 호적 팔 거라고 부모님이 들들들 볶았는데, 너희는 그래도 SAT 점수만 충분히 따면 동발은 프리패스잖니?"

"하버드 합격 통지를 받아도 동발은 기도를 올려야 한다는 점에서 들들 볶이는 수준은 아저씨 때보다 오히려 더 심해진 것 같은데……."

"갈!!! 선현의 깊은 뜻을 아직도 모르겠단 말이냐!! 자고로 동발을 잃는 것은 죽음을 의미하는 법이며……!"

또 다른 편에선 딱 봐도 공부량은 담쌓은 것처럼 생긴 껄렁티 나는 학생 한 명이 어른들에게 둘러싸인 채 한 소리를 듣고 있었다.

동태 눈깔을 박은 채 퀭하게 위스키나 홀짝이며 이 개판을 감상하고 있자니 머리가 지끈지끈 아파온다. 그래, 사는 게 다 거기서 거기지 뭘.

"조윤 군, 맞나?"

"예. 그렇습니다."

"보통은 부모님들이 데리고 오는 편인데, 우리 대한의 건아께서 홀로 자작이나 하고 있는 걸 보니 내가 다 가슴이 아프구만. 자, 한 잔 받게."

정장 차림의 낯선 아저씨지만 어쩌 얼굴이 낯설지가 않다. 나는 그가 따라주는 잔을 받은 뒤 조심스럽게 입을 열었다.

"혹시, 누구신지 여쭤봐도……."

"아. 이런. 나는 퍼시픽재팬미디어에서 일하고 있는 킨 신이치라고 하네. 한국식으로 김신일(金信一)이라고 불러도 되고. 내 증조부가 김유신 회장님이시고, 조부께선 그분의 장남이신 에드워드 니시메 킴이네. 분수에 맞지 않게 귀한 집에서 태어나서 집안 쌀이나 축내고 있지."

나는 위풍당당하게 전무이사라고 적혀 있는 명함을 받아 들었다. 어쩐지. 듣고 보니 유신이를 좀 닮은 것 같기도 하고. 하지만 나잇값 못 하고 까불거리기 일쑤였던 그 자식에 비해, 눈앞의 댄디한 아저씨는 굉장히 세련되어 보이지 않은가. 보고 있나, 김유신? 네 후손들이 유전자 개량에 성공한 모양이구나.

갑자기 인터넷에서 본 '동조선 김가' 괴담 몇 가지가 뇌리를 스치긴 했는데, 이 나이스 미들의 모습과는 전혀 어울리지 않았다.

"제가 공부하고 그다음엔 바로 군대에만 처박혀 있다 보니, 뭔가 굉장한 회사 같긴 한데 잘은 모르겠습니다. 이거, 괜히 실례가 되진 않을지 걱정이네요."

"그래? 사실 우리는 젊은이들 대상으로 장사를 하고 있지만 뭐, 모를 수도 있지. 우리는 지금 게임을 주력으로 하는 회사야. 옛날엔 이것저것 다양하게 했었지만, 원래 각자도생이 이 집안 특색이니까."

다행스럽게도 그는 자연스럽게 '모두가 다 알지만 나는 모르는 정보'를 읊어주었고, 나는 얼른 앞으로 김씨 집안 사람으로 행세하는 데 필요한 정보들을 머리에 박아 넣었다.

이곳에 모인 이들은 결코 단일한 하나의 '김가'라고 볼 수 없는, 여러 갈래로 분리된 이들. 예컨대 여전히 장사 잘 하고 있는 샌-프랑코는 김유진의 자식들이 가업으로 굴리고 있고, 내가 살아 있을 적 진작 독립한 유신이의 퍼시픽 그룹은 또 별개로 굴러가고 있었다. 유인이네도 한국이나 동남아시아 등지에서 이런저런 사업체를 키웠고.

게다가 이놈의 집안은 내가 헨리를 후계자로 키울 때와 비슷한 정책을 그대로 답습하고 있었다.

'한자리 해먹고 싶어? 그러면 네 영지는 네가 직접 따오렴.'

돈은 대준다. 하지만 정점에 오르고 싶으면, 헨리가 '킴스 펭귄'을 궤도에 올렸듯 바깥으로 나가서 뭐라도 해야 했다. 정치를 하든, 사업을 하든, 무엇이 되었든 아무튼 광야로 나가 '저는 김가의 후광 없이도 잘 먹고 잘살 능력이 있습니다.'라는 걸 인정받아야만 하는 비정한 사바나식 후계 교육. 아니, 나는 그냥 상속세를 조금 깎고 싶었을 뿐인데.

반대로, 김가의 키를 잡고 싶지 않다면 두둑하게 한 재산 떼준다. 이러니 그냥 후계 구도에 끼어들지 않고 그 몫만 받아 나가는 후손들이 더 많다고 한다. 도전했다가 말아먹는 것보다 이편이 더 손에 쥐는 게 많다나.

"그래서야 집안이 남아나나요?"

"물론이지. 막상 자기 손으로 자립하는 데 성공하면, 굳이 여기서 후계자가 되겠답시고 머리 터지는 경쟁을 다시 시작하느니 그냥 자기 할 일 하면서 살겠다고 하는 친구들도 많거든."

김신일 씨는 그러면서도 자기 형제들은 다 크고 작게 성공했지만 후계 레이스에 뛰어든 애들은 없다고 첨언했다. 하긴, 용 머리 되겠다고 설치다 실패하느니 그냥 뱀 머리 하는 게 더 나을지도 모르니.

　　"그래서 제사는 제사지만, 이런 자리에서 다 함께 먹고 마시고 놀면서 좋은 분위기에서 서로 협의를 하는 거지. 저길 좀 봐."

　　나는 그가 손가락으로 슬쩍 가리킨 방향으로 시선을 돌렸다. 나이 지긋이 먹은 아저씨들이 줄담배를 태우며 체스를 두고 있었다.

　　"저 두 사람은 남중국 철강 건으로 지금 시장에서 부딪치고 있는데, 보아하니 오늘 결론을 볼 모양이네."

　　"그냥 체스 두고 있는 게 아니구요?"

　　"적어도 바깥에서 돈다발로 치고받고 싸우는 것보단 체스를 하는 게 훨씬 평화롭잖아. 지금 저긴 상황이 서로 멱살을 잡아도 이상하지 않은데, 그래도 조상님들 영전 앞이니 저렇게 차분한 대화의 장이 열렸단다. 괜히 이런 자리가 있는 게 아니란… 말이지."

　　설명이 끝나기도 전에 두 사람 중 한 명이 얼굴이 시뻘게져선 체스판을 엎어버렸다. 와장창!

　　"어, 음. 기회의 장이 마련된다는 게 항상 타결된다는 뜻은 아냐. 알지?"

　　"예에. 물론이죠."

　　그치. 아무튼 성공률 100%는 아니란 말이군. 하긴 100%가 세상에 어딨어? 그런 건 최면어플이라도 있어야 가능한 수치다. 그렇습니다, 전 세계 모든 지식인의 뇌를 쑤시던 꼬뮤니즘…….

　　"김가 사람들끼리 이야기가 대강 끝나고 나면 명시된 행사도 그걸로 끝나지만, 바로 이어서 보통 동발 장학생들부터 시작해서 각지에서 다른 사람들이 몰려와 또 새로운 안건을 논의하곤 하지. 여기 얼굴 내비치는 사람들도 사실 그때가 본론인 경우가 많고."

　　"그렇군요."

우리는 자리에서 일어나 바깥 테라스로 걸어갔다. 걸어가는 동안 "요즘 석유 가격이 너무 떨어지는데.", "이란군이 국지도발을 걸면 가격이 좀 올라가지 않을까?" 같은 괴상한 이야기가 들리긴 했지만 저건 틀림없이 농담일 거다. 암.

바깥바람을 맞으며 야경을 즐기길 잠시.

"자. 내가 오늘 조윤 군을 찾아와서 이야기를 나눈 건 음… 다른 사람들 부탁을 받아서란다."

"뭐, 그럴 거라 짐작은 했습니다."

"그래. 나는 샌—프랑코 쪽 지분엔 관심이 없지만 그쪽과는 제법 협력을 많이 하는 사이거든. 다들 조윤 군의 장래희망이나 미래 계획에 관해 관심들이 많아."

허 참. 산 입에 거미줄 치겠냐고. 내 통장 잔고만 봐도 가슴이 웅장해지는데? 80년을 개처럼 일했으니 이제 좀 한량의 삶을 살다 가도 좋지 않을까?

하지만 이 집안 돌아가는 꼴을 보아하니 이 대가족은 서로가 어떻게 사는지에 관해 참으로 관심이 많아 보였다. 당장 공부 안 하냐, 결혼은 했냐로 탈탈 쪼이는 젊은이들을 한 뒷박 구경했는데 멍청하게 '저는 부모님 유산으로 탱자탱자 놀다 가겠습니다!' 같은 소릴 하면 내가 김유진이 아니라 기무라 춘식이지.

"저야 뭐, 특별히 집안을 계승하겠다는 생각은 없지만 그래도 이래저래 취직이나 해서 먹고살 생각입니다."

"아직 구체적인 계획은 없고?"

"예."

"그래도 조윤 군. 사람은 일을 해야 해. 갓 전역한 친구들이 보통 풀어져서는 인생을 즐겨야겠다고 시간을 허비하곤 하는데……."

후. 이 집안 잔소리는 종특인가? 나는 저런 적이 없는데 억울하다.

"뭐, 저도 군에서 나름대로 자기계발을 좀 했었습니다."

"그래? 내가 알기론 딱히 그런 이야기는 못 들었는데. 취직에 도움 될 만한 자격증이나 커리어라도 닦아 놨나? 불편하지 않다면 우리 회사에서 한번 일해보는 게……."

내 이력서? 미 육군 대원수, 국무장관, 킹메이커, 프레지던트 슬레이어, 젯더미 나라 재건 경력 2회 등등… 을 나열했다간 내 취직처는 아캄 정신병원 독방이겠지. 압니다.

"외국어를 좀 공부했습니다. 영어나 일어, 중국어도 되고. 불어나 스페인어도 조금……."

"그걸 다 했다고?"

"예."

"Hablas español? Pero cómo?(스페인어를 한다고? 대체 어떻게?)"

"No hablo como un nativo pero sí lo hablo.(대단히 잘하는 건 아니지만 어쨌든 조금은 합니다.)"

"…어디 가서 굶어 죽진 않겠네. 영감들한테 걱정 좀 덜어도 된다고 해야겠어."

거봐. 걱정 좀 붙들어 매시라니까.

"그럼 이제 혼처만 마련해 주면 되겠구만."

"예??"

"그럼 김가의 자손이 생육하고 번성하지도 않을 작정이니? 응? 니 통장의 그 빼곡한 0은 너 하나 먹고살라고 준 게 아니라 네 처자식도 포함돼 있단다?"

아니. 내 자유. 내 자유 좀 압류하지 말라고요. 반세기 만에 되찾은 자유인의 삶을 조금만 더 즐기게 해주십쇼, 나리!

그런 내 마음속 절규를 아는지 모르는지, 이 나쁜 집안 어른은 싱글벙글 웃으며 귀한 집 참한 처자들을 물색하기 시작하는 것이었다…….

에필로그 6

"조윤이가 장가를 가야 허는데, 가가 조실부모했으니 우리 집안에서 누가 좀 총대를 메고 참한 색시를 구해줘야 하지 않것나?"

이름도 잘 기억 나지 않는 어르신의 지나가는 듯한 한마디. 이 한마디에 나는 삽시간에 관객에서 주연으로 입지가 변경되었다. 농담 아니고 수십수백 명이 나 하나 장가보내겠다고 저마다 떠들어대는 광경을 생각해보라. 이게 얼마나 무시무시하고 끔찍한 일인지 견적이 나오나?

"쟤는 한국 살잖습니까. 그럼 당연히 유인 어르신 일가에서 도와줘야 하는 거 아닙니까?"

"그게, 거, 사정이 좀 있어서."

"사정은 무슨! 망나니라고 그리 욕을 해대더만 애가 훤칠하고 싹싹한 게 아주 번듯한 청년이더구먼! 양심들이 있으면 그러면 안 되지!"

"아닙니다, 어르신들. 제가 어렸을 때 철이 없어서 실수를 많이 했습니다."

"이것 좀 봐라. 이게 어딜 봐서 망나니냐? 니 촌수가 어디 보자… 당숙질 간이구만. 그냥 편하게 불러라!"

도대체 '내'가 뭘 했는진 모르겠지만 일단 사과를 박고 봤는데, 그랬더니 장내의 시선이 더욱 묘해졌다. 유인이의 직계 장남이라는 아저씨는 아주 그냥 귀신을 본 듯한 표정이었는데, 음… 마음의 소리를 들어보자. '저 새끼가 진짜 사람이 됐다고?'라니. 조금 심하네. 나 상처받았어.

나를 어물전 오징어처럼 방치해 둔 이들 어르신들은 이제 자기들끼리 찌그락째그락대며 뭔가를 한참 이리저리 재기 시작했다.

"자는 그럼 부모상 치르고 혼자 살았나?!"

"조범석 장군이 맡아서 여지껏 후견해줬다고 합니다."

"범석이가 누꼬?"

"지금 한국 합참의장 지내고 있는 사람입니다. 93사단장 출신."

"그 사람이 왜 우리 집 애를 맡았어? 김가에 사람이 몇 놈인데!"

"아이고, 어르신요. 무슨 소릴 하십니까? 어르신 잘 알던 영희 아들 아닙니까. 박영희."

"영희? 그, 박기태 재무장관 딸내미? MIT 나왔던?"

"예예. 맞습니다."

"기억난다 그래. 가가 참 참했지. 신사임당이 살아 있었으면 딱 영희 같앴을기라. 빤듯한 집안 사람이 맡았더니 아가 사람이 됐나보네."

화제는 어느샌가 내 장가 이야기에서 조 장군이 됐다가 이제 얼굴도 모르는 박영희 여사 이야기로 넘어가 버리더니, '옛날 동발엔 참 결의 넘치는 친구들이 넘어왔었는데, 요즘 젊은것들은 에잉!' 같은 'Latte is horse'류의 투덜거림으로 바뀌었다. 여긴 미국인데 왜 삼천포로 빠져버릴까.

그렇게 광기의 쿠릴타이는 어느덧 그 끝을 맞이했다. 참으로 내게는 다행스럽게도 내 장가 이야기 또한 시공의 폭풍 어딘가로 빨려 들어가버렸다.

"다들 조심해서 들어가십시오!"

"다음에 또 보자!"

"어르신들, 먼저 일어나 보겠습니다."

"오,,, 냐! 제사상에 내 영정 걸리기,,, 전에,,, 한번 온냐,,,,,!"

저마다 분주히 인사를 나누는 모습이 어째 명절 때 큰집 같은 곳에서 헤어지는 장면과 별다른 차이가 없어 보인다. 사실 난 큰집에 가본 적도 없지만 말이다.

이제 남은 건 서울에 있는 으리으리한 내 자가로 돌아가는 일뿐. 나를 이 캘리포니아로 싣고 왔던 전세기를 어떻게 하면 다시 호출할 수 있는지 알아보려는 찰나, 예의 그 김신일 아저씨가 고개를 갸우뚱하는 게 아닌가.

"벌써 돌아가려고?"

"행사 끝났으니 이제 돌아가야 하지 않겠습니까."

"무슨 소리야. 이제 시작인데 돌아가긴 어딜 가."

돌아가는 일뿐… 은 무슨 얼어죽을. 쿠릴타이의 열기는 아주 불에 기름 끼얹은 듯 더더욱 활활 타오르고 있었다.

* * *

제사는 끝났지만, 사람들은 흩어지지 않았다. 보다 정확히 말하자면, 그들은 로스앤젤레스와 캘리포니아, 샌디에이고로, 혹은 인근 네바다주의 라스베가스나 멕시코 등지로 저마다 자리를 옮긴 뒤 새로운 미팅에 돌입했다.

"어이! 신수가 훤하구만!"

"짜식. 살아 있었네?"

그게 뭐, 단순히 미국까지 온 김에 옛 친구들 만나는 일일 수도 있고.

"기밀자료가 해금되면서 다시금 김유진 장군님의 업적이 회자되고 있는데, 지금 이 시기야말로 영상화 프로젝트를 한번 돌리기에 가장 적절한 시기 아닐까요?"

"영화는 너무 흔한데. 크리스마스 때마다 틀어주는 〈사막의 크리스마스〉라면 이제 신물이 난다고. 솔직히 〈나홀로 집에〉보다 더 자주 봤잖아?"

"그러니까 드라마화 해야죠. 사관생도 시절부터."

아니면 돈 냄새 솔솔 나는 이야기일 수도 있고.

"중공의 동태가 심상치 않은데, 이번에도 미국이 뒷짐 지고 구경만 하겠다면 재미없을 겁니다. 동맹 간에는 신의가 있어야지요."

"우리는 동아시아의 평화를 위해 PATO가 크나큰 역할을 하고 있다는 사실을 인지하고 있으며, PATO를 통해 역내 안보를 실현하겠다는 기본 방침에 추호도 변동이 없습니다."

내 귀에 들리는 건 과연 무엇인가. 나는 틀림없이 밥이나 한 끼 하자고 해서 가벼운 마음으로 왔는데 뭔가 엄청나게 살벌한 떡밥이 오가고 있지 않나. 아저씨, 대체 왜 저를 이런 곳으로 데려왔습니까.

나는 아무것도 모른다. 그렇고말고. 갓 전역한 대위는 아무고또 몰라요. 아, SF 영화 촬영 중인가보구나!

하지만 저 살벌한 떡밥을 논의하는 사람이 이 지구-2에서 나와 안면이라도 있는 몇 안 되는 사람이라는 게 문제였다.

"어이, 전역자."

"예에."

"얼굴에 기름기가 감도는 게 꿀 듬뿍 빨았나보다?"

"장군님께서 어이하여 여기까지 오셨습니까."

나는 미군 관계자와 국무부 직원이라는 이들이 우리 조범석 씨와 총성 없는 전쟁을 벌이는 꼴을 보고 오들오들 떨고 있었지만, 그는 무척 태연스러운 기색이었다.

"나도 동발 장학생이야, 이 자식아. 그냥 옛날 동창들 좀 보러 왔지."

"액면가로 보면 공부랑은 담쌓은 듯하십니다만… 그보다 동창이었다구요?"

누가 군인 아니랄까 봐 주임원사 뺨치게 얼굴이 삭은 대한민국 합참의장께선 철썩 소리가 다 나도록 내 등판을 갈겼다. 아따, 이 양반 손 맵네.

"오랜만입니다, 아저씨."

"신이치냐. 얘는 좀 어때?"

"1시간씩 전화통을 붙들고 걱정하길래 저도 같이 노심초사했었는데, 별일 없던데요?"

이제 보니 저 자본주의의 괴물에게 나를 좀 전담 마크해달라 부탁한 사람이 저 영감인 모양이었다. 생각해보니 그럴 만도 한 게… 나는 지금 기억상실 환자 코스프레를 하고 있지 않았나. 어쩐지 꼭 아무것도 모르는 사람 대하듯 친절하게 설명해 주더라.

"그래, 조윤아. 들어보니 어떻든?"

"어… 전 영어가 딸려서 잘 못 알아들었는데요."

"이 자식이 6개 국어를 할 줄 안댑니다."

"그래? 외무부 취직하면 딱이네. 머리에 남아 있는 게 없다고 아득바득 우기더니, 언어능력은 남아 있는 모양이지?"

뭐야. 왜 갑자기 취업 면접 자리가 되는 거예요. 제 희망 직장은 자택경비원인데요. 그런 나의 소박한 바람은 이 악의 무리들 앞에서는 아무런 의미도 없었다.

"노인네들이 애 장가보내라고 성화던데."

"누가 김가 아니랄까봐. 하여간 유난들이야."

"저도 김가입니다만?"

"그래서 유난이잖아. 그래서, 쟤 외무부에 한 자리 마련해주면 직장 문제도 해결이고. 이미 들어서는 안 될 이야기를 다 들어버렸으니 외무부에 취직하든가, 군대에 돌아오거나, 그게 아니면 살인멸구를……."

눈빛 좀 보게. 먹이를 노리는 하이에나도 저것보다 흉험하진 않겠다!

"저, 잠시, 제게도 인생 플랜이라는 게 있거든요?"

"그래? 뭐냐 그게."

"일단 올해는 푹 쉬면서 보낼 예정입니다."

"그건 그냥 놀고먹는 백수잖냐."

"제가 아직, 상식이 좀 비어 있는 부분이 많다보니……."

"……."

역시 기억 상실이 최고야. 가불기가 아주 예술적으로 들어가고 있잖아.

그리고 이틀 뒤.

"자, 여기 빈칸을 채워주세요."

"저는 멀쩡한데요."

"네네. 잘 알고 있습니다. 간단한 검사일 뿐이니 염려하지 마시고, 심리 테스트 본다 생각하고 한번 즐겨보세요."

나는 나잇값 못 하는 두 어른들에 의해 납치되어 정신과에 끌려왔다.

하… 세상 참 힘들다.

* * *

다행스럽게도 검사 결과 '정상'으로 뜬 뒤, 나는 잠시 행동의 자유를 얻을 수 있었다.

"후후후후."

햇빛은 따스했고, 날씨도 선선하다. 외출하기에 완벽한 조건. 그리고 내가 처음으로 향한 곳은 바로.

[유진 킴 메모리얼 박물관]

이야, 건물 삐까뻔쩍하게 올라간 것 좀 보라지. 그런데 저 건물명을 보니 어째 숨이 턱 갑갑해지는 느낌이다. 내가 무슨 피라미드 짓는 파라오도 아니고, 나를 기념하는 박물관을 내 생전에 짓는 셀프 수치플레이를 저지르진 않았다. 내가 죽기 전까지 이거 준공은 못 봤어도 설계도면이나 미니어처 모형은 봤었는데, 그땐 틀림없이 명칭이 '대전 기념관'이었다.

나는 올바른 윤리관념을 지닌 사람답게 저 수치심을 자극하는 입구로 들어가는 대신, 잠깐 공원처럼 조성된 건물 바깥을 두리번거리기로 결심했다.

"…하."

그런 나를 비웃기라도 하듯, 이번에는 참으로 늠름한 자세로 세상을 오시하는 김유진 대리석상이 기다리고 있었다.

이쯤 되면 좀 뇌절이다. 수백 년 뒤의 후세 사람들은 '김유진이라는 놈은 자신의 생김새를 본딴 조각상 만드는 게 취미였나보구나.'라고 해석할지도 모른다. 그리고 막 전문가니 뭐니 하는 사람들이 다큐멘터리에서 근엄한 표정으로 "유진 킴은 맨손으로 자수성가한 인물답게 자신의 업적을 과시하고자 하는 욕망이 강했습니다. 이는 심리학적으로도 증명된……." 같은 말을 주워섬기며 돈벌이를 하겠지.

나는 더 이상 생각을 이어나가는 것을 포기하고 박물관 바깥 곳곳에 진열된 지프나 하프트랙, 퍼싱 전차와 구형 대포 따위를 구경하며 천천히 마음을 다잡았다. 역시 이 철마들을 보고 있자니 가슴이 따스해지고 강 같은 평화가 도래하는 느낌이다. 그 왜, 있잖은가. 〈철마는 달리고 싶다〉 사진 같은 거. 통일 전망대에서 샀던 거 같은데.

그렇게 마음을 다잡은 뒤 박물관으로 들어가자.

"후. 이놈의 자낳괴 집안 진짜."

입구부터 범상치 않았다. 아니, 김상준 씨 샌프란시스코 입국 심사 서류가 왜 관공서가 아니라 여기에 전시되어 있어?

박물관은 참으로 위대한 데다가 지성과 미모를 겸비한 구국의 명장이자 대전략가 유진 킴 대원수의 일생을 프롤로그부터 에필로그까지 쭉 보여주는 구조로 설계되어 있었고, 외국인들을 위해 친절하게 조선 후기의 실태나 멸망 과정, 아시아계의 미국 이민사 등이 입구 바로 다음에 나열되어 있었다.

솔직히 우리 삼형제가 썼다는 설명이 붙어 있는 요람이 있는 걸 보면 광기마저 느껴지긴 하는데, 이 집안 놈들의 특성을 고려하자면 저게 그냥 어디서 골동품 사와서 진열했을 확률도 0이 아니라 두려웠다.

사관학교 입학 전 샌프란시스코에서의 나날들.

웨스트포인트.

그리고 1차 대전.

나는 걸음걸음을 옮기지 못하고 끝없이 보이는 추억들을 붙들어야만 했다.

나는 김조윤인가, 김유진인가? 어쩌면 자신이 김유진이라고 믿는 정신병 환자에 더 가깝지 않은가? 하지만 그러기에는 또 이 모든 기억들이 너무나 선명하다.

나는 나와 함께 프랑스의 전장을 누볐던 내 닷지 투어링 카, '블랙 로터스' 앞에서 한참을 멍때리고 있다가 다시 발걸음을 재촉했다. 하지 옆에서 총알 장전해주던 그 기억들이 잔디밭 스프링클러 돌아가듯 펑펑 샘솟았다.

그리고 전간기를 다루는 전시관으로 들어간 순간.

나는 꿈에서도 잊은 적이 없는 나의 친구를 발견했다.

세상에.

세상에, 어떻게 이 녀석이 남아 있었단 말이지? 나는 [손대지 마시오]라는 명패를 보고 잠시 움찔했다가, 스윽 주변을 둘러보고 아무도 없는 걸 확인한 뒤 보호용 유리에 천천히 손을 올렸다.

나의 소중한 친구.

내 서재 서랍에서 그대로 녹아버린 줄로만 알았던 금괴가 '안녕, 나는 금괴야!'라고 속삭이는 듯했다.

그치. 금괴는 소중하지. 갑자기 취직을 해야겠다는 생각이 흘러넘친다. 역시 서류 위에 올려 둘 문진으로는 순금이 제격이지.

그리고 제2차 세계대전을 다루는 챕터로 넘어가자.

"…오, 씨발."

[아돌프 히틀러가 그린 유진 킴 초상화]

별로 보고 싶지 않은 물건이 기다리고 있었다. 이런 건 좀 재활용하는 날에 내다버리라고 후손들아…….

에필로그 7

히틀러, 스탈린, 그리고 킴.

세계 역사에서 가장 강렬했던 군사적 충돌, 제2차 세계대전은 향후 세계를 주도할 이념은 어떠한 것이 되느냐를 놓고 벌어진 충돌이기도 합니다.

추축국 3국은 파시즘, 전체주의, 군국주의의 기치 아래 인간의 인권을 말살하였으며, 단 한 명의 독재자에 대한 맹목적인 충성과 인간에 대한 증오를 핵심으로 삼았습니다. 히틀러, 도조, 무솔리니 모두 자국 민족의 우월성을 고취하였으며 적국의 민족을 말살 대상으로 삼았습니다.

소련의 공산주의 또한 인권에 무감각하기로는 크게 다르지 않았습니다. 소련의 지도자 스탈린은 히틀러와 마찬가지로 인민의 생사여탈권을 포함한 절대권력을 휘둘렀으며, 소련 구성원 개인의 존엄성은 전쟁의 승리라는 명제 앞에서 결코 지켜지지 못했습니다.

반면 연합국은 인간의 존엄성과 자유, 그리고 민주주의라는 대의를 위해 싸웠습니다.

각국의 전시 지도자들은 민주주의의 꽃 선거를 통해 집권했으며, 전장에 나선 장군들은 시민이 뽑은 의회의 위임을 받아 지휘권을 행사했습니다. 제아무리 전쟁이 인간을 비정하게 만든다 한들, 연합국은 승리의 마지막 순간까지 결코 인간에 대한 믿음을 잃지 않았습니다.

유진 킴 대원수는 히틀러, 스탈린과 달리 민주주의 국가에서 나고 자란 인물이었으며, 동시에 착취당하는 식민지인의 혈통을 물려받은 이들 중 유일하게 세계의 운명을 결정하는 위치에 섰습니다.

당시 미합중국 대통령 프랭클린 루즈벨트는 바로 이 점에 주목했습니다. 두 사람은 탈식민주의와 반제국주의야말로 세상을 이롭게 만들 길이라는 공통적인 인식을 갖고 있었으며, 이내 직분을 떠나 절실한 친분을 다졌습니다.

킴 대원수는 전쟁 내내 지속적으로 백악관과 의회의 의지를 확인하였고, 현장에 배치된 야전군인으로서 입법부와 행정부에 최대한의 조언을 아끼지 않았습니다. 미합중국의 의지와 선의를 행동으로 옮기는 자로서, 킴은 적들이 아무리 끔찍한 짓을 자행하더라도 언제나 더 많은 사람을 살리는 방향을 택했습니다. 그는 항상 더 많은 전공, 더 많은 명예 대신 더 많은 생명을 추구하였으며, 연합군의 전쟁범죄를 억제하고 장병 모두에게 그들의 명예와 품위, 그리고 싸워야 할 이유를 함양하는 데 초점을 맞췄습니다.

루즈벨트 대통령이 서거한 뒤에도 후임 월레스 대통령은 고인의 의지를 계승하였으며, 킴은 그 뒤로도 올곧게 임무에 임했습니다…….

　　제2차 세계대전을 다룬 공간은 참으로 넓었다. 애초에 돈을 가장 칠해 놓은 곳도 이곳 같았고, 몇 없는 관람객들만 봐도 다른 곳에 비해 이곳의 밀도가 가장 빽적지근하잖은가.

　　그리고 어찌 된 영문인지.

　　[이곳에는 히틀러가 그린 유진 킴 초상화가 모여 있습니다.

　　많은 연구자들은 아돌프 히틀러의 정신세계에 유진 킴이 지대한 영향을 끼쳤다고 보고 있습니다. 훗날 삭제되었지만 《나의 투쟁》 초판본에는 유진 킴과 헨리 포드가 미국에서 파시스트 혁명을 일으켜 국가사회주의 대열에 합류하리라는 예상이 들어 있기도 하였으며, 정권을 잡기 전까지의 히틀러는 일명 위버멘쉬, 위대한 초인 중 한 명으로 킴을 거론하기도 했습니다.

　　본 박물관에 전시된 이 초상화들은 모두 히틀러가 그린 그림으로, 히틀러의 처지에 따라 점차 변해가는 화풍과 필체를 볼 수 있습니다……]

　　[1931년작]

　　[1932년작]

　　[1941년작]

　　나는 벽 한쪽에 걸려 있는 끔찍한 물건들을 보고 말았다. 어머나 씨발. 대체 이게 뭐란 말인가. 혈마신공? 소수마공? 인류가 만든 그 어떠한 사탄숭배물보다 더 끔찍한 물건이 어째서 나를 기념하는 건물 안에 있냔 말이다.

　　미치광이 짝부랄의 정신세계를 보여주기라도 하듯, 처음엔 날개를 달고 빨갱이를 도끼로 찍어 죽이는 바이킹처럼 그려져 있던 유진 킴은 어느 순간을 기점으로 마귀나 사탄처럼 묘사되다가, 마지막엔 참으로 사이키델릭한… 성화(聖畫)? 숫제 기독교 성인처럼 묘사되어 있었다. 솔직히 조금 역겹

다. 이게 왜 내 초상화냐. 딥페이크 합성이지.

이 참람한 광경에서 몸을 돌렸지만 아직 프릭쑈는 끝나지 않았다.

[아돌프 히틀러가 생전에 썼던 만년필]

[총통 벙커에서 노획한 타자기. 이 타자기는 히틀러의 유서를 비롯한 나치 독일 최후의 문서를 작성하는 데 사용되었다.]

[《나의 투쟁》초판본. 조지프 타가트 맥나니 기증]

[《나의 투쟁》불어판 샌-프랑코 버전 초판본. 프랑스를 점령한 히틀러는 샌-프랑코 출판사 프랑스 지사를 무력으로 점거하였고, 반드시 자신의 저서를 샌-프랑코에서 인쇄하도록 지시했다. 히틀러는 샌-프랑코를 자신의 전리품으로 여겼으며…….]

[총통 벙커에서 발견된 마네킹. 이 마네킹에 새겨진 탄흔은 유진 킴의 군복과 일치했으며, 히틀러가 노획한 상아 권총으로 발포한…….]

씨발.

내 눈. 내 눈!!

후손들아. 이게 무슨 짓이냐. 어째서 내 기념관이랍시고 지어놓은 건물에 짝부랄의 흔적이 가득한 게냐. 내가 지금 유진 킴 메모리얼 박물관에 왔니, 아니면 집착광공 동방불패 독일Ver 박물관에 왔니? 누가 보면 그 새끼가 규화보전이라도 익힌 줄 알겠다.

내가 죽는 그 날까지 몰랐던 집착남 시클그루버 씨의 무수한 소장품들을 보며 절로 현기증이 치솟아올랐다. 그 와중에 이 '히틀러 코너' 한쪽 구석엔 2차대전 피해자들을 위한 기금을 모금한다는 투명한 통이 있었는데, 거기엔 유달리 지폐와 동전이 꽉꽉 들어차 있었다. 이 새끼들 장사 한번 확실히 하네.

내가 만난 내 후손 놈들의 인성을 고려했을 때, '우리 김가야말로 피해자고말고!' 하면서 이 돈 즈그들이 먹을 것 같아 더 무섭다.

* * *

유럽 전선을 다룬 뒤에는 아시아 전선에 관련된 전시물이 가득했지만, 유감스럽게도 내 수치심은 그것들을 정성껏 음미하기엔 이미 한계에 봉착해 있었다.

[경애하는 민족의 태양, 김유진 장군님께서 마침내 조선반도에 발을 내디디시다!]

[김 장군님의 백만 철기, 조선 해방의 기치를 위해 앞으로 전진!]

[마침내 경성에 당도한 김 장군… 만백성 함성과 통곡으로 민족의 영도자 환영해.]

보는 것만으로도 머리통에 혹이 솟아오를 것만 같은 당시 삐라와 신문 같으니라고. 역시 철기 이범석이 제일 문제였다. 그 인간을 잡아다 저기 어디 라바울 같은 곳에 처박았어야 했어.

나는 너덜너덜해지다 못해 걸레쪼가리처럼 변해버린 멘탈을 부여잡은 채 2차대전관을 나왔다.

"자자. 배가 고프지 않습니까? 여기서 잠깐 요기하고 가시지요!"

그리고 기다렸다는 듯 배치된 기념품점과 각종 푸드트럭. 인간의 위장을 가장 시험하게 만든다는 델리만쥬 비슷한 향기, 그리고 칠면조 노릇노릇 익는 내음이 솔솔 풍기는 것이 이 박물관을 설계한 인간이 얼마나 악랄한 자본주의의 추종자인지를 보여주는 듯하다.

"이게 뭐죠?"

"그건 바로 이 박물관 특산품, '유진─바'입니다! 다른 곳에선 구할 수 없고, 오직 여기서 파는 유진─바야말로 정품이지요!"

"하아, 하나만 주세요."

"옆에 있는 '시클그루─바'와 교차해서 2+1 행사를 하고 있습니다. 하나 더 사시면 하나는 무료입니다."

"…두 개 더 주세요."

"혹시 담배는 안 피우십니까? 오직 이곳에서만 2차대전 때와 동일한 외관의 럭키 스트라이크를 팔고 있습니다. 킴 장군은 언제나 '럭키'와 함께 전쟁터를 전전하셨는데……."

나는 나도 모르게 '아니다, 이 악마야!!'라고 고함을 버럭 지르려다가 간신히 입을 콱 틀어막았고, 담배 대신 콜라를 추가로 샀다. 여기에도 러시아어 캘리그라피가 인상적인 그놈의 꼼라드콜라가 대기 중이었는데, 참으로 근엄하게 생긴 북극곰 코스프레 스탈린 그림이 붙은 걸 보니 안 살 수가 없었다. 네코미미, 아니 쿠마미미 스탈린을 어떻게 참아.

늠름하게 그려진 유진 킴 초상화를 반으로 갈라 찢고 안에 담긴 초콜릿을 우그적우그적 있는 힘껏 씹어 삼킨다. 역시 맛있다. 옛날 미군 전투식량에 들어 있던 허쉬제 '파멸적인 맛을 자랑하는 이빨추수용 초콜릿'과는 차원이 다른 맛. 이렇게 맛만 좋은데, 먹으면 죽는다는 괴담이 퍼져버린 탓에 내가 얼마나 여린 마음에 크나큰 상처를 받았는지 모른다. 괴벨스가 퍼뜨린 괴담이 틀림없어.

* * *

초콜릿과 콜라로 배를 채우고 다시 앞으로 나아갔다. 시대가 바뀌었다는 걸 증명하듯, 건물 인테리어부터 뭔가 조금 더 포스트모던틱한 분위기로 변모해 있었다.

냉전기를 다룬 이곳 역시, 사방이 전쟁의 흔적으로 가득했다. 하지만 아까보다는 내 마음이 치유되는 것이, 그래도 이곳은 누굴 얼마나 죽였네 같은 자랑보다는 어디를 재건하고 얼마를 살렸는지에 관한 서술이 더 많았기 때문이다. 그래, 내가 헛산 건 아닌 모양이지.

하지만 유감스럽게도 관람객들은 그렇게 생각하지 않는 모양이었다.

"아빠, 여긴 왜 총이랑 탱크가 없어?"

"탱크는 아까 뒤에 있지."

"으에에에엥!! 전투기 보고 싶어, 전투기!!"

떼쓰는 아이를 보며 어쩔 줄 몰라 하던 부부는 아이를 꽉 붙들고 쏜살같이 달려 나갔다. 당연히 화장실 문 뒤편에서 엉덩이 찰싹찰싹 때리는 소리가 들리겠거니 생각했지만, 안타깝게도 내 기대와 달리 얼마 뒤 다시 만난 아이의 손엔 퍼싱 전차와 머스탱 장난감이 쥐어져 있었다. 물질주의 만만세야, 정말.

칭얼대는 아이들과는 별개로, 성인 관람객들은 대부분 딱 한 자리, 건물 한가운데에 못 박힌 채 무언가를 바라보는 데 열중하고 있었다.

《자본론》

이 책은 얄타 회담 당시 이오시프 스탈린이 친필로 글귀를 적어 유진 킴에게 선물하였다.

유진 킴은 이 책을 단순한 기념품이 아닌, 미국과 소련이라는 두 초강대국이 서로를 이해할 수 있는 상징으로 발돋움시키고자 많은 공산 국가의 지도자들의 서명을 받았다. 국공내전이라는 비극으로 문을 연 냉전의 소용돌이 속에서, 유진 킴은 최악의 파국을 막고 이념 위에 인권과 인간에 대한 따스함이 있음을 역설하고자 이 책을…….

아냐, 이 자식들아. 그냥 내가 빨갱이들 만날 때 거드름 떨려고 서명받은 거라고. 그놈의 천마신공 때문에 내가 얼마나 고초를 겪었는지 알기나 해?

하지만 내 속이 타는 목마름으로 절규하는 것과 별개로, 천마신공 뒤편에는 매카시즘의 광기에 맞서서 우리 위대한 김유진 씨께서 얼마나 미국의 숭고한 대의를 위해 노력했는지를 보여주고 있었다. 매카시시시 바로 뒤에 해맑게 웃으며 천마신공에 싸인하는 흐루쇼프 사진을 박아 놨으니 아무것도 모르는 관람객들은 정말 내가 평화의 전도사쯤으로 보일 게 틀림없다.

갑자기 만사가 피곤해진다. 이 이상 여길 보고 있다간 미쳐버리고 말 거야. 〈유색인종 인권 향상을 위한 유진 킴 최후의 불꽃〉 같은 걸 보고 있다간 내 자아가 비대해져버리거나 수치심에 실금해버리거나 둘 중 하나는 벌어질 것 같단 말이지. 아이에에에!

내가 관람을 끝내고 출구로 빠져나오는데, 어디선가 빵빵거리며 클락션이 요란스레 울렸다.

"야, 야! 어디 가냐!"

"아니. 여기엔 왜 계세요?"

"너 태워주려고 기다리고 있었지."

두 남정네들, 조범석과 킨 신이치는 실로 사악한 미소를 지은 채 운전석과 조수석에 사이좋게 앉아 있었다. 저 상판대기는 루즈벨트가 자주 짓던 표정인데 필시 좋지 않은 징조가 틀림없다.

"제가 여기 있는 줄은 대체 어떻게 알고……."

"바보냐? 전역자라고 증명하고 무료입장했잖아. 설마 김가 사람이 유진 킴 기념관 와서 신분증 내밀었는데 모를 거라 생각한 거냐?"

아니. 내 말은 그거 하나 내밀었다고 당신네들이 내 위치를 파악하고 차 끌고 나오는 속도가 비정상적이라고요. 이거 개인정보 도용 아냐?

"빨리 타기나 해. 시간 없으니까. 급하다."

딱 봐도 비싸 보이는 삐까뻔쩍한 차 뒷자리 문이 자동으로 열리자, 나는 더 이상 군소리하지 않고 얌전히 탑승했다. 몇 억은 나갈 것 같은 으리으리한 차에 태워주겠다는데 어쩔 수 있나.

"조윤아."

"예에."

"몇 가지 아이디어가 있는데 들어봐라."

조 장군은 참으로 험악하게 차를 몰며 조용히 입을 열었다.

"첫 번째, 외무고시를 준비한다."

"제 머리가 안 될 것 같은데요, 그건."

"두 번째, 신이치 저놈이 있는 회사에 신입으로 취직한다."

"저, 제발. 제발. 전역하자마자 취직이라구요?"

"세 번째, 동발 장학생으로 미국에서 4년 더 공부한다."

"그게 돼요? 무조건 시험 쳐서 뽑히는 거 아니었나요?"

"음, 그게, 특별전형이 좀 있다. 이런 말 하기엔 조금 그렇지만, 네 가정환경이나 그런 게 있으니까. 추천서 몇 장 받으면 아무튼 가능해."

"그게 아니라도 '장학생'만 아니지 그냥 동발 교육 코스를 탈 순 있으니까. 이번 기회에 학벌 세탁이나 좀 하지 그러냐."

그냥 놀고 싶은데요, 라고 말했다간 이 두 인간들이 날 태평양 바다에 던져버리겠지.

그래도 외무고시보단 학생이 훨씬 낫다. 대학생이라니. 빨간 스포츠카를 끌고 캠퍼스를 종횡무진하며 내 잃어버린 청춘을 보상받는 셈 치는 거다. 이게 3회차지. 이게 옳게 된 세상이지, 암. 그렇고말고.

"그게 되면 그렇게 하고요."

"그래. 약속이다. 그리고… 네 맞선 잡았다."

"예? 그건 또 무슨 자다가 봉창 두드리는 소리예요?!"

"시끄러! 싫으면 통장 반납해! 네가 망나니로 살아온 대가를 치른다고 생각하라고!"

이게 그 가부장제의 폭력이구만. 죄는 원래의 김조윤이 저지르고 벌은 불쌍한 고학생 김조윤이 받는다니. 원님재판도 이만저만이 아니다.

"그래서, 꼭 그 사람이랑 결혼해야 하는 건 아니죠?"

"싫으면 까도 돼. 그래도 상대 얼굴은 좀 보고 와라."

"후우, 그러죠. 그래서 누군데요."

"아주 명문가 집안이지. 패튼가의 딸내미인데 사람이 참 야무지고 참해."

"…딸꾹."

'후하하하하! 후배님, 그렇게 우리 집과 한 몸이 되고 싶었나? 역시 사람 볼 줄은 아는군!' 같은 기차 화통 삶아먹은 사운드가 아련하게 들리는 듯했다.

제기랄.

에필로그 8

유진 킴 장군과 함께한 근현대의 기나긴 여정, 어떠셨나요?
여기에 그분의 숨결이 함께하는 멋진 기념품들이 있으니 한
번 구경해보세요!

문진文鎭

이 문진은 킴 장군이 자택에서 업무를 볼 때 항상 자리를 지
키고 있던 물품으로, 나치 독일의 킴 저택 테러에도 불구하고
일절 그슬리지 않고 살아남았습니다. 그 유명한 《스타 스트러
글》을 집필할 때도 이 문진을 사용했다고 합니다.
본 박물관에 진열되어 있는 원본과 동일한 사이즈의 레플리
카를 쓴다면 킴 장군께서 당신이 불멸의 대작을 쓸 수 있도록
도와주실지도?
(※킴이 도와준다, 라고 말했다가 킴이 도와주지 않았다며 고소한 실제 케
이스가 있음. 반드시 말끝을 살짝 흐릴 것!)

《모든 것을 끝낼 전쟁》 개정판

유진 킴 신화의 시작을 알린 전설적인 저서,《모든 것을 끝낼 전쟁》의 박물관 한정판 버전입니다.

오직 본 박물관에서만 판매하는 한정판에는 생전 유진 킴 장군의 서명 레플리카가 커버에 새겨져 있으며, 부록으로 첨부된 〈아마겟돈 레포트〉 원본에 남아 있던 아이젠하워, 브래들리, 밴플리트 등 당시 웨스트포인트 생도들이 해당 레포트 종이에 끄적거린 낙서와 피드백을 토씨 하나 빠짐없이 그대로 반영하여 실어 놓아 특별판으로서의 가치를 더욱 끌어올렸습니다.

(※1915년에 발매된 초판 버전이 아닌, 훗날 샌—프랑코가 다듬은 개정판을 기준으로 한 책임을 명확히 할 것. 초판 버전은 퍼블릭 도메인으로 타 출판사에서도 유통 중임.)

책갈피

킴 장군을 위시한 여러 인물들의 명언이 적혀 있는 책갈피입니다. 본 박물관에서 가장 빠르게 소진되고 있는 책갈피는 히틀러의 유서에 남아 무수히 많은 사람들이 다시 거론한 '귀하의 헌신은 보답받았는가' 글귀가 적힌 제품입니다. 킴 장군의 헌신이 세상을 어떻게 바꾸었는가, 그리고 증오에 찬 무리들은 결코 세상을 바꿀 수 없었다는 역사적 진실을 되새길 수 있는 멋진 기념품이……

(※ 실수로라도 히틀러를 옹호하는 발언을 하지 않게 주의. 네오나치가 나타났을 경우 계산대 옆의 검은 버튼을 누르고 시큐리티가 오기까지 기다릴 것.)

* * *

가엾고 딱한 사람들. 미국인의 유전자에는 '싫은데 에베벱'이 동네 입구 장승처럼 박혀 있다는 것도 모르나? 조선의 지엄한 가부장제와 유교이즘이 어찌 감히 동물의 왕국, 야생의 사바나에서 80년을 살아오며 모든 걸 성취해낸 비정한 남자 유진 킴을 막을 수 있겠느뇨. 차가운 워싱턴 남자, 하지만 내 금괴에겐 따뜻하겠지…….

운이 좋게도, 김조윤 씨는 한국과 미국 두 국적을 모두 보유하고 있는 이중국적자. 게다가 여장변태남 후버에게서 각종 첩보 스킬까지 전수받은 이 몸이 빵빵한 현금까지 쥐고 있으니 영감들의 눈길을 피하기란 참으로 쉬웠다.

아주 약간, 돈으로 바벨탑을 쌓다시피 한 김가의 자손으로서는 정말이지 소박한 수준으로 돈을 인출한 뒤 몇 바퀴 빙글빙글 돌리면 금세 깨끗한 돈이 튀어나온다. 암호화폐에 영광 있으라. 나같이 법 없이도 살 사람이 나쁜 어른들을 피하라고 이런 문명의 이기를 마련해주다니. 고마워요!

가짜 신분증으로 렌트한 차를 타고 단숨에 미국—멕시코 국경을 넘는다. 1915년 이래 멕시코 땅에 발을 디디는 건 처음이다. 음… 백 년이 훌쩍 지났구만, 벌써.

가슴에 손을 얹고 솔직해지자. 이 탈주는 절대 내 탓이 아니다. 전부 미친 영감들 잘못이다. 가정법원에 들고 가도 140% 영감들 탓이라고 판결 날게 확실하다. 아니, 패튼은 대체 왜 튀어나오는 거야?

그날 그 박물관이 문제였다. 그때부터 꿈자리가 뒤숭숭해졌다. 거기 진열된 각종 물건들 하나하나를 볼 때마다 옛날 생각이 불쑥불쑥 솟아올랐다. 절대, 절대로 퇴장하는 통로에서 퍼시픽재팬미디어가 뿌린 모바일 게임

재화 쿠폰을 써먹을 겸 그 망할 놈의 게임을 플레이해서가 아니다.

아무튼 몹쓸 것들을 실컷 보고 난 뒤로 잠만 자면 자꾸 악몽이 튀어나왔다.

'음후흐핫핫핫! 후배님, 킴 가문과 패튼 가문! 두 위대한 군인 가문이 결합해 세계를 정복할 군인을 제작할 시간일세!'

'그아아앗!'

'3차대전! 핵전쟁! 아포칼립스! 우리의 아이들이 저 빨갱이들을 모조리 핵의 불길로 태워버리고 새 지구의 지배자가 되는 걸세!'

공산당 망했다고! 쟤들은 이제 당명만 공산당이지 그냥 평범한 일당독재잖아! 사라져라, 이 마구니야!

상식적으로 생각했을 때 인생 2회차가 나 말고 또 있을 리가 없다. 그리고 내가 아는 조지 패튼의 아들 또한 지극히 상식적인 인간으로, 그 집안 식구들을 다 통틀어 봐도 우리 노릇노릇 통구이 코르크론 광전사 조지 스미스 패튼 주니어가 유별나게 맛이 간 성격파탄자였다. 내가 특별히 패튼가의 여성분과 선을 거부할 이유는 딱히 없는 셈.

그치만… 뭔가 기분이 알쏭달쏭하다고. 조금 억지 비유지만 굳이 비유를 든다면, 퍼싱 장군이 패튼 여동생과 약혼했단 사실을 들었을 때 느낀 기분과 비슷하다. 아니, 진짜 이게 제일 근접한 비유 같은데? 이 찝찝한 기분의 정체는 바로 친구 딸이랑 재혼하기로 했을 때의 그 삼강오륜을 찢어버리는 기분이었구나.

그래서 결심했다. 어차피 이 몸의 명성이야 이미 지구 맨틀을 뚫고 내핵에 처박힌 자타공인 망나니. 내가 겨우 가출한다고 해서 더 나빠질 것도 없다. 망나니가 망나니 했구나 하겠지 다들.

멕시코 국경을 넘은 뒤 비행기로 칸쿤, 칸쿤에서 머니 빠와로 보트를 한 척 빌린 뒤엔, 영국령 케이맨제도로. 그리고 이 케이맨제도에 뭐가 있냐고 하면.

"안녕하십니까. 무엇을 도와드릴까요?"

"개인금고를 열겠습니다. 번호는……."

뭐가 있긴. 뭐가 구리구리한 놈들을 위한 은행이 있지.

쿠바 바로 남쪽, 카리브해의 이 섬은 바로 조세피난자의 천국. 다 늙어빠져서 집에서 감자 농사나 짓고 살던 1960년대 말, 김유진 씨는 언제부터인가 사후세계에 관해 진지한 고민을 하기 시작했었다.

'혹시 이번 생이 끝이 아니라면? 죽고 나서 3회차가 기다리고 있다면?'

'내가 죽어서 이세계로 끌려간다면? 눈 떠보니 조선시대라면? 사람도 아니고 무슨 괴물로 태어났다면?'

'사후세계 따윈 없으며 인간은 죽으면 흙으로 돌아갈 뿐이다!'라고 호기롭게 외치기엔 이미 유진 킴의 존재 자체가 과학을 부정하고 있다. 쫄린다.

주일마다 따박따박 교회에 나가고 예배도 열심히 드린 신앙인 유진 킴이 죽는다면 당연히 무수한 아기 천사들에게 둘러싸여 천국으로 가는 게 확정… 이라고 말하기엔 솔직히 찔리는 짓을 너무 많이 했다. 베드로든 아니면 염라대왕이든 누군가 이죽대면서 '네가? 천국엘? 진짜?'라고 묻는다면 양심이 살짝 켕길지도.

게다가 어린이의 친구이자 온갖 판타지와 SF 소설을 팔아먹으며 무수한 소설을 읽어본 내 짬밥으로는, 기껏 팔자 고쳐놓고선 3회차 준비를 충실히 갖추지 않아서 평범한 중산층이나 서민으로 전락할지도 모른다는 두려움도 조금 있었다.

아무튼 그래서… 적당히 입에 풀칠할 만큼의 쌈짓돈을 이 수상쩍은 VIP 전용 은행에 짱박아놨다. 완벽한 무기명으로. 신분증도 뭣도 필요 없고, 오직 비밀번호만 알면 되는 형태로 개설해놨지.

유진 킴, 도로시, 헨리의 생년월일. 거기에 더해 내가 레토나에 치인 날짜. 내가 아니면 누구도 알 수 없는 기나긴 숫자의 행렬 총 32자.

"확인되셨습니다. 들어가시지요."

나는 살짝 고개를 끄덕이고 곧장 금고로 향했다.

"후우."

나는 일말의 망설임도 없이 배낭을 열고, 금고 안에 있던 내용물들을 모조리 쓸어 담았다.

내 몸의 평화를 위한 권총 몇 자루.

각종 무기명 채권과 무기명 주식.

스위스 은행 비밀계좌.

빳빳한 달러와 파운드 지폐 등등.

그리고 한때 오오타를 위시한 무리들이 내게서 마음의 평화를 사기 위해 조공을 바쳤던 금괴와 보석. 역시 다른 금괴보다 이 금괴가 정통이다. 그래 이거야. 조선인의 금가락지를 약탈해 새로 정련한 일본제국산 금괴야말로 내 영혼을 위한 금괴렷다.

만에 하나 내가 아프리카 어디의 빈민가에서 태어나더라도 여기까지 오기만 한다면 팔자 바꿀 수 있게 최대한 세팅해 두었다. 핵전쟁 아포칼립스 세계라든가 어디 완전히 다른 이세계에서 태어나지 않아서 정말 다행이야.

묵직한 배낭의 무게가 내 경제적 자유를 알려준다. 역시 사람은 돈이 있어야 하는 법. 이제 내가 맞선 안 본다고 영감 놈들이 내 통장을 압류하더라도 나는 저어언혀 두렵지 않다. 망나니는 망나니답게 살렵니다. 크헤헤헤!

* * *

하지만 나의 반란은 일주일 만에 진압당했다.

—그러냐. 네 마음이 그렇다니 더 이상 붙잡지 않으마.

—그래도 곧 있으면 네 부모님 기일인데, 한번 들어와서 인사나 드리고 가는 게 어떻겠느냐?

아아, 슬픈 유교 DNA여. 저런 말을 들었는데 어찌 잠수를 탈 수 있겠는고.

돌아오면 반드시 사악한 영감들의 손에 붙들려 신체의 자유를 박탈당하고 맞선 보는 날까지 감금당해 군만두만 먹지 않을까 두려움에 떨었지만, 그들은 뜻밖에도 덤덤했다.

"네가 제일 경황이 없고 낯설었을 텐데, 우리가 조금 무리했나 싶구나."

"그래. 부담 느끼라고 그런 건 아니었는데 본의 아니게 그렇게 된 모양이구나. 네가 괜찮아질 때까진 당분간 쉬자꾸나. 선도 그렇게 부담 가질 필요 없다. 우리가 그쪽엔 잘 말해 놓을 테니……."

"아, 아뇨. 괜찮습니다. 그냥 커피만 딱 한 잔 하는 건데요, 뭘."

내가 좀 윤리의식이 투철한 편이다. 절대로 침울해하는 노인네들 모습을 보니 마음이 약해진 게 아니고, 그냥 소소하게 커피 한잔하는 거에 너무 거창한 의미를 부여했나 스스로 깨달았을 뿐이다.

캘리포니아로 돌아온 나는 온갖 전문가들에게 둘러싸여 단발령 당하는 양반님들처럼 머리카락도 다듬기고, 옷도 한 벌 새로 맞추고, 피부 관리도 받고, 아무튼 이거저거 다 당했다.

그리고 마침내 결전의 날이 당도했다.

* * *

"……"

실수한 것 같다. 내가 아는 조범석 씨로 말할 것 같으면 FDR과 스탈린과 히틀러를 믹스해 놓은 것 같은 음흉한 인간. 세상이 바뀌었으니 당연히 세계정복 같은 사악한 음모를 꾸미고 있을 테지. 틀림없다. 그리고 그런 사람이 눈물 좀 흘린다고 덜컥 마음이 약해져버린 나는 아무래도 함정에 빠진 듯했다.

인테리어에 신경을 가득 쓴 한 카페에서 얼마나 기다렸을까.

"조윤 킴 씨 맞으신가요?"

"예, 그렇습니다."

상대가 왔다.

왜 영감들이 '참하다'라고 표현했는지 딱 알 법하게 생겼다. 미인이시구만. 패튼이라는 성만 잠깐 눈을 감는다면 사실 아무 문제도 없었다. 그걸 몰랐다면 괜히 말 한 번 붙여봤을지도 모르지.

하지만 알아버린 이상 어쩌겠나. 저 얼굴로 '피! 살육! 전쟁!' 하면서 전투 함성을 외칠 것만 같다고. 연애 상대는 몰라도 평생 검은 머리 파뿌리 될 때까지 살라고 하면 조금 자신감이 사그라든다니까요.

대충 서로 자기소개하고, 뻔한 말 한두 마디 주워섬긴 뒤 커피 주문.

"저는 아이스 아메리카노로 하겠습니다."

"아, 그래요? 저도 그거로요."

"알겠습니다."

굳이 뜨뜻한 커피를 마시고 싶지는 않다. 빨리 마시고 빨리 쫑내야지.

너무 티를 내서일까.

"음, 먼저 죄송하다는 말씀을 드려야겠어요."

"어떤 것 때문에 그러시는지."

"부모님 성화 때문에 나오긴 했지만, 저는 아직 결혼을 하겠다는 확신은 없어서요."

"하하. 괜찮습니다. 저도 집안 어르신들이 좋은 분이 있다고 강권하셔서 나왔는데, 아직 제 나이엔 조금 이르지 않나 생각했거든요. 오늘은 그냥⋯ 서로 알아만 가면 좋겠습니다."

"그래요. 서로 합의가 되었으니 저도 마음이 편해지네요."

휴. 다행이다. 머리채 붙들려 나온 건 피차일반이었다니. 엄한 집 처자 시간만 뺏는다는 고민은 덜었구만.

우리는 시시껄렁한 신변잡기를 적당히 떠들었고, 아이스 아메리카노는 순식간에 얼음 몇 개만 덩그라니 남았다.

"오늘 참 즐거웠습니다."

"저도요. 앞으로도 종종 뵈어서 좋은 친구로 지낼 수 있으면 좋겠어요."

정석적인 인사. 이제 빠이빠이한 뒤에, 영감들에게 '좋은 사람이었지만 인연이 아닌 것 같았습니다.'라고 보고서를 올리면 끝난다. 음. 완벽해.

하지만 불행하게도 카페를 막 나서려고 하는데 하늘은 밤처럼 어두컴컴, 비가 쏟아지고 있었다.

"우산 있으신가요?"

"아뇨."

"이런. 제 차에 우산이 있긴 한데 조금 멀리 대놨거든요. 잠깐 오다 가는 소나기 같으니 안에 들어가 계시죠. 저는 흡연자라 담배 한 대 피우고 바로 우산 가져오겠습니다."

"괜찮아요. 우리 아버지도 천날만날 독한 시가를 제 옆에서 잘만 피워댔는걸요. 상관없어요."

뭐, 그러시다면야. 굳이 몸에 눈꼽만큼도 이익이라곤 없는 간접흡연을 사서 하겠다는데 어쩌겠나. 너무 피곤해서 오늘의 매너는 전부 소진해버렸다. 나도 이 쏟아지는 비 맞아가면서 차에 가긴 싫다고. 걸친 이 옷쪼가리가 얼마짜린데.

나는 연초 한 발을 장전해 라이터로 불을 붙이곤, 드럼의 표정과 맥아더의 포즈를 합친 완벽한 아이덴티티 자세를 취한 채 카페 앞 벤치에 앉아 니코틴을 음미했다.

"……."

"……."

뭔가.

뭔가 갑자기 지독한 기시감이 나를 덮쳤다.

나는 멍하니 그녀를 바라보았다. 그녀 또한 입을 가린 채 나를 빤히 쳐다보았다.

하늘에서 지켜보던 누군가가 오함마로 뒤통수를 후려까기라도 한 듯한 기분을 애써 달래며, 나는 알 수 없는 거대한 의무감에 휩싸인 채 막 품에 집어넣으려던 담뱃갑을 다시 손에 쥐었다.

"한 대 피우실래요?"

"네, 네??"

심장이 터질 것만 같았다.

당혹감을 감추지 못하던 그녀는 잠깐 고민하다가, 마치 학예회 연극에 차출된 초등학생처럼 뻣뻣해진 채 내 근처로 다가왔다.

"그래도 돼요?"

"안 될 게 뭐 있습니까?"

내가 대답 대신 한 까치를 내밀자, 그녀는 얼른 받아 들었다. 받아 쥐는 그녀의 손이 슬쩍 내 손등을 스치더니, 참으로 어설프게 천천히 입에 담배를 물었다.

"이다음이 뭐였는지 혹시 기억하시나요?"

"성냥이 부러졌었을걸요, 아마."

"21세기에 누가 성냥으로 불을 붙여. 1912년도 아니고."

"어. 음."

나는 라이터를 꺼내 괜히 몇 번 엉터리로 버튼을 딸깍였다.

"라이터에 기름이 다 떨어졌네요."

"이리 와봐요."

그녀는 자연스럽게 내 바로 곁으로 다가왔다.

비가 그치고 구름이 흩어지며 캘리포니아의 햇살이 내리쬐기 시작했다.

낯설기만 한 시간을 헤매던 여정이 지금 갑작스레 끝나버렸다.

7장
수난오대

수난오대 1

　서기 1876년, 20세기가 시작되기도 전. 동방의 한 작은 반도 국가가 국제사회의 무대로 끌려 나오고, 기나긴 암흑기를 향해 빨려 들어가려던 시절.

　"허 참. 세상이 어찌 될는지 모르겠구만."

　"나라님께서 개항을 허했다고 하니 어쩌겠습니까?"

　"개항이라고 한들 어차피 왜관(倭館)이 있던 자리에 왜놈들이 조금 더 늘어나는 것뿐이니 무엇이 달라지겠는고. 아무것도 달라질 것 없으니 경거망동하지 말게들."

　조일수호조규, 다른 이름으로는 강화도 조약. 이 조약으로 인해 이전부터 왜관이 있던 부산은 최초의 개항장이 되었고, 이곳은 이내 서구 문명, 나아가 근대화라는 거대한 쓰나미가 몰아치는 각축장이 되었다.

　전근대를 상징하던 초량 왜관이 있던 자리는 어느새 일본 전관 거류지라는 근대적인 공간으로 바뀌었고, 막부의 비호를 받던 왜상들 또한 일본 제국의 첨병으로 그 태를 갈아 끼웠다. 구경거리만 있으면 떼로 몰려와 구경에 여념이 없는 조선인들답게, 이 기묘한 서양식 건물들이 올라가는 모습을 보며 남녀노소를 불문하고 저마다 떠드는 가운데.

"왜놈이고 나발이고, 저놈들의 기물이 도움이 된다면 당연히 배우고 익혀야 하지 않을까?"

"제정신이야?"

"나는 오히려 묻고 싶은데. 왜놈들이 하루아침에 저토록 큰 배를 끌고 다니고 척 보기에도 정강해 보이는 이들이 총포를 들고 다니고 있는데, 어째서 저 기물을 우리 손으로 만들어볼 생각을 안 하는 거지?"

"야야. 헛소리할 시간 있으면 빨리 과거 급제할 생각은 않고……."

"급제는 얼어 죽을 놈의 급제. 경전 공부한다고 급제가 되면 내가 장을 지진다 진짜. 왜놈들 기교 배워서 한몫 잡고 그거로 민가 놈들 곳간 그득 채워주는 게 더 빨리 급제할걸?"

"너희 집 부모님 앞에서 그런 소리 했다간 오늘 회초리 새로 만들어야 할 텐데."

"양반 소리 하기도 민망한 잔반 찌끄레기 집 아들이 주둥아리라도 살아 있어야지. 암."

그리고 그 변화를 지켜보던 조선인들 중엔 김상준이라는 이름의 소년도 있었다.

* * *

소년에서 청년이 되어 죽헌이라는 호를 달게 된 김상준은 이미 집안의 골칫거리를 넘은 무언가가 되어 있었다.

공맹과 주자의 도리는 사서삼경을 다 읽었으니 되었다며 고개를 내저었고, 아무리 영락하여 가세가 기울었다 한들 번듯한 집과 전답을 가진 집안 도련님인데도 문(文)보다는 무(武)에 더 관심을 기울였다.

어린 아해가 번쩍이는 병장기에 관심 기울이는 건 당연한 일이라 하여

그러려니 했던 집안 어른들은 육예(六藝)인 활을 거쳐 검술을 연마하고, 이
윽고 총을 만지작대는 청년을 보며 기겁했지만, 청년의 괴벽은 고작 총에서
그치질 않았다.

"이 코쟁이가 대관절 뭐라고 떠드는 거야?"

"저어기 기생집 가서 죽헌, 그 양반나리 좀 불러와봐라! 빨리!"

어느새 김상준은 부산 일대에서 왜어는 물론 각종 양이들의 말에 능통
한 한량으로 미약하게나마 이름을 알리기 시작했다. 특히 선교사들은 '이
지역 유지의 자손이자 현지인 귀족인데 의사소통이 가능한 유학자'를 후하
게 평가했고, 자연스럽게 그는 이래저래 제법 많은 은자를 만지게 되었다.

하지만 상준의 주머니에 그 짤랑이는 은자가 머무르는 일은 거의 없었
다. 새로운 양이 기물을 사들이고, 바다 건너에서 들어온 서책을 구하고, 국
적과 신분을 막론한 온갖 인사들과 어울리노라면 마지막에 호주머니에 남
는 건 먼지 묻은 구리 엽전 몇 닢뿐.

그러던 찰나, 그는 한양에서 퍼지기 시작한다는 새로운 책 한 권을 구하
게 되었다.

"이보게, 죽헌. 이거 한번 읽어보게나."

"이건 또 뭔가? 매번 내게 이상한 것 좀 들이밀고……."

"청나라 다녀온 사신들이 가져온 서책일세."

[조만간 러시아가 조선을 핍박할 터이니, 조선이 살려면 러시아를 막을
나라들을 끌어모아야 한다. 친중국, 결일본, 연미국. 그리하여 자강하면 조
선이 살아남으리라.]

《조선책략》.

"야, 야? 어디 가? 책은 왜 품에 끌어안고!"

"나 며칠만 좀 빌리자."

김상준은 몇 날 며칠간 그동안 사 모은 책을 뒤적대며 이 《조선책략》이
란 책에 심취했고, 그로도 모자라 자신과 친교를 맺은 외인들을 찾아가 몇

번이고 논쟁을 벌였다. 그리고 얼마 뒤, 더 이상 끓어오르는 피를 참기 어려워진 그는 과거 공부를 하겠다는 명분으로 터덜터덜 한양으로 올라왔다.

하지만.

'이 나라는 그른 건가? 정녕 끝장이란 말인가?'

상경을 해서도 상준의 삶은 딱히 바뀌지 않았다. 아니, 정확히는 바꿀 수 없었다. 나라 꼴이 미쳐 돌아가고 있었기 때문이다.

한 무리의 음모가들이 반역을 꾸미고 대원군의 서자 완은군을 왕으로 떠받들려다 실패했다. 그로부터 얼마 후엔 병사들 급료를 횡령하다 못해 쌀가마니에 돌을 섞어 주다가 임오군란이 터졌다. 참으로 나라 꼴 한번 예술이 아닌가.

임금은 닷새에 한 번꼴로 정승과 판서를 바꿔대고, 그렇게 신나게 관리들 명함을 갈아끼워주면서도 여흥 민씨 세도는 끝날 기미가 보이지 않았다. 대원군과 보수파는 잔뜩 골이 나 며느리 모가지를 따고 싶어 하는 마당이니 어쭙잖은 시골 서생의 포부는 이내 물거품처럼 사그라들고 말았다.

부산에서 만난 선교사들이 써준 소개장에 의지해 날품팔이식 생활을 이어나가고, 새로운 주점과 새로운 강호의 호걸들을 두루 섭렵하고 칼부림과 주먹질로 떠나보내는 세월. 하지만 부산과 한양은 약간 다르다는 걸 망각한 대가가 상준의 인생을 결정지었다.

"먼 곳에서 올라오셨다고 들었네만. 천하의 정세를 논하는 솜씨가 기막히다고 들었소."

"그냥 눈알 푸르댕댕한 친구들 말 한두 마디 주워섬긴 것뿐인데 웬걸 그리 치켜세워주시오?"

"그야 시국에 대한 고담준론을 떠들 선비는 이 한양 땅에서도 찾기 드물고, 그중에서도 기생 옷고름 푸는 데 탁월한 인재는 내 도무지 찾을 수 없었기 때문이라오. 어떻소, 그대만 괜찮다면 술잔을 나누며 우정을 찾고 싶은데?"

"허허. 나야 공짜 술만 얻어먹을 수 있다면 좋소이다."

"나는 김가의 옥균이라고 하오. 자는 백온에, 호는 고균이라."

상식적으로 안동 김씨 집안의 귀한 집 고관대작께서 헛짓거리를 하리라고 누가 상상이나 했으리오? 공짜 술이 이토록 해로울 줄 누가 알았으랴!

"역적 김옥균의 무리를 모조리 추포하라!"

차라리 그놈의 개화파 무리에 가담이라도 했다면 억울하지라도 않을 것을. 김옥균을 비롯해 그 친구들에게 심심하면 술과 고기를 얻어먹었더니 그는 어느새 '급진개화파' 명단, 다시 말해 역적패당 살생부 말미에 이름이 올라가 있었다.

김상준은 결국 다가오는 칼날을 피해 기나긴 도피행에 올라야만 했다. 살아남은 갑신정변 일당들 상당수가 일본으로 망명길에 올랐지만, 상준은 그들과 더 이상 엮이고 싶지 않아 따로 떨어져나와 살길을 찾았다.

평안도에서 몇 년, 간도에서 다시 몇 년. 그렇게 한 바퀴 세상을 돌아다니는 오랜 도피 생활은 그에게서 양반 냄새를 싹 빼주었고, 온갖 일이 벌어져도 능수능란하게 대처할 능력을 선사했다.

그리고 그동안 나라는 착실하게 망국이라는 결말을 향해 내달렸다.

"킴은 반역자 일당이 아닙니다. 그는 그냥 딜레탕트, 술과 유흥을 좋아하는 한량에 불과하지요."

"하지만 조선 정부의 야만적인 고문이나 심문 기법을 봤을 때, 그가 제대로 된 재판을 받을 확률은 희박해 보입니다. 겉치레라지만 개종까지 한 그를 저버린다면 포교에도 지장이 생길지도 모릅니다."

인연 때문에 인생이 꼬여버렸지만, 인연 때문에 활로를 얻었다. 한양으로 돌아온 그는 약소하게나마 지원을 받아 샌프란시스코로 향했고, 그곳의 대학교를 다니며 언젠가 고국으로 돌아갈 때까지 서양 학문을 공부할 예정이었다.

그렇다. 예정이었다.

"미스터 킴? 맞습니까?"

"그렇습니다."

"가족은 어떻게 됩니까."

"옆에 있는 이 처자가 내 부인이오."

조선에서 일본을 거쳐 하와이에 다다른 뒤 다시 태평양 마저 건너 샌프란시스코. 큼지막한 양이들 여객선에 단 둘밖에 없던 조선인 김상준과 이신영은 미국 본토에 도착해 있을 때 이미 부부가 되어 있었다.

샌프란시스코에 한 조선인 가정이 정착하는 순간이었다.

* * *

1894년, 탐관오리의 착취에 지친 농민들이 동학의 이름 아래 뭉쳐 쇠스랑을 거꾸로 잡았을 때.

상해에서 암살당한 반역죄인 김옥균의 시신이 한양으로 옮겨졌고, 고종은 그 관짝을 도끼질하고 시체를 찢어 전국에 나눠 한반도 역사상 최후의 부관참시를 집행했다. 부관참시를 집행한 고종은 마음이 풀렸는지 대사면령을 내려 갑신정변 관계자들의 죄를 사해주었고, 이에 따라 김상준 또한 조국으로 떳떳하게 돌아갈 수 있는 몸이 되었다.

"응애응애."

"그래그래. 엄마 금방 온단다. 우쭈쭈."

"응애에에에에!!"

하지만 그는 돌아가지 않았다. 유진이라 이름 붙을 이 젖먹이가 그 기나긴 귀국길을 버틸 수 있을지 도무지 자신이 없었고, 부인은 그새 둘째를 품었기 때문이다.

산천초목부터 물 한 방울까지 조선의 향취라고는 눈을 씻고 찾아봐도 느낄 수 없는 이역만리. 이놈의 샌프란시스코 금산이란 땅은 어찌 되어먹은 땅인지 천하가 뒤틀리며 대지진이 일어나기도 하고, 폭동이 일어나 쑥밭이 되기도 하고 연일 그의 소박한 가정은 위기일발이었지만 적어도 가족 하나 지킬 운수 정도는 타고난 듯했다.

오히려 자연보다 무서운 건 항상 사람이었다.

"이, 이 빌어먹을 원숭이가 사람을……."

"원숭이든 오징어든 방아쇠 당길 손가락만 있으면 사람을 주님 곁으로 보낼 수 있다네, 젊은 친구. 지옥에나 가 있게."

영어와 일본어와 중국어, 거기에 이 난세와 그리 다르지 않은 듯한 험한 세상에서 한 몸 지키기 위한 권법과 검법과 건법 모두에 능한 그는 온갖 역경과 시련에도 불구하고 작게나마 자리를 잡았다.

그의 나라 조선은 날이 갈수록 비참해져만 갔고 망명자들, 먹고살기 위해 신천지로 떠나온 이들의 숫자는 날로 늘어만 가는 가운데.

어느새 세 아들들은 헌헌장부로 자라나고 있었다.

* * *

"유진아. 또 친구를 팼니?"

"아니, 그 싹퉁바가지 없는 새끼들이 조센징이네 뭐네 하잖아요. 나보다 눈 더 째진 새끼들이 눈 찢고 지랄… 악!"

"이놈 자식이 어딜 함부로 주먹질이야, 주먹질은!"

씨도둑질은 못 한다는 말이 혹시 공맹의 경전 어디에 적혀 있던가? 첫째 인 유진은 젊은 시절의 상준을 그냥 오려다 붙인 듯했다. 심심하면 싸움박 질하며 눈이든 다리든 찢어지고 상처 나서 돌아오기 일쑤였는데, 또 정작 또래 패거리들을 우르르 끌고 다니는 태를 보아하니 친구가 없는 것 같지 도 않았다. 그렇다고 다른 아이들이 딱히 자신의 정을 덜 물려받은 것도 아 니었다.

둘째 김유신은 어려서부터 돈 버는 일에 관심이 많은지 항상 가게를 맴돌고 이런저런 소일거리로 돈을 벌려고 했는데, 어찌 된 게 항상 주변에 여자아이들이 끊이질 않았다. 그나마 바지춤을 풀지는 않으니 상준으로서는 쟤가 나보다 낫다 속으로만 여길 뿐.

막내는 조용하게 책을 읽는 걸 좋아했는데, 그러면서도 고집 하나는 고래 심줄이 따로 없고 꽂힌 책이 하나 있으면 몇 날 며칠을 들고 파니 이 또한 옛날 옛적 자신의 모습을 거울로 보는 듯했다.

"유진아. 너는 뭘 할 요량이냐?"

"저는 군인이 돼서 왜놈들 턱주가리를 깨주고 싶긴 한데… 어쩌겠어요. 노랭이는 군문에서 안 받아줄 것 같은데."

"네가 배움의 깊이가 얕지 않으니 그래도 학교도 끝까지 다니고, 대학교의 문도 한번 두드려 보는 게 어떠냐. 대한인국민회에서 성금을 모아준다고 했으니 젊은 한인 하나 대학 보낼 등록금은 능히 감당할 수 있는데."

"하하. 아이고, 기왕 투자할 거라면 제일 가능성 높은 애가 가야죠. 유인이 보내시죠. 우리 삼형제 중에서 먹물 먹는 거 좋아하고 의자에 제일 진득허니 붙어 있는 건 유인이 아닙니까. 저는 아빠 일이나 물려받으렵니다."

맏이는 고등학교를 중퇴하고 아비와 함께 일하길 택했다. 둘째는 고심 끝에 돈 벌어 자립하겠노라고 가족의 품속에서 떠나길 희망했다. 일가는 이제 어금니를 꽉 깨물고 막내의 대학교 학비를 마련하기로 했지만, 그래도 간당간당했다. 집안 뿌리까지 뽑을 순 없는 노릇 아닌가.

"하하하. 죽헌 선생님께서 제 도움을 바라시다니, 거참 가문의 영광입니다그려."

"…나는 그냥 늙어가는 장사치에 불과한데, 내가 딱히 해줄 수 있는 게 없네만."

"왜 없습니까. 선생님을 존경하는 이들에게 이 우남 이승만이가 제일 믿음직스럽다 한마디씩 해주기만 해도 저로서는 천군만마를 얻는 느낌입니다."

"우성은 어찌하려고?"

"아. 박용만 그 친구 말입니까. 그 친구는 안 돼요. 도산은 그나마 양반이지, 그놈은 무력투쟁 하겠다고 천지분간 못 하고 날뛰다 한인 사회를 파탄낼지도 모르는 놈입니다."

"…부탁이니 죽이지만 말게."

"아무렴요. 앞으로도 잘 부탁드리겠습니다."

조선은 망했다. 이제 나라 잃은 이방인들은 각자도생해야만 했다. 막내를 대학에 보낼 수 있었으니, 선비로서의 의무는 저버렸을지언정 아비로서의 의무는 다했다고 애써 자기위안을 삼았다.

그렇게 생각했다.

"형. 내 말 좀 들어봐."

"듣고 있잖냐. 오랜만에 와 놓고 뭐가 그리 급하냐?"

"형들도 한번 보라고 내가 책을 좀 챙겨왔어. 아, 아빠도 한번 읽어봐요. 지금 공부가 급한 게 아냐. 이 맑스라는 사람이 진짜 대단한 석학인데 말이야, 이 식민지배의 구조에 대해서 다 설명해 놨거든? 자본가와 제국주의가 어떤 식으로 조선을……."

뭔가 조금, 잘못된 것 같았다.

내 아들놈들이 그럴 리 없었지만.

수난오대 2

무릇 형제들이란, 어렸을 때는 가족이라는 한 울타리에서 같이 크지만 자라나서는 저마다 제 갈 길을 가곤 한다.

샌프란시스코의 호젓한 골목에서 아버지와 함께 가게를 보게 된 김유진, 로스앤젤레스로 건너가 자신의 길을 개척하기로 결심한 김유신, 그리고 나라 잃은 이방인의 굴레에 붙들린 채 지식인의 길을 걸어간 김유인.

생각과 경험과 사고와 지식이 달라지면, 당연히 서로를 이해하기 위해선 더욱 많은 노력이 든다.

"저는 더 이상 이 나라가 자유의 나라라는 말을 믿을 수 없습니다. 조선인은 조선에서 살아야 하고, 조선을 되찾는 방법은 오직 사회주의 혁명뿐입니다."

"유인아. 좀 들어봐. 내가 모르긴 모르지만, 독립운동이라는 게 보통 각오로 할 수 있는 게 아니잖냐. 그거 목숨 내놓고 하는 거다. 당장 우남 선생님이나 도산 선생님만 보더라도……."

"형. 서재필 박사가 의사인 거 알지? 그 양반 차린 병원에 파리만 날려. 이 나라는 노랭이한테 박사 학위를 줄 만큼 너그러운 나라지만, 노랭이한테 진료를 보기는 싫은 거야."

"……."

"아버지. 키워주셔서 감사합니다. 저는 조선 남아로서 조국과 민족을 위해 몸을 던지겠습니다."

유인은 마지막으로 집에 찾아와 부모님이 차려준 식사를 게 눈 감추듯, 마치 두 번 다시 못 먹을 것처럼 꾸역꾸역 밥을 위장에 쓸어담고는 새벽녘에 집을 나섰다.

상준은 울지 않았다. 떠나는 막내를 위해 외투 안주머니에 지폐 몇 장을 더 챙겨주는 것으로 그는 선비의 도리를 다했다.

"아버지. 저, 결혼을 약속한 처자가 생겼습니다."

"잘했다."

"저는… 미국인으로 살겠습니다. 더 이상 조선인이라는 굴레를 감당할 수 없습니다."

"그래. 아버지는 내가 봉양할 테니, 너는 네 길을 가야지."

유신은 정반대 길을 택했다. 미국에 정착한 많은 이들이 그러했듯, 그는 한 번도 보지 못한 태평양 건너편의 작은 반도에 대한 생각을 끝내고 미국인으로서 살아가기를 결심했다.

상준은 이때도 울지 않았다. 자식들이 제 앞가림 저 스스로 하겠는다는데 어쩌겠는가. 이미 조선을 위해 자식 하나를 바쳤으니, 다른 하나는 조선의 굴레에서 벗어나야 세상의 균형이 맞지 않겠는가?

그리고 오랜 시간이 흘렀다.

비가 오고 낙엽이 지고 눈이 오길 수십 차례. 다 타들어간 숯더미처럼 늙어 가던 상준은 마침내 눈을 감게 되었다.

"유진아."

"네, 아버지."

"조선이 해방되면, 나를 선산에 묻어줄 수 있겠느냐?"

"아버지가 두 발로 가셔야지요."

"나는 이제 더 버틸 수가 없다. 미국엔 유신이가 일가를 세웠으니… 여우도 죽을 때가 되면 고개를 돌리는데 우리의 뿌리는 그래도 조선 땅에 남아 있어야 하지 않겠느."

유진은 조용히 고개를 끄덕였고. 1948년, 가산을 정리한 김유진 일가는 상준의 유해와 함께 해방된 한반도로 입국했다.

* * *

"김유진 씨. 당신 동생이 김유인 맞습니까?"

"맞습니다만."

"당신 동생이 소련 놈들의 주구가 돼서 나라를 러시아에 팔아먹으려고 날뛰고 있습니다. 아시겠어요? 당신도 공산당 하려고 귀국한 거 아닙니까!"

"이보세요. 우리 아버지가 누군지 아십니까? 우리 집안이 이래 봬도 미국에서부터 수십 년 전부터 이승만 박사 후원한 집안이다, 이 말입니다."

"아니, 그……."

"이거 보여요 이거? 이게 다 이 박사 후원하고 받은 징표다 이겁니다. 우리 아버지가 엉?! 이 박사랑 밥도 먹고! 목욕도 하고! 술도 빨고! 내가 경무대 가서 '대통령 각하!' 하면서 달려가서 바짓가랑이 붙잡으면 당신들 다! 엉? 대가리를 다 똑딱똑딱!"

"뭔가 조금 오해가 있었던 모양입니다. 진정하시고."

"진정? 한국말 잘했다. 나도 어디 진정서 좀 넣어볼까!"

김유진은 마냥 털레털레 빈손으로 조선으로 돌아오진 않았다. 그의 부친은 술과 여자에 강한 대신 정치적 문제에 부딪혔을 때 항상 약한 모습을 보였었지만, 유진은 그보다 더 윗선 조상님들이 예송논쟁하던 유전자를 받아 왔는지 훨씬 더 깜찍한 술수를 부릴 줄 알았다. 실로 청출어람이 아닐 수 없었다.

"자. 선생님들. 제가 미국에서 가져온 이 끝내주는 위스키가 몇 병 있습니다. 그러니 우리 이거로 깔끔하게 한잔하고 자잘한 오해는 다 털어버립시다."

"하하하. 역시 애국애족하시는 분은 뭔가 남다르십니다그려."

"그렇지요. 애국애족하려고 돌아온 거 아니겠습니까. 제가 미화(美貨)를 제법 들고 있는데, 이 대한민국의 산업 발전을 위해 미국의 선진 기술을 적극적으로 도입하려고 합니다. 아무쪼록 선생님들 같은 애국자분들께서 도와주시면…….''

조선말이 살짝 어눌한 것만 빼면 김유진은 당대 조선 기준으론 확실히 인텔리 계층. 거기에 그 귀한 달러까지 두둑이 갖고 있었으니 용 꼬리 대신 뱀 대가리에 도전할 만한 자격이 있었다.

그놈의 동생 문제만 빼면.

열심히 기름칠해서 해결했다고 생각했던 사상검증 문제는 6.25가 터지자 도로아미타불이 되었고, 빨갱이 색출이라는 생명의 위협을 넘기기 위해 유진은 막대한 지출을 해야만 했다.

"아버지. 제가 그냥 입대하면…….''

"절대 안 된다. 국민방위군 다 얼어 죽는 거 보면 모르겠니? 지금 군에 끌려가면 개죽음이야. 기왕 이리된 거, 조금 더 판돈을 키워야지."

미국에서 평생을 나고 자란 유진이 판단했을 때, 이승만은 미국식 대통령제를 준수하려 하기보단 오래오래 장기 집권을 해먹고자 하는 의지가 너무 빤해 보였다. 그렇다면 이미 천장을 찍었다고 보이는 이승만에게 투자하기보단 오히려 그 정적들에게 투자하는 편이 더 길고 큰 수익을 뽑을 법했지만, 이놈의 시국과 그놈의 빨갱이 타령 때문에 모가지가 간당간당하니 도저히 장기투자를 할 수가 없었다.

"애야. 이 굴비상자 좀 전달해드려라."

"누구한테요?"

"이기붕. 그 양반 유학 와서 LA에서 접시 닦던 시절이 있었는데 우리 집에서 몇 번 밥 얻어먹고 갔었거든. 시퍼런 놈으로 가득 채워 놨으니 사람 새끼면 이걸 처먹고도 입을 닦진 않겠지."

유진은 이번에도 크게 땄다. 이기붕 코인은 날로 상한가를 찍었고, 이기붕은 실로 화통하게 각종 이권으로 보답하려 했지만 유진은 아주 일부만을 빼고 모두 고사했다.

"이봐, 김유진이! 캘리포니아 동무들끼리 왜 이러나? 나를 염치도 없는 놈으로 만들려고?"

"어허. 나랏일 하는 사람이 그렇게 사사로이 굴면 쓰나. 넣어둬, 넣어둬. 나는 이 전쟁통에 국방을 위해 헌신하는 분께 몸보신하라고 굴비 두름 좀 보냈을 뿐인데 왜 꼭 뇌물 먹은 놈처럼 그러나! 다른 게 아니고, 우리 아들이 몸이 허약한데 영장이 나와서, 그 착오가 좀 있는 모양인데."

"그래? 내가 알아보지. 미국에서 공부하다 온 친구를 전쟁터에 보내면 그 얼마나 막중한 손해인가!"

유진과 가족들은 그렇게 살아남았다. 분노한 민중들이 이승만 정권을 무너뜨려 그를 하와이로 날려버리고, 이기붕 일가가 집단자살하는 그 순간에도 유진은 자식들과 화기애애하게 남 부럽지 않은 삶을 영위하는 데 성공했다.

* * *

김유진은 전쟁, 혁명, 쿠데타라는 끝없는 파도 속에서도 미꾸라지처럼 운신하며 견실한 기업과 많은 재물, 선산을 비롯한 땅문서 여럿을 자식들에게 물려주고 세상을 떠났다. 하지만 안타깝게도 그 자식들은 이 험악한 대한민국의 정국을 넘나들기엔 상준과 유진만큼 탁월한 재주를 보유하고 있진 않았다.

상속과 상속을 거치며 집안의 재산은 점점 흩어져만 갔다. 그리고 김유진의 손자 너머 증손자와 고손자 대까지 내려갔을 무렵, 그의 후손들은 자신들의 조상이 이역만리 미국에 한때 뿌리를 내리고 살았다는 것조차 잊어버렸다.

'우리 할아버지 땐 그래도 제법 집에 돈이 있었다는데……' 같은 희끗한 기억의 편린만이 남아있을 따름.

김유진의 증손자 중 한 명은 평범한 회사원으로 살았다. 그는 평범한 여자를 만나 평범하게 결혼했고, 다른 가정과 비슷하게 외아들 한 명을 얻었다. 괜찮은 학군에 32평 자가 아파트 한 채를 가지고 휴일엔 흰색 소나타 자동차를 세차하는 것을 낙으로 삼는 생활. 종종 아들의 손을 잡고 사직구장에서 야구 경기를 보고 여름에는 부곡하와이, 봄가을엔 경주월드나 통도환타지아에 가족 나들이를 가는 흔한 대한민국 부산 사람의 일생.

하지만 그들 부부는 딱 한 번 나쁜 이들의 꼬임에 빠져 전 재산을 사기당했고, 설상가상으로 암 진단을 받게 되면서 이를 비관해 세상을 떠났다. 행복한 가정이 하루아침에 소멸하고 난데없이 홀로 세상에 내던져진 외아들은 아등바등 세상에서 발버둥 쳤고, 레토나에 치여 머나먼 과거로 떠났다.

모든 것을 바꾸기 위해.

* * *

기나긴 세월을 지나, 1944년. 미합중국, 캘리포니아.

"후배님, 내 글 어땠나! 이 정도면 샌-프랑코 이름 걸고 출판해도 괜찮지 않겠나?"

"아니 시발, 우리 회사가 무슨 청탁 받고 책 찍어주는 회삽니까?"

"내 혼신의 힘을 기울여 짜낸 역작이야! 장차 웨스트포인트를 지망하는 피 끓는 남아라면 앞으로 이 대문호 조지 스미스 패튼 주니어 님의 소설을 읽으며 청운의 꿈을 품게 되리라 그 말일세!"

김유진은 눈앞에 있는 나잇값 못 하는 인간의 맨들맨들 대머리를 드럼처럼 두들기고 싶다는 충동을 참아야만 했다. 저번에 두들길 땐 참으로 맑고 고운 소리가 울려 퍼졌는데, 그때의 손맛을 회상하노라면 담배를 끊지 않아도 금단증상이 무엇인지 알 것만 같았다.

잠시 담배 한 발을 장전해 허파 가득 니코틴을 채운 뒤, 그는 최대한 조곤조곤하게 입을 열었다.

"선배님."

"어, 그래! 말해보게!"

"자. '전생에 능력을 발휘하지 못했던 불우한 주인공이 자기 조상님으로 전생해서 엄청난 대활약을 펼쳤는데 사실 주인공은 그 조상님의 환생'… 이게 직관적이에요? 이해가 돼요? 난 전혀 안 되는데?"

"그러니까 이 환생이라는 게 말이지. 내가 전생에 로마 군인이기도 했고 바이킹 전사이기도 했단 말이지? 제일 최근에는 나폴레옹과 함께 전쟁터를, 응?"

"예. 탈락. 다른 출판사를 알아보십시오."

"어째서어어!"

"이제 오컬트는 한물갔단 말입니다. 아시겠어요? 우린 SF 팔아먹는 회사지 철 지난 오컬트는 취급 안 해요."

"오컬트라니, 이건 한 치의 거짓도 없는 진실이라고! 자, 그럼 내 시집은 어떤가. 내가 독일 놈들 대갈통을 깨면서 그 시상을 열심히 적었었는데……."

"어이, 대머리 형씨. 헛소리 그쯤 늘어놓고 바베큐나 구워! 다 타겠다! 내가 좆될 뻔한 거 살려 줬으면 처신 똑바로 하라고!"

패튼은 잔뜩 골이 난 채 머리에 쓴 요리모를 팔랑대며 바베큐 고기에 얼굴을 바싹 붙였고, 유진은 뒷목을 부여잡으며 입에 문 꽁초를 재떨이에 던졌다.

김씨 일가의 집 앞마당은 별들로 그득그득 차 있었다. 저편 으슥한 곳에선 맥아더 대선후보께서 천책상장 드럼 원수와 함께 밀담을 나누고 있었고, 반대편에선 아이젠하워와 밴플리트, 브래들리가 끽연 중. 마셜과 맥네어는 김가 대화재에서도 살아남았던 위스키를 축내며 앞으로의 은퇴 라이프에 대한 진지한 논의.

유진은 문득 자신의 육감이 '너 지금 패튼 전담 마크가 되어 있는 것 같은데?'라고 충고해주고 있단 사실을 깨달았고, 방금 아가리를 봉했던 미친개는 다시 뽀삐 소리를 늘어놓기 시작했다.

"이봐! 대문호께선 왜 나의 문학적 능력을 인정해 주지 못하나? 내가 묻혀 있던 드와이트 판 브래들리 나리의 걸작 《모든 것을 끝낼 전쟁》을 친히 퍼싱 장군님께 발굴해서 갖다 바쳤었는데! 이만하면 내 감수성도 세계구급 아닌가?!"

"좀 기다려보십쇼. 내가 진짜 어마어마한 거 한 편 써서 세상을 아주 그냥 깜짝 놀라게 할 테니까. 아무튼 그거 유통기한 진작 끝났어요. 세상에 그게 언젯적 일이야. 30년도 더 됐겠다."

"이봐, 브래드!! 브래드!! 우리 대원수님께서 나를 이리도 괄시하시는데 자네가 날 좀 도와줘야 하지 않겠나?"

"엿 먹으라는데요."

"원래 저런 친구가 아닌데. 취했나봐."

"그럼 저도 좀 취하게 해주세요. 48시간 뒤엔 다시 군정 사령관 하러 태평양을 건너야 한단 말입니다."

"아이고. 대원수님의 귀한 시간을 제가 방해했군요. 시정하겠습니다."

유진은 슬며시 고개를 돌리며 잠시 생각에 잠겼다.

이 널찍한 집, 몇 년 일찍 끝난 세계대전, 무수한 친구들, 압도적 명성, 그리고 거미줄처럼 퍼진 영향력.

"저 말입니다."

"응? 뭔가."

"이만하면 제법 잘하지 않았습니까?"

"브래드도 그렇고 자네도 취했나? 그야 물론이지. 한 시대의 명칭에 자기 이름을 박아 넣을 사람이 이 세상에 나폴레옹이랑 유진 킴 외에 또 누가 있겠나. 물론 정확히는 '킴과 패튼이 인류를 구원한 시대'로 실리겠지만……."

"아부가 느셨군요. 그 시집 원고, 회사로 보내보시죠."

"크하하하! 역시 후배님일세!"

유진은 옆에 있던 술잔을 가볍게 쥐었다.

그는 지금 행복했다.

유진 킴

	김유진 金唯鎭 | Yu-jin/Eugene Kim 1893 ~ 1971	
경력	• 미합중국 육군 대원수 • 합동참모의장	• 연합군 최고사령관 • 국무장관
	[펼치기 · 접기]	

⌄ 1. 개요　　　　　　　　　　　　　　　　　　　　　　　　[편집]

카산드라, 대전쟁의 예언자, 전차의 아버지, 현대전의 선구자, 루즈벨트의 주머니칼, 어린이의 친구, 승리의 설계자, 대한민국 독립유공자, 제2의 카이사르, 국가 재건자, 장난감의 제왕, SF의 거장, 노벨 평화상 수상자, 민권의 등대, 그리고 겨레의 국부.

미합중국과 대한민국의 군인, 독립운동가, 기업가, 작가, 발명가, 외교가, 행정가, 정치가, 인권운동가.

김유진은 한국계 미국인 이민 2세로, 샌프란시스코에서 나고 자라 1915년 웨스트포인트를 졸업한 뒤 미 육군에 임관했다.

그는 생도 시절 일명 '아마겟돈 레포트'를 통해 자신의 탁월한 통찰력을 입증하였고 임관 직후 포드사와 손잡고 세계 최초의 전차 개발에 나섰다.
멕시코 원정을 통해 퍼싱 대원수에게 능력을 인정받은 그는 제1차 세계대전 미국 원정군에 합류하였으며, 326전차대대장과 제93보병사단장을 역임하며 캉브레, 아미앵, 생—미이엘, 뫼즈—아르곤 등 각종 전역에서 뛰어난 전공을 세웠다.

전간기 중 그는 소장파 장교로서 기갑 전력의 필요성을 역설하였으며, 자신의 성장 환경과 일본, 유럽 체류 경험을 바탕으로 파시스트의 발호를 예측하였다. 두 번째 전쟁이 가시화되자 김유진은 미 육군의 핵심으로 발돋움하였으며, 육군 전쟁계획부장으로서 미국이 세계대전에 참전했을 때의 대전략을 수립했다.

제2차 세계대전 중 유럽연합군 총사령관으로서 유럽에서 추축국을 무너뜨리는 핵심 임무를 수행하였으며, 나치 독일 멸망 이후 태평양 전쟁 최후반부를 지휘하여 '승리의 조직자' 조지 마셜과 함께 '승리의 설계자'로 명성을 떨쳤다.

이후 미군 점령하 한국과 패망 후 일본의 군정을 총괄하여 대한민국 건국과 일본연방 설립에 공헌하였으며, 초대 합참의장으로 취임하여 냉전 초기 국공내전 수행과 군 현대화, 군제개혁 등에 앞장섰다.

김유진은 합참의장 임기 중후기부터 미국에 팽배해지기 시작한 공산주의자 마녀사냥, 일명 매카시즘을 '나치의 부활'로 규정하고 강력하게 대응하는 과정에서 직책을 사임하였으며, 드와이트 아이젠하워의 대통령 당선에 큰 역할을 한 뒤 7년간 국무장관을 역임했다.
국무장관 재임 중에는 반공 정책과 세계 각국의 민주주의 확산을 요체로 하는 '킴 플랜'을 진두지휘했으며, 이른바 '동유럽 위기'에 맞서 소련의 도발을 저지하고 체코를 소련의 위성국에서 해방하는 데 성공했다.

퇴임 후 그는 유색인종 민권운동에 깊은 관심을 표명했으며, 인종차별에 맞서 유색인종의 정당한 권리가 보장될 수 있도록 많은 지지를 호소하였다.

·

·

·

⌄ 5. 능력 [편집]

⌄ 5-1. 군인으로서의 김유진 [편집]

> 음흉한 놈. 또 속였군. 어떻게 인간이 밥 먹고 숨 쉬듯 거짓말을 늘어놓을 수가 있지?
>
> 아돌프 히틀러, 1941년

> 미군은 열등한 전투력이라는 약점을 은폐했고, 우월한 보급 능력이라는 강점을 극대화했다. 이 시점에서 독일군은 그 어떤 노선에 탑승하더라도 패배라는 종착역에 끌려갈 수밖에 없는 처지였다.
>
> 에르빈 롬멜, 《사막의 거인들》 중에서

김유진의 전략은 철저히 미국의 국력—다시 말해 막대한 물량을 기반으로 정면 힘싸움을 벌이는 데 그 주안점이 있다.

하지만 사람들이 환호하는 '명장 김유진'은 수백만 대군을 문제없이 운용하는 대원수의 역량보다는 주로 그가 전술적 우위를 잡기 위해 벌인 무수한 기만과 협잡, 첩보와 역정보에 초점이 맞춰져 있다.

젊은 전쟁영웅 김유진이 세계에 선보인 제1차 세계대전 아미앵 전투의 경우, 객관적인 전력에서 미군 제93사단은 독일군을 훨씬 상회하고 있었다. 단순한 교전이었다면 베테랑인 독일군은 금세 전력 차를 인지하고 재정비에 나섰을 것이다.

하지만 김유진은 전차부대라는 신무기가 얼마나 파괴적인 힘을 발휘할 수 있는지 명확히 인식하고 있었고, 전과 확대를 위해 심리전을 현대전에 도입했다. 서구에 가득하던 인종주의적 시각에서 봤을 때 '열등한 흑인부대'가 정예 독일군에게 패주하는 건 지극히 정상적인 일이었고, 독일군은 그렇게 범 아가리로 스스로 뛰어들고 만 것이다.

김유진이 지휘하는 미군은 대체로 단위 전투력에서 적을 상대로 우위를 차지한 적이 그리 많지 않았다. 이 점을 타개하기 위해 그는 상대의 선택지를 하나씩 거세한 후 미군이 가장 잘 싸울 수 있는 환경을 조성하는 수법으로 전투의 승리를 이끌었다.

북아프리카 전역에서 롬멜은 수천 킬로미터의 사막 전역을 끝없이 뱅글뱅글 돌다 사실상 자멸했고, 김유진 신화의 정점을 찍은 마켓가든 전역에서는 아미앵이라는 땅을 거대한 떡밥으로 삼아 나치의 오판을 유도하고 불가능해 보였던 영국군 구출과 적 집단군 섬멸이라는 대업적을 이룩했다.

하지만 그는 항상 이 모든 것들을 '야바위', '속임수'로 평가절하했으며, 적의 심리와 같은 비정형적 요소에 의거해 군사적 모험주의가 팽배하는 것을 철저히 지양했다.

> 3배의 병력과 10배의 물자로 사방에서 쥐패면 히틀러고 나폴레옹이고 결국엔 얻어터진다. 야바위질로 전쟁을 하고 싶으면 일본군 입대해라.
>
> 김유진, 1942년

그의 전과에서 그리 조명받지는 못하지만, 뫼즈―아르곤 전역이나 프랑스 해방전 등에서 보이듯 김유진은 정면으로 싸워도 되는 싸움에서는 항상 극대화된 화력을 통한 힘싸움을 선호했다. 인간 심리에 대한 통찰 측면에서 경지에 이른 그는 결코 인간에 대한 애정을 저버리지 않았다.

⌄ 5-2. 정치가로서의 김유진   [편집]

자세한 사항은 김유진/일생, 아이젠하워 행정부/대외정책 등 참고.

> 내 코트 안주머니에도 히틀러가 하나 있소. 부랄도 두 짝 다 있고 콧수염도 없는데다 술과 고기도 잘 먹지. 내 히틀러가 저 히틀러보다 훨씬 낫군.
>
> 프랭클린 루즈벨트, 1940년

〈우보크〉.
배후의 흑막.

김유진은 죽는 그 순간까지 어떠한 당적도 보유하지 않았지만, 항상 정권과 밀접하게 유착하여 자신과 미국의 이익을 꾀했다. 연구자들은 소수민족 이민자 2세에 불과했던 김유진이 탁월한 정치력을 갖추게 된 배경을 장인인 커티스 상원의원에게서 물심

양면으로 전수받은 것으로 보고 있다.

커티스 상원의원은 1차대전 종전 직후, 김유진을 통해 이승만을 소개받아 윌슨 대통령의 병환을 폭로하고 민주당 정권을 무너뜨리는 데 기여했다.
그는 하딩의 킹메이커가 되며 하딩 행정부의 실세로 군림했으나 하딩 사후 쿨리지—후버를 거치며 점차 몰락했다. 인척이자 후원자였던 커티스의 결말을 바로 곁에서 지켜본 김유진은 평생에 걸쳐서 정치에 직접 개입을 극렬 거부하게 된다.

김유진은 커티스보다 더욱 간접적으로 정치에 개입했으며, 주로 샌—프랑코 그룹의 재력을 기반으로 여러 정치인들을 후원하거나 지지하는 형태를 취했다.
루즈벨트, 맥아더, 아이젠하워, 트루먼, 닉슨 등 그가 친분을 다진 정치인은 거의 대부분 어떤 형태로든 백악관에 입성했으며, 이 과정에서 김유진은 일반적인 제복군인과 달리 사적 친분에 기반한 막강한 영향력을 행사할 수 있었다.

제2차 세계대전 이후 위대한 전쟁영웅이자 대원수로 자리매김한 그는 자신의 명성을 십분 활용해 여론전을 펼쳤으며, 조지프 매카시 의원 타도와 아이젠하워 대통령 당선에 총력을 기울였다.
반매카시 운동은 그의 행적에서 유달리 이례적인 일로, 평생 전체주의와 맞서 싸워온 그의 신념과 더불어 매카시의 공세가 점차 군부를 목표로 하는 데 대한 불만과 냉전에서 도움이 되지 않으리라는 정치적 판단이 모두 합쳐진 결과로 분석되고 있다.

.

.

.

⌄ 5-5. 독립운동가로서의 김유진 [편집]

🔵 자세한 항목은 김유진/독립운동 참고.

> 전 일본이 영미를 배신하기까지 30년쯤 걸리리라 예상합니다. 일본이 열강들을
> 물어뜯는 그 순간, 열강의 머릿속에 가장 먼저 떠오르는 건 조선이 되어야 합니다.
>
> 김유진, 1911년

김유진의 독립운동에 대한 평가는 '조선 독립을 위해 본인과 가족의 일생 모두를 투자한 거룩한 삶'에서부터 '이민자 2세로서 권력과 지지기반을 확보하기 위한 수단 중 하나에 불과'에 이르기까지 극단적인 스펙트럼이 모두 분포하고 있다.

그러나 아직 사관학교에도 입학하지 않은 청년 김유진이 일본과 미국의 충돌을 예견하였음을 박용만과 이승만이 증언하였으며, 위 증언이 발굴된 시점을 기준으로 그 이전과 이후 김유진의 일생에 대한 해석은 크게 바뀌었다.

과거에는 주로 구 일본제국발 자료가 해석의 기준이 되었으며, 일제의 외교관과 군인들은 김유진을 자국에 우호적인 인물로 분류하고 있었다.

따라서 김유진이 반일로 돌아선 시점은 미국의 이익을 침해한 만주사변이 기점이며, 30년대에 접어들어서 대일 초강경파로 급선회하며 두 번째 세계대전을 예언하는 '카산드라'가 된 이유는 그동안의 친일 행적을 세탁하고 경쟁자들에게 빌미를 주지 않기 위해서였다는 시각이 우세했다. 전쟁에도 불구하고 동양교육발전기금과 샌—프랑코라는 일본 내 네트워크가 건재했으며 전후 '킹 쇼군'으로서 비교적 온건한 군정을 펼친 점 또한 이 주장을 뒷받침했다.

하지만 해당 증언의 발굴, 김유신과 유일한을 위시한 측근 회고록, 웨스트포인트 동창생들의 증언 등을 통해 김유진은 이미 10대 시절부터 일본에 극도로 적대적인 감정을 품고 있었음이 확인되었으며, 레번워스 교수사관 재직 시절 '타문화에 대한 이해'라는 명분하에 미 육군 내에서 일본제국을 가상적국으로 상정할 것을 주장한 사실이 발견되며 김유진의 친일 행보는 모두 기만전술이었다는 주장이 주류설이 되었다.

동양교육발전기금을 통해 김유진은 일본 내 잠재적 협력자, 제5열을 확보하는 한편 식민지 조선 최고 인텔리와 독립운동가들을 고스란히 흡수했다.
또한 훗날 미쓰비시그룹을 '하사'받은 가신 야마다 히로시가 지휘하는 샌—프랑코 대관팀은 수십 년에 걸쳐 어마어마한 금품을 살포했고, 그 결과 동아시아 전역에 일명 '골든 로드'—매수된 자와 회유된 자들로 거대한 첩보 네트워크를 형성해 일제의 모든 움직임을 파악했다. 이 조직에 힘입어 대한민국 임시정부는 태평양 전쟁 내내 방대한 블랙옵스를 시행할 수 있었다.

김유진의 독립운동론은 당대 독립운동가들의 핵심 화두였던 외교론, 자강론, 무장투쟁론을 모두 포괄하고 있으나, 당대의 독립운동가들과 달리 그는 독립을 최소 20~30년이 걸리는 장기 계획으로 보고 '30년 뒤 대일 전쟁에 공헌할 수 있는 인적, 물적 인프라 조성'에 초점을 맞추었다고 본다. 특히 그는 단순히 독립을 지상명제로 하는 것이 아닌, 독립 후 신생 대한의 향배에 관해서도 심도 있게 준비한 것이 특징이다.

·
·
·

일본과의 전쟁에서 승리한 뒤 일본에 가혹한 징벌적 배상을 청구할 경우, 일본의 권력층은 자신들의 과오를 떠넘기기 위해 미국에 그 원죄를 덮어씌울 것이고 우리는 다시 한번 태평양을 사이에 두고 적대적 관계를 형성하게 될 것이며, 이는 필연적으로 소련의 일본 개입이라는 결론을 불러온다.

베르사유 조약이 나치의 집권을 초래한 사례를 반면교사 삼아 일본이라는 나라를 대상으로는 관대한 처분을 하되, 일본 민중이 제국주의자, 팽창주의자들을 심판하도록 유도해야 한다. 새 일본은 그 어떤 나라보다도 친미적인 국가여야만 한다.

일본에 강한 적대감을 품고 있는 한국은 일본의 팽창욕구가 다시금 팽배해질 경우를 대비한 최적의 선택이라 볼 수 있으며, 유사시 미국이 중국과 소련을 위시한 아시아 대륙 정세에 영향력을 투사할 수 있도록 한반도를 '자유의 요새'로 탈바꿈하는 작업은 가장 적은 투자로 최고의 효율을 얻어낼 수 있는 선택이다.

1939년, 미 육군 전쟁계획부장 김유진

역사를 바꾼 거인.

철마 타고 나타난 민족의 초인.

21세기를 민주주의의 시대로 만든 주역.

김유진은 아직 미국이 전쟁에 뛰어들기도 전, 진주만 기습이 일어나기도 전 이미 미국의 참전과 승리를 기정사실로 상정했다.

몇 년 뒤 군산에 발을 디딘 김유진은 얼마 지나지 않아 한국과 일본 두 나라의 절대 권력자가 되었고, 그는 몇 년 안 되는 짧은 시간 동안 제국주의에 물들어 폭주하던 나라 하나를 민주 국가로 탈바꿈시켰으며, 오랜 착취로 피골만 상접한 나라 하나를 세계 무대에 내세울 만큼 재건했다. 멸망할 수도 있었던 중화민국은 한국과 일본이라는 교두보를 통해 몰려온 자유 세계의 도움을 통해 국체를 유지했다.

이후 국무장관이 되어 대외관계의 지휘봉을 잡은 김유진은 전 세계의 옛 식민지들을 재건하기 위한 '킴 플랜'에 착수했고, 이때 발흥한 민주 국가들은 미국이 냉전에서 승리하는 결정적 원인이 되었다.

이념으로서의 공산주의가 멸망한 지금, 우리는 그가 토대를 닦은 냉전기의 기적과 같은 평화를 '킴 체제'라고 칭하고 있다.

전 세계를 제국주의와 전체주의에서 해방시킨 가장 큰 공로자로서, 김유진은 민주주의가 최고의 가치로 추앙받는 한 영원히 위대한 인물로 역사에 남을 것이다.

검은머리 미군 대원수 외전

1판 1쇄 인쇄 2023년 4월 3일
1판 1쇄 발행 2023년 4월 12일

지은이 명원(命元)
매니지먼트 스튜디오JHS
펴낸이 김영곤 **펴낸곳** (주)북이십일 레드리버

책임편집 유현기 배성원 서진교 강혜인
디자인 (주)여백커뮤니케이션
출판마케팅영업본부장 민안기
마케팅1팀 배상현 한경화 김신우 강효원
출판영업팀 최명열 김다운
제작팀 이영민 권경민

출판등록 2000년 5월 6일 제406-2003-061호
주소 (10881) 경기도 파주시 회동길 201(문발동)
대표전화 031-955-2100 **이메일** book21@book21.co.kr
내용문의 031-955-2403

ISBN 978-89-509-3625-9